KB138773

정명혜 문학관

정명혜 문학관

박선경 장편소설

야무책방

목
차

프롤로그

산수유 꽃망울이 터지며 봄이 피어난다.

땅의 기운을 머금은 미생물이, 미생물과 만나 꿈틀대는 벌레들이, 추위를 이겨낸 나무줄기가 봄을 일으킨다. 시린 겨울에 대한 기억을 머금고 선명하지 않은 꽃잎을 흩뿌리듯 나타난 산수유는 봄의 기운을 기다려온 사람들에게 색을 내어준다. 흑백의 세계에서 컬러의 세상으로 들어가는 초입에 산수유가 있다.

국립현대미술관 덕수궁관에서는 기획전시 「근대의 기원」이 한창이다. 전시관에 들어서자 책으로 배운 근대의 사람들이 전시관 안에 가득 들어차 있다. 과거의 이야기 속에 내가 들어갈 자리가 있는지 머뭇댔다. 한 발을 들여야 할지 뒤로 물러서야 할지 망설이며 내딛는 발걸음은 무중력 상태인 듯 버겁고 느렸다.

한 그림 앞에서 비로소 나는 바닥에 발을 대고 천천히 멈추었다. 사람들이 웅성웅성 모여 있었다. 이번 기획전시의 하이라이트 같은 작품이었다.

어떤… 여인이었다.

불편했다. 아는 사람이었다. 아니… 안다기보다 낯설지 않은 사람이라는 표현이 맞겠다. 빗어 내린 단발머리가 귓바퀴를 지나면서 바깥으로 한껏 뻗었다. 얼굴은 앞쪽을 향해 있으나 눈은 오른쪽을 보고 있어 전체적으로 모호한 표정이다. 단발 위에 보랏빛 클로쉐 모자를 쓰고 감색 투피스를 입었다. 입꼬리 한쪽이 살짝 올라가 웃는 듯 우는 듯 미묘한 표정이 근대 신여성의 표본처럼 박제되어 있다. 어디선가 본 얼굴이고 낯익은 이미지였다.

나의, 명혜(1944)

'나의' 글자 앞에 시선이 머물렀다. 어디서인가 본 것 같은 느낌은 느낌을 넘어서 확신이 되었다. 명혜, 라고 하면 정명혜일 것이다. 기억이 또렷해졌다. 작가 이름을 다시 보았다. 최우식. 최우식은 평안도 출신 시인이자 기자로 식민지 시절 경성에서 활동하다, 해방 이후 고향으로 돌아가 1980년대에 사망한 작가였다. 모두가 아는 그 정명혜를 최우식이 자기 사람으로 명명한 태연함에 놀랐다. 교과서나 숱한 매체에서 보아온 독립운동가 정명혜의 흑백 사진과 같은 모습이었다. 도록에는 정명혜의 흑백 사진이 친절하게 함께 실려 있었다.

최우식과 정명혜는 어떤 관계였길래 최우식이 정명혜를 감히 '나의'라는 소유격으로 내놓았던 걸까? 내 질문에 답할 수 있는 사람이 있을까?

1부

나, 정명혜

산책하는 이들에게 복이 있으라.

무작정 걷기 시작했다. 어디로 걷는지 모르는 걸음이다.

어느 날부터 걸음을 멈추어 천천히 돌아보면 이곳이어도 괜찮고 저곳이어도 괜찮다고 할 만한 아득한 공간 속에 들어와 있는 것만 같다. 내가 언제 여기까지 왔는지, 왜 왔는지 모르겠다.

주변이 소란스러울수록 걷고 있는 공간과 나는 점점 분리된다. 세상이 어떻든 상관하지 않고 그저 걷는 나는 의미가 없는 인간이다. 의미에서 멀어지는 것이 이 산책의 목적이니 나는 그저 목적지향형 인간이다.

종로네거리에 삐죽하게 세워진 종로삘딩이며 한청삘딩이 멀리서도 솟은 모양새가 위세 등등하다. 그 위에 올라서 아래를 내려다본 이들은 조선의 집들이 성냥갑만 하다고 했다. 작은 것을 사랑하는 나는 꽃조차 작고 시시한 것을 사랑한다. 성냥갑만 한 집들에 사는 개미만 한 조선인들을 사랑한다. 그들이 얼마나 시시하고 치열하게 삶을 붙들고 사는지 알기에 시끌벅적한 이 거리를 견디는 것이다. 이 거리와 생활과 분노와 한탄도 모두 조선이기에, 조선의 현실이기에 살아가는 것이다.

일본인 거주지역 혼마치의 상징으로 자리 잡은 미쓰코시백화점 앞은 개점 시간 전부터 기모노와 양장으로 알록달록하다.

나는 댕기 머리를 길게 늘이고, 신학문을 배운 여성답게 영문판 라이너 마리아 릴케 시집을 낀 채 백화점 정문을 지나친다. 경성은 물론이고 조선 천지에 기름진 얼굴에 화려한 옷차림을 구경하기에 미쓰코시보다 더 좋은 장소는 없다. 차림새만 본다면 그 인물이 일본인인지 조선인인지 알아보기 어렵다.

미쓰코시 부근에서는 식민지 조선의 현실이 동트기 전 지평선처럼 부옇고 흐리다. 심지어 대륙을 상대로 전쟁을 걸어대는 와중이다. 백화점 앞 해사한 풍경은 차라리 비현실이다. 사대문 밖은 배밭이나 파밭, 마늘밭이 즐비어 있다. 그 옆에 늘어선 동그란 초가가 달마중 나온 소녀의 볼처럼 부드럽다. 무채

색으로 가라앉은 땅바닥에서 눈길을 옮기면 형형색색으로 물든 사람들로 빽빽해 숨이 막힐 지경이다. 나는 차마 그쪽으로 고개를 돌리지 못하고 따뜻한 내 집으로 발걸음을 옮긴다. 양지바른 곳에 피어나기 시작한 산수유는 잎보다 앞서 외로이 자기 색을 낸다. 방긋하게 웃는 선명한 개나리가 스멀스멀 꽃망울을 터트리면 산수유는 어느새 사라지고 만다. 개나리가 피기 전, 서늘하고 짧은 봄날이 좋다. 내 사랑도, 내 삶도 따뜻한 개나리보다는 흐릿한 산수유를 닮았다.

　나는 산수유에 마음을 돌리고 무리들을 겨우 지나간다.

　　내 인종은 산수유다.
　　내가 아끼는 건
　　오직
　　약하고 가난한 백성이다
　　내 흐릿한 심장은
　　성당 십자가에
　　매달려
　　아침에 지났는데 다시
　　그곳을 지나는 것이다.

　『문장』에 「산수유」가 실렸다.

일제는 조선인들을 더욱 쥐어짜는 중이었다.

내 시에 대해 어떤 이들은 미증유(未曾有)의 전환기에 어울리는 흐릿한 정조가 폐부를 찌른다고 호평했고, 어떤 이들은 식민지 조선에서 피 흘리고 죽어가는 민족을 도외시한 채 낭만이나 읊는 저질스러운 회색주의자라 비판했다. 그들이 그렇게 생각하고 판단하면 나는 그런 사람이 된다. 무의미하다. 무의미의 의미를 찾으러 걷는다.

화제에 오르는 것도 나쁠 건 없었다. 내가 누구누구의 후손이고 어느 학교를 다녔으며, 어느 지방 출신이고 외모는 어떻다더라, 떠들어대는 소리만 아니면 다 괜찮았다. 논란에 둘러싸여 사는 건 내가 경성에 오면서 시작되었다.

다른 잡지에서도 연락이 왔다. 학교에 오가고 수업을 준비하는 시간을 제외하고 거의 밤을 새워 글을 썼다. 글을 쓰면서 끝없이 고민했다.

나는 왜 글을 쓰는가? 이 시대에 나는 어떤 글을 써야 하는가? 글만 써도 되는가? 나는 어떤 글을 쓰고 싶은가? 고민을 하는 와중에도 나는 무람없이 산문을 쓰고 시를 쓰고 영어를 가르쳤다. 내가 글을 짓는 행위는 나를 짓는 일이다. 글을 쓰며 나는 나를 찾고 싶었다.

밤새워 글을 쓰고 학교를 다니며 학생들을 가르쳐 하숙비 정도는 치를 수 있었다. 고향에서 도움을 받지 않아도 살아가는 데는 문제가 없었다. 고운 양장을 해 입지 못할 뿐이다. 다방에서 차를 마시지 못할 뿐이다. 낡은 옷은 고쳐 입었고, 더운 밥을 먹는 것만도 호강이라 여겼다.

새벽녘에 겨우 잠들었다 깨면 다시 글을 썼다. 내 글은 빈 종이와 같았다. 쓰였지만 쓰이지 않았어야 할 관념의 산물이자 쓰일 필요 없는 무가치 그 자체였다. 그 관념 안에 식민지 조선의 여성이 갖는 정체성을 숨기고 신여성으로 당당히 나아가고자 하는 모순을 품었고, 내가 발 내디디고 서 있는 땅의 피눈물과 외면을 담았다. 나는 아직 한 발짝도 나아가지 못했다. 내가 나아가지 못하는 현실은 앞으로 내가 모든 것을 버리지 않으면 절대 내 것이 될 수 없는 미래와 맞닿아 있었다. 앞날이 없으므로 나는 현재만 살아갔다. 내가 쓸 수 있는 것을 쓰자. 그날도 하숙집 안마당에 앉아 주리지 않은 뱃고동 소리를 들으며 점심으로는 무엇을 먹을까… 고민하며 그 고민하는 과정을 글로 쓰는 내 자신을 바라보고 있다.

아버지가 친일파인 것이 희진의 잘못은 아니었지만 친일의 대가로 쌓은 재산을 당연하게 누리는 희진과 교류하는 것이 어쩐지 말끔해지지 않았다. 그렇다고 그들이 부르는 '불량선인'이 되어 목숨을 걸고 맞설 자신도 없었다. 독립투사는 눈으로 찾아도 닿기 어려운 곳에 있어 실제로 존재하는지 밀정이 아니고서야 만나기도 어려웠다. 분명히 존재하는 그들이 내

무리에는 없다는 것에 괜히 소외감이 느껴졌다. 그들이 먼저 나에게 접촉하지 않는 이상 나는 그곳에 닿을 수 없었다.

나는 사이에 있지 않고 경계에서 벗어났으며 그저 현실이 아닌 세상에 살듯 관조하며 살고 있다. 그것이 그저 한가로이 산책이나 다니는 내 첫 번째 핑계였다. 분노는 없고 공포만 저릿했다. 친일파들이 뻔뻔해지는 모습을 보노라면 그들에게 조선은 영원히 식민지라는 확신이 있는 것처럼 보였다. 가만하게 나를 들여다보건대 나는 희진과 다를 게 없다. 조선인이라 하여 일본인과 차별받는 현실이며 조선이라는 나라가 유구한 역사와 전통을 가졌던 과거며 가문이 없던 이들이 재력으로 가문을 빙자하는 일 따위가 다 쓰리고 아프지만 또 번거롭다. 그리하여 나는 이렇게도 저렇게도 한번 시도해보기도 하고 아무것도 하지 않기도 하고 그런 것이다. 그 시도 중 하나가 미쓰코시를 순회하는 것인데 이제 그것도 무언가 마음에 들지 않는다. 뽐내는 자는 속이 허해서 그러는 것이다. 고개를 쳐들고 머리는 늘어뜨린 내 모양새는 마치 으르렁거리는 강아지가 두려움에 떨며 꼬리를 숨기는 것이다.

다른 외양, 다른 환경, 다른 관심사에 대한 존중이 희진과 나를 가깝게 했다. 서로가 얼마나 다른지 외출할 때 옷차림이며 관심사며 체격이며 집안 내력에서 여실히 드러났다. 나는 희진이 순수하게 귀여웠고 희진은 책에 파고드는 나를 고귀하게 대해 주었다.

그 일이 있기 전까지…….

윤희진

희진은 소리 없이 웅성대는 진흙탕 위 바람처럼 잔잔하고 오묘한 매력이 있는 아이였다. 화려하지 않으면서 돋보였다. 경성에서 만나는 이들 중 조선 바닥을 쩌르르하게 울리는 갑부 집안 자제들이 많았다. 그중 윤희진은 군계일학이었다.

희진은 조선에 몇 대 없다는 유선형 자동차를 타고 학교에 다녔다. 아무리 경성 시내를 쏘다니는 자동차가 많아졌다고는 해도 자동차 바퀴 부분이 동그랗게 타고 올라간 유선형 자동차는 별과 달이 멀듯 잡히지 않는 신문물 그 자체였다. 조선 최고 갑부 무남독녀 외동딸다운 발랄함과 천진함이 희진의 아우라였다.

"우리는 1900년대에 나고 죽을 사람들이야. 시대의 상징, 모던 그 자체라 이 말이야. 당당한 명혜가 기워입은 저고리라니… 이 꼴이 뭐니? 너희 집안 형편이 이 정도로 나쁜 것도 아니고 또 집안 체면을 생각해야지."

희진은 아침마다 모양을 살리느라 몸종과 반나절 넘게 실랑이를 한 머리칼을 쓰다듬었다. 희진은 내 옷차림을 바꿔주려고 부단히 애를 썼다. 양장 몇 벌 좀 있다고 민족의 반역자는 아니라고 꼬집기도 했다. 구태의연하다고도 했다. 나는 그저 머무는 걸 선택했을 뿐 달리 대단한 뜻이 있는 건 아니었다.

"나랑 체구라도 비슷해야지 내 옷이라고 어찌 끼워 입히지. 이거야… 원."

희진은 진정 안타까워했다.

윤판서댁이라고 하면 경성에서 모르는 사람이 없었다. 아무도 감히 그 앞에서 말하지 못하지만 칭송받고 존경받는 집안은 아니었다. 왕가와도 인연이 있는 명문가 집안이 이토록 쉽게 변절하고 친일 앞잡이가 되었으니 조선은 진정 끝난 것이라고 절망하기도 했다. 희진이라고 그런 말들을 모르지는 않았다.

"그러라고 해."

남들이 뭐라든 희진은 돈으로 누릴 수 있는 모든 것을 누리고 살았다. 희진 주위에는 예술가를 빙자한 장사치들이 들러 붙었다. 그들은 물감이며 공연 티켓이며 악보며 레코드판을 터무니없는 값을 불러 팔아댔다. 희진은 아무리 허접한 물건이라도 값을 묻지 않았고, 가치를 따지지 않았다. 그것이 예술가들에 대한 예의라고 생각했다.

"뭘 그렇게 심각하게 생각하니? 가볍게 받아들여."

희진이 내게 자주 하는 말이었다.

여유와 가벼움은 희진을 희진답게 만들어주는 날개였다. 가볍되 얄팍하지 않은 희진은 내게 좋은 반면교사였다. 나는 희진의 가벼움을 사랑했다. 비록 무엇 하나 깨치고 나아가는 바는 없어도 꿈틀꿈틀 움직이다 요동치다 솟아오르는 내 마음을 희진과 나누면 가벼워졌다. 희진은 예의 그 다정하고 명랑한 얼굴로, 그러지 말라, 그저 몸종이나 사환이나 신분이 낮은 이들에게 따뜻하게 해주라는 말을 되돌려주었다. 그것이 우리가 할 수 있는 유일한 일이라고 말이다. 나는 그 '우리'라는 테두리 안에 들어가지도 나오지도 못하였다. 희진을 만나고 올 때나는 자주 종현성당을 찾았다.

뭐든 바람결처럼 가볍게 대하는 희진에게도 무거운 주제가 있었다. 혼인이었다. 희진도 평생 윤판서댁 외동딸로만 살 수는 없다는 사실을 알고 있었다. 혼인을 잘해야 했다. 희진의 허영을 채워줄 외모와 재력을 갖춘 사람이어야 했지만, 무엇보다 희진의 집안과 견주어도 손색없는 집안이 첫째 조건이었다. 어린 시절 정혼한 집안과는 최근에 혼담이 깨졌다.

"그 댁 어른이 독립운동에 가담했다지 뭐니? 아버님이 아무도 몰래 그 어른을 꺼내주시고 가만히 정혼을 깼단다. 소문이 나면 안 되니까 말이야. 아버님이 이번에 어찌나 고생하시고 재물도 많이 썼던지, 그 집안에서도 조용히 그쪽 집안 문제로 정혼을 깨는 걸로 했단다. 나는 정혼할 남자 얼굴도 제대로 못 봤는데, 잘됐지 뭐."

그 집안이 풍비박산 나고 만주로 이주해가면서 정혼도 깨지고 말았다. 윤판서는 서둘러 다른 혼처를 알아보았다.

"괜스레 자유연애를 했다가 어떤 사내에게 현혹될지 모르는 거 아니겠니? 지금 살던 세계가 깨지는 건 한순간이란다. 난 그것이 가장 두려워."

조선이라는 현실, 식민지라는 상황, 여성이라는 한계가 희진에게도 존재했다. 파혼 후 희진은 신여성이라는 허울을 걷어내고 그저 꼭꼭 닫힌 방 안쪽에 자기를 가두어 두었다. 혼처는 달이 차기도 전에 결정됐다. 평안도 갑부 아들 최우식이었다. 심드렁했던 희진이 최우식을 미쓰비시에서 우연히 만나고 난 후 혼사는 일사천리로 진행됐다. 희진은 갖고 싶은 것을 놓친 적이 없었다. 평안도가 본가이나 경성에 살림집을 얻어 모던한 생활을 벗어나지 않아도 되니 금상첨화였다. 희진은 내게 입이 닳도록 최우식에 대해 이야기했다.

"평안도에서 자랐다 하여 우락부락할까 걱정했는데 헌헌장부이지 뭐니? 내가 경성 최고 모던보이로 만들어주겠어. 손이 귀한 집이니 얼른 아이가 생겨야겠지. 그래서 어머니가 보약을 지어주셔서 먹고 있단다. 나 봐라. 살이 좀 붙은 것 같지 않니?"

최우식에게 홀딱 반한 희진이 어찌나 설레발을 치는지 최우식을 보기도 전부터 그를 잘 아는 것처럼 느껴질 정도였다.

문제는 최우식이었다.

최우식

평안도 갑부라고는 하나 최우식 집안은 윤판서댁에게는 기우는 혼처였다. 경성제대 문과를 졸업한 인재라고는 해도 하찮은 월급이나 받아가며 하숙방을 전전하는 최우식이 윤판서는 마음에 차지 않았다. 경성 천지에서 오직 희진만 최우식이 어떤 자인지 모르는 것 같았다.

혼인은 희진이 최우식을 만나고 온 지 며칠 만에 결정되었다. 최우식의 외모와 말에 홀려버린 희진이 밤이고 낮이고 졸라대니 외동딸의 말이라면 하늘의 별이라도 떼어다 주는 윤판서가 그만 허락하고 만 것이다. 찝찝하고 마땅치 않았으나 서슬 퍼런 윤씨 집안의 가세면 별일 없을 거라 믿기로 했던 것 같다. 어떤 문인은 희진과의 혼례를 최우식 평생에 거둔 최고의 성취라고 비아냥거렸는데, 그 말이 딱히 틀리지도 않았다. 대대로 정승 판서를 배출한 명문가에 조선 최고 갑부 외동딸인 희진을 차지했으니 조선을 등에 진 것이나 마찬가지라고 떠들어대는 이들도 있었다. 최우식이 가진 생의 모든 행운을 모아 희진을 배필로 얻었으니, 아끼고 감사해하며 살았다면 어땠을까? 그보다 윤판서가 조금만 덜 오만했다면 어땠을까? 그랬다면 나와 희진의 삶이 조금 달라졌을까?

희진은 최우식을 선택했고 온 경성이 쩌르르하게 성대한 신식 결혼식을 치렀다.

희진의 삶 한 장(章)이 넘어가고 있었다.

마음 같아서는 방문도 열고 옷을 훨훨 벗고 대나무 자리에 벌러덩 눕고 싶은 삼복더위가 기승이었다. 땀구멍이 몸에 이렇게 많구나, 숨이 턱턱 막혀와 부채질이 무의미했다. 땀이 하도 흘러 찬물로 세수를 두 번 세 번 하는데 일하는 아이 눈치가 보여 슬슬 얼굴에 벌레가 기어다니는 것 같은 땀을 그저 닦아냈다. 마당에 나와 나무 그늘 아래에 앉았지만 더위가 가시지 않았다. 손부채질을 하며 마루에 나와 신문을 펴들었다.

신체제와 여성의 미

새로운 시대 새로운 체제 아래서 참된 여성미란 어떤 것일까? 지금은 그 새로운 여성미를 구하고 찾는 시대올시다.

첫째로 그 새로운 여성미가 지금까지의 그 향락적인 퇴폐한 여성미가 아닐 것만은 사실입니다. 보십시오. 지금은 일체의 모든 향락 생활을 퇴치하는 시대가 아닙니까? 파마넌트를 하고 사치한 치마를 걸치고 비싼 핸드백을 가지고 자랑을 하며 모양을 내고 다니던 생활, 그리고 그것을 오직 아름다운 현대미라고 생각하고 있던 시대는 이미 지나갔습니다. 벌써부터 독일의 여성들은 일체로 화장까지 금지된 지가 오래라고 하며 새로운 건강미를 건설했다고 하지 않습니까?

여성의 참된 미란 그 자연 그대로의 순미(純美)에 있습니다. 이제 우리들도 자기 몸 가진 그대로의 미! 건강의 미를 함양함에 노력합시다. 터질 듯한 육체는 우리들의 자랑거리요 동시에 그곳에 신시대의 미가 있습니다. 이 건강이야말로 장래 국가에 중요한 역할을 할, 떠메고 갈 우리 국민의 어머니로서 없어서는 안 될 것입니다.

하이킹도 좋고 수영도 좋고 건강을 위하여서는 무어나 좋겠지요. 향락을 떠나고 사치품을 버리고 진실한 여성으로서의 할 일을 다하도록 합시다. 그리고 이제부터는 이렇게 생각합시다. '필요 이상으로 모양을 내는 사람은, 저런 사람은 내용이 없으니까……'라고. 그리하여 우리들은 새로운 신념과 새로운 각오를 가지고 새로운 미의 건설을 향하여 나갑시다.

제목은 그럴싸했다. 더구나 글쓴이가 송금선이었다. 전쟁
자금을 모금하는 '애국금차회'를 발기한 그 송금선, '여자에게
도 훈련이 필요하다'라며 여성의 독립성과 전쟁의 필요를 교
묘히 밝히던 송금선이었다. 파마넌트를 하느니 운동을 하라는
게 말이 되는가? 명치끝이 아파왔다. 충격이었다.

송금선이 쓴 글은 총독부가 펼치는 명랑한 생활 운동, 그 일
환일 것이다. 독립이니 계급투쟁이니 노동쟁의와 같은 불순한
생각을 저 멀리 접어두고 명랑하게 몸과 마음을 단련하라는
뜻이다. 장래 국가에 중요한 역할이란 전쟁을 위한 동력을 말
하는 것일 테다.

나는 폭탄을 안고 적진을 향하여 돌진한 결사대에 대해 한
껏 미화한 이종찬 같은 자보다 파마넌트와 여성의 미를 연관
시키는 송금선의 글에 더 기가 질렸다. 마치 조선 여성들은 모
두 사치스러운 생활을 하는 것처럼, 혹은 그런 생활을 바라는
것처럼, 모든 여성들은 다 어머니가 되어야 하는 것처럼, 향락
의 반대는 건강한 몸인 것처럼 명랑생활을 이끄는 저 흐물흐
물한 여성 지도자는 여성을 남성들의 적으로, 민중의 적으로
만들어놓았다.

새로운 미의 건설이라! 헛웃음이 나왔다.

파마넌트 한번 하려면 쌀이 몇 가마가 든다는 말을 듣고 기겁했더랬다. 희진이 처음 파마넌트를 하고 나타났을 때 희진 특유의 마음결과 어울린다고 생각했다. 모난 데 없이 유연하고 호기심 어린 눈과 어울렸다. 조선에는 없는 발랄함이 날개를 단 듯 돋보였다. 희진은 작고 가녀린 몸에 동그란 얼굴형이어서 스무 살이 넘었어도 잘해야 열댓 살 넘은 소녀처럼 보였다. 눈이 유독 할아버지 윤참판을 닮아 서글서글했는데, 그 눈에 담긴 마음이 맑고 깨끗했다. 흐린 강물같이 탁하기만 한 내 복잡한 심중에 비하면 희진은 투명하고 잔잔한 호수 같았다. 발랄하고 장난기도 많아 희진과 함께 있으면 심각하기만 한 내 얼굴에도 선선한 미소가 그려지고는 했다.

혼인 후 소원해진 희진이 그리웠다.

기별도 없이 희진이 찾아왔다. 명륜동에 신혼집을 꾸린 이후 전처럼 가깝게 지내기 힘들어 그렇지 않아도 궁금하던 차였다. 반가워 인사를 하기도 전에 문을 박차고 들어온 희진의 상기된 얼굴에 겁이 덜컥 났다.

무슨 안 좋은 일이 있는 것일까? 건강미를 키운 다리를 과시하기 위해 문을 발로 차는 기행을 벌이는 것일까?

그럴 리가 없다.

희진은 여학교 체육시간에도 그렇게 높이 다리를 올린 적이 없었다. 항상 외가 쪽 선조가 왕가라는 자부심이 있어 몸가짐이 단정했던 희진이었다. 몸종이 기숙사까지 짐을 날라다 줘 책과 노트 외에는 다른 무게가 있는 물건은 들어본 적이 없는 가녀린 팔이었다. 희진이 얼굴이 붉으락푸르락해서는 문을 차며 나타나다니……. 어지간히 급한 일이 아니고서야 그런 행동을 할 희진이 아니었다. 아무리 급하고 화가 나는 일이 있어도 희진이 이토록 목소리를 높이고 격한 몸짓을 하는 모습을 이전에도 이후에도 본 일이 없다. 반갑게 일어서 희진을 맞이하는데 눈초리가 지리산 기슭에서 암약하는 삵같이 날카롭고 저돌적이었다.

"네년이 진정 그랬니?"

'년'이라는 소리를 입에 담을 수 있는 아이였던가……. 내 말도 들어보지 않고 다그치는 데 더 놀라워 말이 잘 나오지 않았다. 나는 희진이 하는 말이 무슨 의미인지를 즉각 알아챘으나 희진과 나 사이에, 희진이 아는 나라는 사람에 대해, 내가 아는 희진이라는 여자에 대해 믿음이 있었으므로 주저했다. 대답을 망설이며 이마를 짚어보려는 내 손길을 희진은 휙 낚아챘다.

"뭘 모르는 척이니?"

그 말은 희진이 이전과는 다른 희진임을 뜻했다. 혹은 희진에 대해 내가 모르는 면을 지금 발산하는 중이란 의미였다. 그러니 나는 이 짧은 순간에도 그동안 내가 알던 희진이라는 사람에 대해 그 뭉뚱그려진 이미지에 대해 되돌아보게 되는 것이다. 희진답다 혹은 희진답지 않다는 말은 결국 내가 희진에 대해 보고 싶었던 부분만 본 관념에 불과했다는 깨달음이다. 희진이 내게 지근거리에서 침을 튀며 이야기하는 와중에도 나는 해변 모래밭에서 산호 조각을 찾아내듯 머리를 굴렸으나 적당한 말이 골라지지 않았다. 겨우 내뱉은 말이라고는, 누구에게 들었는지 묻는 정도였다. 내 딴에는 어떤 이가 전했느냐에 따라 최소 소문과 최대 억측 사이를 가늠하여 적절히 대처하고자 한 물음이었다.

"그이와 나 몰래 만나왔다는 이야기가 사실이야?"

희진이 나를 비난하고 오해하는 사건은 바로 여러 룸펜들과 문인들과 기자들이 모여 여급과 여학생들을 데리고 벌인 추잡한 일들과 거기서 나온 근거 없는 소문을 담은 일명 '키스 내기 윷놀이 사건'일 테다. 과연 경성 최고의 룸펜답게 최우식은 그 사건에 최 모 군이라는 이름으로, 뜬금없이 나까지 이화여전 출신 모던걸 정 모 양으로 언급되었다. 잡지에 실린 기사를 보고 곧장 따지러 갔지만 기자들끼리 낄낄대며 비웃는 바람에 어쩔 수 없는 발걸음을 되돌려 왔던, 그저 사건도 아닌 낭설이었다. 문인회에서 만난 최우식이 하는 잡담이나 작품을 평계로 다가오는 손길에 예의를 다해 적당히 거리를 두었다.

희진은 내게 자초지종을 들으러 온 게 아니었다. 나는 그저 희진의 분풀이 대상이었다. 평생 한 번도 해보지 않았을 발차기가 그러했고 희번덕대는 눈이며 해초를 뒤집어쓴 듯 산발한 머리 꼴이 희진의 마음 상태를 그대로 보여주었다.

"온 경성 바닥에 너와 그이 이야기더구나. 나만 몰랐어… 오직 나만!"

희진은 울분을 토했다. 희진은 그저 내 부정의 말을, 억울해하는 표정을 원했을지 모른다. 나는 희진이 원하는 바를 주지 못해 친구로서 몸 둘 바를 몰랐다. 내가 사랑하는 사람이 있다면 그건 모든 의미에서 윤희진이다. 그것은 그때나 지금이나 마찬가지다. 나는 희진에게 받은 모욕적인 언사랄지 불신이 당황스러워 견딜 수가 없었다. 나를 믿어주지 않는 희진에게 화가 났다. 희진이 갑자기 힘을 풀고 주저앉는 모습을 보고서야 나도 정신을 차렸다.

"조… 조선 문인회에서 만나 지금 지식인이 해야 할 일이랄지… 문인의 길이랄지… 독립에 나서지 못하는 내 나약함에 대해 토로한 적이 있어. 그뿐이야……. 그 내가 말했던 거드름 피우는 문학인 자리 있잖니? 그 자리에서 만난 터라… 또… 여러 번… 마주치기도 했고. 잡지사 관계자니까……. 근데… 희진아, 난 그 사건 현장에 있지도 않았고… 내가 언급된 게 억울해서 잡지사에 따지러 갔다 왔단다. 오해야, 오해라고."

겨우 말을 뱉어냈지만 더듬거리는 꼴이 볼썽사납기는 했으리라. 내 말은 핑계가 아니었다. 진정 나와는 아무런 상관이 없는 일이었다. 나는 최우식이라는 자를 피해 다녔다. 그자가 하는 행동거지를 보고도 참아넘기는 유일한 방법은… '피하기'였다.

"어허! 고고하신 명혜답지 않게 무슨 변명이 그렇게 길고 지루한 거야? 그래… 이제 어찌할 테야. 그이가 이혼을 하자던데… 응? 그러고도 모르는 일이라 잡아뗄 수 있겠어?"

"이혼이라니… 그게 무슨 말이니… 무언가 오해가 있는 거야. 나와 네 부군은 전혀 그런 사이가 아니야. 내 소설이나 산문을 읽고 그분이 비평을 하고 난 따지고… 그런 것뿐이란다. 믿어다오. 넌 날 믿어주어야 해. 난 그 사건과 아무 상관이 없어."

더군다나 난 최우식이 설마 처의 친구에게 진정 수작을 거는 파렴치한은 아니라 여겼다. 경계를 세우며 제발 희진에게 어울리는 사람이길 바라고 기도해왔다. 나를 이유로 이혼을 거론하다니, 감히 윤희진에게 말이다. 윤희진은 출신에 있어서 최고 명문이었고 이를 대수롭지 않게 여기는 점으로 이미 빛났다. 그렇기 때문에 희진은 내 유일한 친구였다.

"정말이지 네가 말한 대로라면 어째서 그동안 내게 한마디도 안 했니? 둘이 따로 사귀면서도 명륜동 집에서 그이를 만났을 때 모른 척했잖아. 둘이 그렇게 서로 교류니 뭐니 했으면서도 뻔뻔하게 내 앞에서는 낯모르는 사람인 듯 시침을 뚝 뗐겠다."

"문인이니 비평이니 그런 말, 넌 싫어하니까 말을 하지 않은 것뿐이야. 귀를 막아버리고 싶다고 했잖니? 그리고 난 네 그분과 단둘이 만난 적도 없어. 믿어주렴."

"나는 못 알아듣는다 이거니? 너는 지식인이라 이거야? 엘리뜨라는 거지?"

말이 자꾸 어긋났다. 말을 할수록 오해가 쌓였다. 한숨만 나왔다. 희진의 태도로 미루어볼 때 최우식이 어떻게 했는지 알 만했다. 희진이 내게 이러는 게 이해는 가면서도 그와 별개로 오물로 뒤덮여버리고 갈기갈기 찢어진 마음은 어찌할 수 없었다.

희진은 숨도 안 쉬고 말을 이었다.

"너 그 잘난 척하던 댕기를 싹둑 자른 게, 그러니까 내 남편 눈에 들려고 그런 것이지?"

"네가 구해달라던 영문판 시집도 다 속셈이 있었던 거고?"

"어쩐지 네 옷차림이 예전과는 달라졌어. 그 잘난 치마저고리는 어디다 집어 던졌니? 머리는 왜 단발한 것이야?"

내가 쓴 글을 사람들이 읽고 그 내용을 평하고 평한 내용을 받아들이면서 나는 나 자신과 직면하게 되었다. 내가 어떤 사람이고, 어떤 여인이고, 어떤 상태인지 똑똑히 알게 되었다. 회색 인간으로 살아가는 나였다. 그 깨달음과 함께 미쓰코시나 화신 백화점 앞을 순회하며 비참한 식민지 조선을 푸념하던 짓을 그만두었다. 그 직면의 배경에는 희진이 작용한 것이 사실이었다. 희진이 명륜동에 신혼집을 꾸민 이후 내 시가 동아일보 신춘문예에 당선되었다. 『가톨릭 청년』에 동시와 동화를 발표한 적은 있지만 본격 작가 생활은 고향에 있는 부모에게 드러내고 싶지 않았다. 고향집 누구에게도 당선 사실을 알리지 않았다. 희진은 당선시를 읽고 또 읽으며 솜씨 좋은 장인에게 부탁해 신문을 표구까지 해 내게 선물했다. 지금 내 머리채를 잡고 흔들고 있는 그 희진 말이다.

"이거… 놓고 이야기하면 안 되겠어?"

간신히 말했다.

"그래… 그래서 이제 어찌할 거니?"

희진은 가쁜 숨을 몰아쉬었다.

"나도 어찌할지 모르겠다. 어찌해야 할지 의논할 사람이 오직 너인데……."

"기가 차는구나. 내 아버님이 아시면 치도곤을 맞을까 염려하여 내가 직접 찾아온 것인데… 너는 시원한 말 한마디 해주지 않는구나. 그이를 만난 적 없다고 해야지. 앞으로 다시는 만나지 않겠다고 해야지. 경성을 떠나겠다고 해야지. 안 그러니?"

희진이 저고리 섶이 풀어지는데도 내 어깨를 잡고 늘어섰다.

"가슴이 보이잖니? 나야 그렇다 해도… 귀하신 분 체면이 구겨지잖니?"

일본에서 들여온 양장을 즐겼던 희진이지만 결혼 후에는 얌전한 조선 여인으로 되돌아가 치마저고리에 쪽을 지고는 양산을 쓰고 다녔다. 나는 이번에는 완력을 써서 희진을 바로 잡았다. 꼬꾸라지듯 주저앉은 희진은 비로소 제대로 앉아 옷매무새며 머리를 다듬었다.

"네 심정 모르지 않아. 모든 게 그들의 장난이고 오해지만 네가 믿어주지 않으면 그 낭설이 사실이 되는 거야. 그래… 희진이 네가 잘못이라면 잘못이지… 심정 상하지 않았으면 좋겠다."

겨우 말을 뱉어냈다.

희진은 기진맥진하여 거의 기절 직전이었다. 대문 밖에서 눈치를 보던 몸종을 불러 희진을 겨우 자동차에 태워 보냈다.

희진이 앉았던 자리를 닦아내자마자 최우식에게 편지를 썼다. 희진이 오해하는 부분에 대해 제대로 알리고 바로잡는 것은 물론, 내 친구이자 당신의 아내에게 사과하라고 요구했다. 최우식은 명민하고 기민하며 힘이 있는 사내였다. 머리가 좋은 만큼 눈치가 빠르고 자기 손에 든 것은 놓치지 않는 집요함이 있었다. 마음먹은 것은 빼앗겨본 적 없는 자였다.

최우식은 오히려 우리 사이를 인정받아 기쁘다며 희진에게 이혼장을 써주겠다고 나섰다. 내 마음은 명혜밖에 없다는 맹세도 함께였다. 그 편지를 읽자마자 소스라치게 놀라서 누가 볼세라 아궁이에 던져버렸다. 나는 최우식의 비열함을 알았으되 집착은 알지 못했다. 쉽게 가질 수 있는 것을 놓치지 않으려는 그 집착이 무서웠다. 내가 혹여나 최우식에게 어떤 빌미를 주었는가 매일 밤 곱씹어보았다. 잘못한 게 없었다. 행실 문제가 나올 만한 말이나 행동을 한 적도 없었다. 그런데도 혹여나 어떤 빌미를 주었나 생각하느라 잠이 오지 않았다. 분했다. 소문 따위야 그렇다 치고 이런 일로 희진과 멀어지는 게 한스럽게 억울했다. 최우식을 만나지 않기 위해 문인회 활동이니 학당 모임을 전부 접었다.

최우식은 감미로운 말로 여인을 홀리고는 마음껏 농락한 후 버리는 일을 계속해왔다. 원고지를 꺼내 무언가 쓰지 않으면 견딜 수 없는 마음을 적어 내려갔다.

희진은 첫아이를 임신 중이었다.

박무영

외로운 사람은 진실로 참으로 사람일 것이다. 희진이 내 삶에서 사라진 어느 순간부터 나는 세상에 홀로 버려진 것만 같았다. 종현성당에 올라 파이프 오르간을 바라보며 기도했다. 사랑하는 사람들에게 버려진 극심한 외로움에 뼈가 아프면서도, 성당 안에서는 내가 온전한 자신이라는 진실 앞에서 자유로움을 느꼈다.

하숙집에서 일하는 아이가 서신을 가져다주었다. 아버지였다. 정혼자가 드디어 귀국하였으니 다음 달 혼례 준비를 위해 신변을 정리하라는 내용이었다. 급작스러운 통보였지만 당황하지는 않았다. 내 혼처는 초경을 하기도 전에 정해졌다. 어릴 적부터 나는 이 얼굴도 모르는 사람과 맺어짐으로써 조선과 가문, 더불어 신앙까지 지키는 길을 걷게 될 것이라는 예언서를 읊는 분위기에서 자랐다. 정혼자가 일본에서 귀향한 참에 그 집안에서 혼인을 서두르자고 연락을 해왔고, 오매불망 기다리던 아버지는 기꺼운 마음으로 이를 받아들였다.

혼처는 한때 경성에 살았으나 오래전에 낙향해 지방 토박이 못지않게 살아가는 박지원의 방계 일족이었다. 이 혼인은 연암 박지원 가문과 다산 정약용 가문이 맺어지는 일이었다. 아버지는 이 혼례를 오래 준비하고 고심하여 처리했고 관련한 모든 일에 신중에 신중을 기했다. 마침 방학이어서 고향에 다녀올 생각이었다. 동화로 가는 표를 사서 오는 길에 희진이 입원한 병원 근처를 배회하였다.

희진은 아이를 사산하고 하혈이 심해 몇 달째 자리를 보전하고 있었다. 피를 너무 많이 쏟아 다시는 아이를 낳지 못할 거라는 소문이 흉흉했다. 문병이라고 간댔자 희진에게 오히려 해가 될지 몰랐다. 병원 앞을, 희진의 집 앞을 수없이 서성이다 돌아왔다. 소란스레 청탁하던 사람들도 사라졌다. 산책을 그만두고 꾸준히 글을 썼다. 소문 때문에 도망치기 싫었다. 잘못하지도 않은 일로 스스로 죄인이 되어 살기는 싫었다. 내가 도망친다면 추문을 인정하는 꼴이 되고 말 것이다.

동화로 곧바로 오지 않는다면 경성으로 데리러 온다는 아버지 말씀을 거역하기는 어려웠다. 가서 내 뜻을 밝혀야겠다. 집안끼리의 혼인이라니 구시대적이라고 항변이라도 해야겠다. 나는 나름대로 의지를 품었다. 동화에 가기로 했다고 희진에게 서신을 보냈다. 희진 외에는 누구에게도 내 행보를 알리고 싶은 사람이 없었다. 아버지에서 기차 시간을 알리는 서신을 쓰고 간단히 하숙방을 정리했다. 일하는 아이에게 말했다.

"방학이 끝나기 전에 돌아올 것이야."

어째서 간단한 약속이나 다짐조차 계획대로 되지를 않는지, 이것이 다 천주의 뜻인지, 이래서 인간을 나약하다고 하는지… 모르겠다.

이번 동행은 아버지에게는 은밀한 작업이었다. 되도록 누구에게도 알려져서는 안 된다. 알린다고 해서 문제될 일 없는 시대였으나 알려진다고 해서 득이 될 게 없는 행보는 되도록 감추는 것이 좋았다. 동화역에는 아버지가 나와 있었다. 허리를 굽혀 간단히 절을 드렸다.

"법도에 어긋난 일이긴 하나 그쪽 집안 사정이 그러하단다. 혼인하자마자 곧바로 일본으로 다시 나가야 한다니 이리 하는 게야."

아버지는 서너 걸음 앞서서 걸었다. 아버지와 나란히 걷고자 잰걸음을 걸었으나 힘에 부쳤다. 아버지는 내 성정을 알고 일부러 더 힘껏 앞서려 걸음을 재촉하다 보니 부녀가 마치 경주라도 하듯 달려 온몸이 땀범벅이 되었다. 드디어 저 멀리 그 집 근처에 온 것인지 아버지는 속도를 늦추고는 안주머니에서 손수건을 꺼내 내게 건넸다. 땀을 닦고 머리를 정돈하고 먼지를 털어내었다.

솟을대문이 명문대가 위용을 보여주었다. 전쟁 중에 아들을 동경 유학까지 보낼 정도이니 박영후 영감이 재산 관리 하나는 톡톡하게 하는 게 분명했다. 옷매무새를 고치는 와중에도 아버지는 어찌 저 집 대문을 넘어설까 고민하는 눈치였다. 인기척 없는 대문 앞에서 나무를 부리는 머슴을 집 앞에서 만나 다행히 오래 기다리지 않고 박씨 집안에 입성할 수 있었다.

"고마워요."

고개를 숙이지는 못했지만 인사를 떼어먹지는 않았다. 머슴은 평소 들어본 적 없는 인사에 퍼뜩 놀라 나를 바라보았다. 아버지는 곧바로 사랑채로, 나는 작은방으로 인도되었다. 땀에 젖은 속옷을 갈아입고 있는데 침모가 세숫물을 내와 간단히 소제했다. 치마저고리로 갈아입고 안방에 들어섰다.

그리하여 정자세로 앉아 있는 한 남자와 드디어 만날 수 있었다.

박무영. 그 사람이었다.

그에 대한 첫인상을 뭐라고 말해야 할까. 정해진 혼사고, 치러내야 할 일이고, 어쩌면 안전한 피난처로 여겼다. 일말의 기대도 하지 않았다. 그런데 왜 이리 가슴에 새털같이 보드랍고 간지러운 감정이 돋아나는 것인지 민망했다. 얼핏 본 모습에 그리 마음을 빼앗겨버리다니. 그 순간 나는 진심으로 예언서를 찬미하게 되었다. 나는 그를 만나기 위해 이 고난을 겪었다. 어쩌면 일본에서 귀향하는 길에 경성 어느 길가에서 마주치지 않았을까? 낯익은 정이 갔다. 단정히 단발한 머리에 교복을 입고 자기 어머니 앞에서 웃어가며 두런두런 이야기하고 있는 모습이 소탈하고 따뜻해 보였다. 내가 사내들과 어깨를 견주는 큰 키인 탓에 아버지는 항상 걱정이었는데, 그 사람도 앉은 자세로 보아 훤칠한 키임은 분명했다. 차를 마시는 고운 손마디에서 귀한 집안 도련님다운 면모가 엿보였다. 정혼자 얼굴을 혼인하기 며칠 전에 이리 미리 보는 것도 법도니 체면이니 절차니 하는 경계가 흐릿해졌기 때문이니 법도가 사라진 덕을 이렇게 보는 건가, 한껏 달뜨는 마음을 진정시키느라 딴생각에 몰두해보았다.

박무영의 어머니 김씨부인은 옅은 치자색으로 염색한 치마 저고리를 입은 기품 있는 대갓집 마님이었다. 멀뚱히 나를 세워두고도 노골적으로 훑어보며 앉으라는 말이 없었다. 방석이 그 사람 옆자리가 아니라 두 걸음 정도 뒤에 멀찌감치 놓여 있어 슬쩍 발로 앞으로… 앞으로… 밀어내 나란히 앉았다. 그 사람 얼굴을 자세히 보고 싶었다. 김씨부인은 내가 완전히 멈출 때까지 기다렸다 무거운 목소리로 말했다. 마치 하기 싫은 말을 억지로 꺼내듯 굼뜨기까지 했다.

"그래… 이쪽은 공산 출신 정명혜라고, 이화여전 문과를 최우등으로 마친 재원이라는구나. 그… 다산 선생 후손이기도 하고. 집안이 전부 천주쟁… 아니… 그, 신자라더구나. 앞으로 큰일 할 네 안사람으로 이만하면 됐다 싶어 아버님이 정한 혼처이니 마음에 들지 않아도 그저 받아들이거라."

마음에 들지 않아도 받아들이라니, 말투며 내용에 적의가 담겨 있었다. 나를 바라보는 김씨부인 눈빛이 서늘했다.

"이쪽이 우리 무영이니 인사나 하지."

그 사람은 내가 옆에 앉자 슬쩍 보는 듯하다 이내 자세를 고쳐 앉았다. 나는 비스듬히 앞에 앉은 사내에게 고개를 외로 꺾으며 인사했다. 눈빛이 머뭇대는 바 없이 곧은 것이 또 마음에 들었다.

"정명혜입니다."

내가 먼저 인사를 건네자 그는 자세를 내 쪽으로 고쳐 앉고 곧 자기를 밝혔다.

"박무영입니다. 초행길에 고단하시겠습니다."

그러고는 앉은 자세를 다시 조금 틀었다. 그렇게 해서 그 사람 목소리를 들었다. 동굴 속에 들어간 듯 낮고 가만한 목소리였다. 있는 줄도 몰랐던 가슴속 솜털이 가스랑대며 움직였다.

저 사람은 나를 보고 어떠한지 알고 싶었지만 그럴 겨를이 없었다. 김씨부인은 아들이 다시 떠나기 전에 며느리에게 박씨 집안이 어떤 집안인지 일러두고 싶어 했다.

"그래, 우리 무영이가 혼인만 하고 곧바로 하던 공부를 마치러 일본으로 가야 해서 이리 무리를 하게 되었구나. 사돈댁에서 양해하여 주시니 또 감사할 따름이고… 새아기도 곤하겠구나. 무영이는 잠시 나가 있다가 새아기를 사랑채로 안내하거라. 이번엔 제대로 인사를 드려야 하니 의복을 단정히 해야 하고."

내가 챙겨온 의복이 마음에 들지 않았던 거였다. 갑자기 내려오게 되어 새 옷을 맞출 겨를이 없었다.

"이 옷이 제가 가진 것 중 제일 낫습니다."

정중한 진실을 전했으나 그 말이 김씨부인 심기를 더 불편하게 했다. 박무영은 오히려 재미있다는 얼굴로 조심스레 내 옷차림을 살폈다.

"아무리 그래도 시댁에 처음 인사드리러 오는데 그런 차림이라는 게 당최… 어멈이 혼례 때 쓸 저고리를 걷어올 터이니 입어보거라."

김씨부인이 일어나 내 옆에 섰는데 서슬 퍼런 기운에 비해 몸채가 놀랄 만큼 작았다. 내 어깨를 살짝 넘는 키였다. 키에 짓눌린 듯 김씨부인은 나를 올려다보며 말했다.

"장대 같구나."

박무영이 그 소리를 듣고 잠시 멈추어 돌아보았으나 무어라 다른 말을 하지는 않았다. 김씨부인이 보기에 경성의 어느 명문가 자제에 견주어도 박무영처럼 훤칠하고 영민한 아들은 없었다. 더구나 외아들에 장손이 아닌가. 그 장손이 공부에 뜻을 두어 경성을 거쳐 일본까지 보냈으나 더는 나이가 들도록 둘수는 없는 노릇이었다. 전쟁 중이라 학도병으로 끌려가도 이상하지 않은 때라 외아들을 혼인시켜 어서 손자를 보아야겠다 결심했을 것이다. 이미 정혼했으니 혼례만 치러 함께 일본으로 보내면 다음 방학 때는 손자를 안아볼 수 있을 것이라 계산했다. 방학을 맞이해 귀국한 아들을 바라보며 박영후 영감이 내 아버지께 의사를 묻고, 이제나저제나 기다리고 있던 내 아버지는 기쁘게 납채서를 받아들었다.

안방에 먼저 들르게 한 이유는 시아버지 박영후 영감을 만나기 전 옷차림을 점검받기 위해서였다. 치수를 어찌 알았는지 침모가 내어온 붉은 치마저고리가 내 품에 딱 맞았다. 나는 단발머리를 곱게 빗고 옅은 옥색 저고리에 붉은 치마를 입고 사랑채로 건너갔다.

그렇게 하여 박무영의 안사람으로 그 옆에 선 나는 사랑채에서 시아버지 될 박영후 영감과 만나게 되었다.

박영후 영감은 누구인가?

박영후는 연암 박지원의 방계 후손으로 동화 일대 많은 땅과 부를 유지하고 있는 지주이자, 동화 일대에서 인품 좋은 양반으로 유명했다. 어릴 적 작은아버지의 양자로 들어와 지금에 이르렀다. 경성에서 젓갈 장사로 큰돈을 번 작은아버지 박규범은 아들이 없었고, 가난한 집안 셋째 아들인 박영후가 양자로 들어가기에 제격이었다. 말년에 박규범은 장사치였던 습성을 다 걷어치우고 동화로 내려와 고아한 저택을 지었다. 선량한 양반으로 추앙받으며 살다 사랑채에서 죽는 것이 마지막 소원이었다. 양자였지만 아들도 있었고, 손자는 어릴 적부터 영민하여 조선을 빛낼 영재라 입을 가진 누구나 말하였다. 글 좀 읽는다는 서생들이 줄을 이어 박규범의 집에 들락거렸고, 식객들만 해도 서너 명이었다.

"입신양명하여야 한다."

박규범이 박무영 손을 잡고 한 유언은 박영후 영감 뇌리에 싹을 틔워 온몸에 뿌리내렸다. 박영후 영감은 양부가 세상을 뜨자 식솔을 줄이고 검소하게 생활했다. 장사로 돈을 벌어 일가를 세웠다는 말을 듣지 않기 위해 더욱 단단하게 양반의 규율을 지켰다. 재산과 명예를 유지하는 방법으로 명문가와 혼인하여 좋은 자손을 낳는 길을 택했다. 박영후 영감의 바람이라면 가문과 자손을 다음 세대로 남기는 것뿐이었다. 내 아버지도 다르지 않았다. 이화여전을 마치고 곧바로 유학을 떠날 기회가 있었다. 아버지는 조선에서 할 일이 있다며 나를 설득했고, 그 할 일이라는 게 결국 이 혼인이었다. 혼인을 서두르는 두 집안의 이유와 필요가 솜씨 좋은 이의 문풍지처럼 매끄럽고 끈끈하였다. 내 아버지는 경성에서 과년한 딸이 홀로 하숙하며 문란한 일에 빠질까 염려했다. 어쩌면 소문을 들었을 수도 있으나 직접 내게 말한 적은 없었다. 그저 어서 혼인을 치르고 일본으로 떠나보내면 모든 일은 순리대로 풀릴 거라 생각했을지 모른다.

두 양반이 마주 앉아 다과를 나누고 있는 한가로운 모습이 꽤나 생경했다. 그 생경한 그림 안에 나도 다소곳한 자태로 끼어드는 모습도 어색하기 그지없었다. 인사는 따로 할 것도 없었다.

아버지는 모든 절차를 다 박씨 집안 뜻대로 하되, 혼례만큼은 공산성당에서 혼배성사로 치르길 원했다. 천주님의 품 안에서 살아가는 것, 그것이 아버지가 지키는 유일한 가치였고 신념이었다. 아버지는 혼배의식이 나와 박무영을 지켜줄 것이라 믿었다.

"시대가 바뀌었습니다. 고민해주시지요. 박 군에게도 나쁘지 않을 겁니다."

아버지의 설득에도 박영후 영감은 쉽게 마음을 열지 못했다. 특별히 김씨부인은 서양 종교인 천주교가 어쩌면 풍전등

화와 같은 가문을 지켜줄 거라 생각했던 것 같다. 박영후 영감은 내 기세를 세워줄 혼배성사에 반대했지만 김씨부인이 강권하여 겨우 혼배 허락을 받아냈다.

두 양반은 3일 후 공산에서 혼인을 하고 신방을 차린 후, 그다음 날로 경성을 거쳐 일본으로 떠나는 일정을 합의했다. 혼인을 하자마자 아들과 함께 유학을 떠나기로 되어 있는 며느리를 집에서 처음 맞이하고 싶었던 박영후 영감은 혼인 과정에서 법도 없는 가문이라고 소문이라도 날까 조심하는 기색이 역력했다. 박무영과 나, 아버지와 박영후 영감은 그렇게 하여 어떤 비밀결사라도 되듯 소근소근 이야기를 나누었다. 두 어른께 따로 절을 올리는데 이상하게 마지막 인사 같은 느낌이 들었다. 아버지가 박무영에게 물었다.

"그래, 자네는 일본에서 어떤 공부를 계속할 생각인가?"

"경성제대를 수석으로 입학해 다니다 동경제대 법학부로 옮겨갔습니다. 조선을 빛낼 아이죠. 고등문관이 될 아입니다."

박무영이 입을 떼기도 전에 박영후 영감이 대답을 가로챘다. 두 영감의 바람대로 정명혜와 박무영의 혼인은 두 집안을 살리는 길이었을까? 조선의 명맥을 잇는 결정이었을까?

나는 이따금 그 사랑채로 돌아가는 꿈을 꾼다.

붉은 밥

나 정명혜는 박무영과 혼인하였다.

집안끼리 결정한 혼사였다고는 하나 당사자들이 거부했다면 이루어지지 못했을 일이었다. 동화로 내려오긴 했지만 박무영에게 매혹되지 않았더라면 그길로 경성으로 돌아갈 작정을 했더랬다.

박무영도 그랬다. 일면 선선하고 부드러워 보이지만 실은 단단한 사람이었다. 부모가 선보였다 하여 마음에 들지 않는 사람을 자기 곁에 평생 둘 사람은 아니었다. 무엇보다 그는 나를 아내로 받아들였을 뿐 집안의 며느리 역할을 강요하지 않았다. 그런 면에서 나는 일정 부분 동화의 박씨 문중과 내 아버지에게 죽을 때까지 어쩔 수 없이 감사하게 된다. 나에게 유일한 사람을 만나게 해주었다는 사실로 나는 그들이 이후에 행한 모든 일을 용서할 수밖에 없었다.

한번은 희진이 물었다. 그런 모진 일을 다 겪고도 어떻게 그들을 용서할 수 있었냐고. 원망하지 않았냐고. 억울하긴 했지만 미워할 수는 없었노라고, 내 십자가였다고 답했다.

박무영은 그 시절 흔한 모던보이의 겉멋을 찾아볼 수 없는 검소한 사람이었다. 따로 말은 하지 않았지만 처음 만나던 날, 김씨부인에게 가장 좋은 옷을 입었노라고 맞서던 그 순간부터 그도 나를 사랑했던 것 같다. 세월이 흐르니 더 선연히 느낄 수가 있다. 우리는 비슷한 사람이었다. 경성에서 만났다면 그런 면에 이끌려 불같은 연애를 했을지 모른다. 경성제대를 최우등으로 입학했다고 하지만 한 번도 자기 두뇌를 뽐내며 다른 사람을 깎아내리는 말을 한 적이 없다. 저 사람은 저래서 좋은 사람이고, 이 사람은 이래서 멋진 사람이며, 그 사람은 그렇기에 자기는 따라갈 수 없는 깊이가 있다고 했다. 그가 아는 사람 중에 내가 아는 사람도 적지 않았는데 이렇게 다른 면을 볼 수 있다니 놀라웠다. 그는 내가 품고 있는 여러 열등의식이나 기만 따위를 인정하고 넘어설 수 있게 해준 사람이다. 박무영과 몇 년만 더 살았더라면 나는 지금보다는 더 나은 사람이 되었을 수 있다. 박무영이 사람을 한없이 좋게만 보는 게 아무래도 정보가 없어서가 아닐까 싶어 내가 아는 만큼의 치부와 모순에 대해 짚어준 적도 있었다. 내가 그치를 싫어하는 이유에 대해 말한 것이다. 그러면 박무영은 이미 알고 있다며, 그럼에도 불구하고 그 사람의 좋은 점에 대해 말해주는 식이었다. 부끄러웠다. 나는 누군가의 결함을 잘 잡는 사람이었다. 뾰족하고 날카로운 나와 부드럽게 품이 넓은 그는 비슷한 시기에 경성에 머물렀지만 만나지 못했다. 나는 왜 백화점 따위에 천착하여 그렇게 그와 다른 반경으로 살아왔던가, 조금만 일찍 그를 만났더라면 조금 더 그와 함께 지낼 수 있지 않았을까. 그랬다면 나도 그도 어쩌면 다른 세계를 꿈꾸지 않았을까……. 그와 내 교집합이 조금 더 생겼을지도 모르겠다는 회한에 빠질 때가 많다.

아버지와 나는 새벽 첫차를 타고 공산에 도착하여 혼례 준비를 했다. 박무영이 내가 사는 곳으로 온다는 생각에 가슴이 두근거려 먹은 것이 다 체할 지경이었다. 드디어 박무영이 도착하고 그가 왔다는 소식을 듣고도 혼례를 치르는 북적이는 고요 속에 덩그러니 남겨져 있을 때, 어떻게 찾았는지 머뭇대며 그가 나를 보러 왔다.

"힘들지 않아요?"

나는 그 질문에 답하지 못하고 오히려 물었다.

"공산은 처음이시죠?"

"네, 좋은데요. 앞으로 자주 오게 되겠죠."

그 말은 온전히 자기 사람으로 나를 받아들인다는 뜻이었다. 나는 얼굴이 발그레해졌다. 둘이 더는 이야기를 하지도 못하고 어색하게 있다 몸단장을 하러 온 침모에게 걸려 그 사람이 혼쭐이 났다. 혼례 전에 신랑이 신부를 찾아다니는 법은 없다며 법석을 떠는 통에 버적대며 물러서는 그를 따라 일어서다 족두리를 떨어뜨리고 말았다. 족두리를 주우며 둘이 멋쩍게 웃었던가, 손이 닿았던가…… 얼굴이 달아올랐다. 그렇게 서툰 연애를 시작하는 사람들처럼 나와 박무영은 집안 사람들 몰래 서로를 알아가기에 바빴다.

공산성당에서 혼배성사를 드릴 때 그는 진지하고 경건했다. 천주 앞에 서서 나를 존중하고 사랑하겠다고 서약했다.

공산에서 혼례를 마치는 대로 곧바로 경성을 거쳐 일본으로 가야 했다. 그 와중에 나는 하숙방에 들러 남겨놓은 짐을 정리하기로 했다. 워낙 급하게 혼사를 치르는 바람에 경성 생활을 제대로 정리하지 못했다. 이렇게 빨리 인생을 다른 방향으로 정하게 될 줄은 몰랐다. 박무영이 하숙방으로 와 방을 둘러보며 책을 정리하는 걸 도왔다. 이불이나 책상 따위 세간살이는 일해주던 아이에게 주었다. 박무영은 그 아이에게 그동안 수고했다며 쌈짓돈을 챙겨주었다. 역시 따뜻한 사람이구나, 흐

뭇한 마음으로 벅찼다. 그는 책을 모두 일본으로 가져갈 수 없어 난감해하는 내 곁에 앉아 꼭 가져가야 하는 책과 맡겨둘 책을 정리할 수 있도록 도와주었다.

"이 책은 내게도 있소."

반갑게 책을 뒤적이며 내가 책에 끄적인 글을 읽으며 빙그레 웃던 그 사람의 눈빛이 지금도 또렷하게 남아 있다.

신혼여행은 일본으로 가는 배에서 치열하게 치렀다. 뱃멀미에 시달린 사람은 배를 처음 타본 내가 아니라 박무영이었다. 기골이 장대한 남자가 나에게 기대 초췌하게 젖어갔다.

"당신은 괜찮은… 거요?"

배에서 내려 멋쩍어하는 그 모습이 재미있었다.

"왜… 제가 괜찮으니 언짢으세요?"

"다행이란 말입니다."

박무영이 당황하며 돌아서 저벅저벅 앞서 걸으며 신혼을 시작했다.

기대와 달리 박무영과 연애 같은 마음으로 혼인 생활을 하지는 못했다. 마음은 마음이고 생활은 생활이었다. 박무영과의 생활은 가까워질수록 더욱 어색해졌다가 다시 가까워지는 궤도를 도는 천체의 행성과도 같았다. 서로 눈치를 보다 눈치를 보는 서로를 느끼고 다시 어색해지다 조금 가까워지는가 싶으면 또 조심하다 어긋나고는 했다.

학교에서 하숙방을 오가는 길에 흩날리는 벚꽃잎을 만나면 속없이 산뜻해지는 마음이 들다가 집에 들어서면 잿빛이 되었다. 최대한 천천히 길을 돌아 돌아 집으로 들어갔다. 동화 시가에서는 박무영 등록금에 약간의 생활비만 부쳐왔기 때문에 혼인 전에 챙겨놓은 지참금와 생활비를 아껴 내 학비를 냈다. 박무영이 음식 타박을 하거나 옷사치를 하진 않아서 다행이었다. 혼인 선물이라며 친정에서 보내온 양복 한 벌 외에는 마땅한 외출복 한 벌이 없는 소탈하고 검소한 사람이었다. 주일 미사를 다니러 오가는 길에 박무영은 바람을 쐰다며 배웅하고 마중했다. 유교 집안 장손으로 천주교를 받아들이지 못하는 그가 내가 오가는 길을 바라보는 것만으로도 벅찼다. 그 옆을 걸을 때 손등을 스치면 마주 보고 웃고는 했다. 그 좋은 기억이 이제 와 왜 이렇게 쓰라린지 모르겠다.

박무영은 내 가장 든든한 지지자였다. 나약하고 의미 없다 치부하며 웅크리고 있는 나를 설득해 유학생 모임에 참여하게 한 이도 박무영이었다. 스스로를 위해서라면 그런 저돌성을 보일 사람이 아니었다. 박무영은 내 글을 사랑했다. 내 글은 마음속 깊은 곳에 있는 조선인으로서의 감수성을 되살린다고 했다.

"요즘은 쓴 시 없어요? 있으면 보여주면 좋겠소."

그 말에 얼마나 뿌듯했던가. 전쟁 이후 문학부가 폐쇄되면서 남아 있는 유학생들은 공포와 분노에 치를 떨며 숨죽여 모임을 만들었다. 나는 조심조심 유학생 모임에 참여하며 진정 내가 써야 할 글과 내가 할 수 있는 일을 가늠해나갔다.

그사이 박무영은 꿋꿋하게 공부를 이어갔다. 그 모습을 보며 이 잠자는 호랑이가 곧 깨어 조선을 빛나게 할 것이라 기대했다. 동경제대 수석 졸업이 그의 일차 목표였다. 당당하게 고등문관 시험에 합격하여 조선인의 명석함을 알리는 것이 이차 목표였고, 고위직에서 조선인을 위한 삶을 살겠다는 것이 최종 목표였다. 친일하지 않는 진짜 조선인 고위 관리가 우리 민족에게는 필요하다는 신념이었다. 박무영은 실패를 거듭하는 자신을 견딜 수 없어 했다. 집안의 기대를 등에 지고 적지 않은 돈을 들여 하는 일본 유학이었다. 그를 아는 모두가 그에게 책임감과 부담을 주었다. 성공해야 한다는 중압감으로 박무영은 말을 잃고 책에만 파묻혔다. 부부로 얽혀 의무를 일상의 얼개로 들어가니 나는 나대로 박무영은 박무영대로 겉돌았다. 내가 겁 없이 다가서기에는 박무영이 스스로 진 짐이 무거웠다. 난 그 십자가를 이해하지 못하고 있었고 불필요한 짐을 짊어진 그가 측은했다. 박무영은 자기 무게를 견디지 못하고 쓰러지는 돌무더기 같은 삶을 이어가고 있었다. 시간이 갈수록 빛을 잃어가며 가라앉는 모습을 바라보는 게 가슴이 시릴 지경이었다. 그저 고등문관 합격을 목적으로 사는 박무영에게는 일본인 친구도 조선인 친구도 없었다.

박무영은 감정적으로 일을 처리하지 않았다. 결정하는 데 오래 걸리는 만큼 신중하여 한번 마음먹은 바를 굽히지 않았다. 주도면밀하지도 영리하지도 않았다. 그 우직함을 나는 사랑하였다. 우동집에서 일하는 아이에게도 다정하고 동정심이 많았다. 따뜻한 사람이었다. 박씨 집안 가노들이 '무영 도련님'이라고 하면 죽는 척이라도 하는 이유가 있었다. 그는 집안 재산으로 공부를 할지언정 겉으로 재력을 뽐내는 차림을 하거나 귀한 음식을 먹지 않았다. 반찬이 없어도, 맛이 없어도, 어제 나온 국을 다시 내놓아도 박무영은 타박 한번 하지 않았다. 오히려 좋은 반찬을 내놓으면 아껴서 당신 책이나 사보라고 했다. 첫 만남에서 동경제대 교복을 입고 있던 이유가 있었다. 자랑을 위해서가 아니라 교복 외에는 변변한 양복 자체가 없었기에, 정혼한 여자를 처음 만나는 자리에 가장 좋은 옷을 꺼내 입었던 것이다. 혼인하여 살다 보니 그 소탈한 성정이 슬프게 다가왔다. 권력에 욕심이 있는 사람도 아니었다. 그저 백면서생이나 하면 딱 어울릴 사람이 고등문관이 되려는 이유는 가문을 지키고 품위를 유지하면서도 조선인 지식인답게 살기 위한 그 나름 최선의 선택이었다. 그 선택에 동의할 수는 없었지만 존중할 수는 있었다. 나는 아침에 일어나 시를 읽고 아침밥을 차리고 도서관으로 나가는 그를 배웅하고 집 정리를 하고 산보하듯 수업을 들으러 다녔다.

방인근이라는 자는 『조선문단』을 발간하고, 조선문인협회 발기인이었던 조선 문단의 실력자였다. 방인근이 뚜벅뚜벅 걸어가는 친일의 길은 여타 문인들의 길보다 분명하였다. 문학을 공부하지 않아도 글만 읽을 수 있다면 그가 쓴 글을 어렵지 않게 만날 수 있었다. 그는 민족과 문인과 문학의 적이다. 징병제 실시가 조선 통치사상 획기적인 일이라며 새롭게 태어나는 것이라고 부르짖는 저 현영섭 아니 히라노 히데노와 다를 것이 없다. 방인근은 자기가 가진 재능으로 젊은이들을, 박무영과 같은 유학생들조차 군대로 끌어내리려는 저 일제의 앞잡이였다. 나는 가슴을 퍽퍽 치며 그자의 문장을 읽었다.

박무영과 나는 오랜만에 의기투합하여 방인근의 글을 성토하였다. 폭력을 단련해서 다른 이들의 의지를 꺾는 행위를 꽃과 별로 달콤하게 표현하다니… 어찌 이럴 수가 있을까?

"조선이 망하였다고는 하나 유구한 역사가 있는데 이자는 어찌하여 그 모든 것을 배신하는가. 이런 자가 문인이라니… 능구렁이 같은 자로군."

전에 없이 흥분하는 박무영 앞에서 주저하고 머뭇거리며 아무 글도 쓰지 못하는 내가 부끄러워 견딜 수 없었다.

"진정 문인이라 한다면 일제가 벌이는 교활한 술책을 기사로 쓰고 글로 남김에 마땅하지요. 고달픈 민중을 위로하는 글을 쓰지는 못할망정 이자는 꽃과 별을 더럽히고 아름다움을 훼손하기까지 하다니……."

그날 밤, 나는 새로운 시를 쓰기 시작했다.

그리하여,
나와 그 계집아이뿐이었다.
계집아이가 감을 잡으려 팔을 늘어트리었다.
올라가는 팔을 끌어내리려다
이미 든 감을 보고는
계집아이와 나는 감을 함께 베어 먹었다.

처음 글을 쓰기 시작할 때는 글을 쓰고 나서 제목을 붙였는데, 이제는 제목을 붙이지 않으면 글이 나오지 않았다. 완성하지 못하고 지우고 지우면서도 이 시의 제목은 「붉은 밥」 그대로였다. 내가 써야 한다. 나도 쓸 수 있다. 제대로 당당하게 쓰고 싶었다. 시를 쓰고 버리고 지우는 까닭은 내가 무엇인가 적극적으로 할 용기가 필요한 이유였다.

그 집

마지막 여름방학이었다.

이번 방학에 조선으로 돌아가지 않고 공부에 매진하기로 본가와 이야기를 마친 상태였다. 더위가 하숙방 깊은 곳까지 찾아올 즈음 박무영은 이불을 둘둘 말고도 벌벌 떨었다. 바람에 밀리고 깎이는 황폐한 돌산을 보는 것 같았다. 겉으로 단단해 보여도 파도가 한번 스쳐 가면 아스라질 것만 같이 빈약해졌다. 바람조차 버겁게 훈훈한 무더위 가운데 박무영의 불안한 기침은 점점 더 깊고 길어졌다.

그날은 유학생 모임이 쉬이 끝나질 않아 종종대며 하숙방으로 돌아왔다.

"늦었네요. 저녁은 어찌하셨어요?"

박무영은 내가 오는 소리를 듣고 거대한 석고상이 움직이듯 내 쪽으로 무겁게 돌아앉았다. 무언가 결연한 분위기였다.

"조선으로 돌아갑시다."

느닷없었다. 어제까지만도 아니 오늘 아침에도 낌새도 없었다.

"언제요?"

"내일."

"공부는 어쩌시구요."

나는 볼멘소리를 했다. 박무영의 공부도 공부지만 이렇게 되면 내가 하는 유학생 모임도 정지되고 마는 상황이었다.

"당신에게는 미안하지만, 가서 수린이도 보고…… 쉬는 게 낫겠소. 아니 여기서 멈춰야 해. 더는 안 되겠어."

수린을 임신한 걸 알고 박무영은 출산 시기에 맞추어 나를 조선으로 보내었다. 홀로 배를 타고 동화까지 가 아이를 낳았다. 시험을 마치자마자 동화로 달려온 박무영은 동화에 머무는 내내 수린을 손에서 내려놓지 않았다.

생을 건 시험을 목전에 두고 웬만해서 이렇게 물러날 사람이 아니었다. 이런 결정을 하기까지 그는 치열하고 진지하게 고민했을 것이다. 돌아보는 일 없이 정진해왔던 그는 본능적으로 생존에 위험을 느꼈을지 모른다. 그런데도 내내 등만 보인 채 내게 입을 다물고 있었던 것인가…….

머릿속이 복잡해졌다.

그를 먼저 보낼 수도, 혼자 이곳에 남을 수도 없었다.

재동경조선유학생 학우회에서 내는 잡지 『학자경』에 내 산문을 싣기로 하였다. 여러 설왕설래가 있어 어려운 결정이었다. 내가 한 발 내딛는 시작이었다. 잡지에 내 글이 실리는 걸 보고 싶었다. 잡지 배포도 중요한 작업이었다. 누군가와 뜻을 맞추고 협력을 한 건 처음이라 더욱 의미가 깊었다. 식민 조선에서 지식인이 내는 목소리라는 점보다 함께 만들었다는 점, '우리'라는 이름이 더 중요했다.

내 글을 요즘 시대에 어울리지 않는 정조라며 격렬히 싫어하는 이들도 있지만, 이런 시대에도 우리 민족들의 삶을 닮은 소소한 글귀는 필요하다는 이들도 많았다. 고향에서 어른들이 즐겨 먹던 알밤주라든지, 어머니가 만들어준 약밥을 먹으며 경성에 오르던 길에 대한 추억을 시에 담았다. 조선에서 가져온 알밤주를 박무영과 나눠 마시고 이야기에 취한 상태로 어색한 궤도를 깨뜨렸고 그날 수린이가 생겼다. 내게는 조선인다운 삶이 필요한 이유가 알밤주 같은 것이었다. 나도 박무영도 일본 음식이나 문화가 익숙해지지 않았다. 태어나면서부터 일본의 속국이었는데도 나는 조선에 깃든 사람이었다. 냄새며 흙이며 감나무, 아이들 노랫소리며 먹을거리 따위를 그리워하는 마음을 담았다. 가져본 적 없는 나라지만 그렇기에 아득하고 간절하게 되찾길 기대하고 있었다. 편집위원 중에는 독립에 뜻을 펼치는 적극적인 독립운동가들이 있어 선동문이 다수들어 있었다. 차마 위험하니 그만두자는 말을 하지 못했다. 숨죽인 내 글이 끼어들 틈이 있어 기뻤다. 고마웠다. 곧 1차 인쇄본이 나오고 동경 유학생들에게 돌려 뜻을 모으기로 했다. 그후 전체 글을 추스르고 일본 전역 유학생 전체와 돌려보기로한 상태였다.

"저… 저는 아직 해야 할 일이 있어요."

박무영 눈빛이 차가워졌다. 마음이 급해진 나는 그를 설득하기 시작했다.

"뜻이 맞는 유학생들이 내는 문집에 제 글이 실릴 거예요. 거기에 일본 식민지배에 대한 부당성을 알리는 글도 실리구요. 영문판도 같이 내서 일본 내 양인들이 읽게 할 계획이에요. 문집이 나오면 배포에도 신경을 써야 하구요. 할 일이 아직 많아요. 당신도 반대하지 않을 거라 믿었어요."

"반대하는 것이 아니오……."

박무영은 마른기침을 하느라 이야기를 더 이어가지 못했다. 나는 얼른 부엌으로 뛰어가 물을 가져다주었다. 요즈음 잔기침이 많아진 박무영을 위해 파뿌리 삶은 물을 준비해두었다.

"저는 저대로 할 수 있는 일을 찾는 것이에요. 당신 덕에 유학을 하고 있으나 배운 것을 사용하지 않는다면 조선에 무슨 쓸모가 있겠어요?"

나는 조선으로 돌아가는 날을 며칠만 미루자고 설득했다. 문집이 나오는 걸 보고 싶었고, 그것은 글을 쓴 사람의 의무이기도 했다. 박무영은 천천히 고개를 끄덕였다.

박무영과 나는 『학자경』이 나온 다음 날 조선으로 가는 여객선에 몸을 실었다. 박무영은 잡지를 손에 들고 심한 뱃멀미를 했다.

"이 글을 보니 당신은 당신대로 살아야 하는 사람이 맞소. 당신 글은 조선다워. 조선인이라면 조선의 문화를 지켜야지. 당신은 언젠가는 사라질지 모르는 그 느낌, 지금도 사라지고 있는 냄새를 글에 담았단 말이오. 글이 맛있단 말이지. 나는 나대로 길을 가야 하는 사람이고 당신은 계속 글을 써야 하는 사람이오. 난 좋은 관리가 될 거요. 그런 조선 사람도 필요하지 않겠소. 무엇보다… 이 글은 일본어로 번역해둡시다. 그건 내가 하지."

다른 누구도 아닌 박무영이 이런 말을 하다니… 부끄러운 줄도 모르고 그의 어깨를 안았다. 심장이 쿵쾅거렸다.

"제 글이 뭐 그리 대단하다구요. 어설픈 글 하나로 나서는 것 같아 부끄러울 뿐이에요."

나는 끝내 박무영에게 고맙다는 말을 하지 못했다. 박무영은 덧붙이는 말을 쓰며 다시 꼼꼼히 읽어 내려갔다.

"그 이야기는 나중에 해요. 우선은 몸을 좀 추스르시구요."

제물포에서 경성, 경성에서 다시 동화까지 가는 길에 더욱 쇠약해진 박무영은 심한 열병에 시달렸다. 이래서는 안 될 것 같아 경성에 며칠 쉬며 병원에 들르자고 애원 아닌 애원을 했다. 박무영은 한시라도 빨리 고향으로 돌아가고 싶어 했다. 집에 가면 다 나을 거라는 그의 말은 진실이었다. 여행 내내 부축을 받아가며 걷던 그였지만 동화역에 내리자 땀을 닦고 허리를 곧게 세웠다.

"두시오."

그는 부축하는 내 팔을 부드럽게 밀어냈다. 느릿했지만 걸음이 곧았다. 역까지 마중 나온 큰아범은 우리를 발견하고는 맨바닥에 절을 하고 짐을 지게에 실었다. 박무영은 그런 큰아범에게 부드러운 말투로 고맙다는 인사를 잊지 않고 지팡이를 내게 건네주고는 집까지 꼿꼿하게 걸어갔다. 기차에서 식은땀을 뻘뻘 흘려가며 내게 기대어 앓던 그가 맞나……. 나는 박무영의 뒷모습을 바라보며 잠시 지체했다. 집으로 당도하자 눈에 띄게 상한 장손 몰골에 김씨부인은 물론 박영후 영감까지 충격을 받은 듯했다.

"걱정하실 것 없습니다. 뱃멀미가 심해서 그렇습니다. 조금 쉬면 괜찮습니다."

그는 곧바로 사랑으로 건너갔다. 김씨부인은 어찌 내조를 했길래 건장한 사내가 저리 상했냐며 내게 따져 물었다. 여독에 나도 지쳤으나 표를 내지 않았다. 대신 수린이 어디 있는지 물었다.

"유모가 재우는 중이다."

잠이 깬 별당으로 온 수린이는 나를 낯설어했다. 수린이 날 밀어내자 세상 모든 사람들에게 배척받는 기분이 들었다. 김씨부인의 지극한 수발 덕인지 고향의 기운 때문인지 박무영은 서서히 회복했다. 기침도 거의 잦아들었다. 동화에 온 지 열흘쯤 지났을 때는 수린이를 데리고 때 아닌 바람개비를 만들어 나설 정도가 되었다. 그런 박무영을 박영후 영감과 김씨부인은 탐탁지 않게 바라보았다. 수린이도 어느새 내 옆에서 떨어지지 않고, 엄마 엄마 따르는 통에 나는 뒤늦게 아이 키우는 재미에 빠졌다.

"수린 어미는 여기 남더라도 무영이는 이제 일본으로 가야지. 아직 졸업이 남아 있지 않아? 가서 시험 준비를 잘하고… 학교에 다니지 않으면 젊은이들은 학도병에 끌려가는 처지니……."

박무영은 고개를 푹 떨궜다. 박영후 영감은 장손이 이룬 것 없이 나이만 먹고 있는 것을 불안해했다.

"이 사람도 함께 가야 제가 공부에만 전념할 수 있습니다.

하숙방에서 혼자 밥 해 먹기도 불편하구요."

박무영이 나를 데려가기 위해 가장 좋은 핑계를 박영후 영감 앞에 내밀었다. 내가 대학을 다니고 있다는 사실이나 유학생들과 도모하고 있는 일을 내밀었다가는 오히려 다시는 집 밖으로 나서지 못하게 될 것이었다.

"그래, 내조를 제대로 받아야 남자가 큰일을 할 수 있지. 여자가 할 일이 그것이고."

김씨부인은 박무영이 먹을 약재와 음식들을 싸주었다. 나는 이 집을 떠날 수 있게만 해주어도 감사했다. 박무영도 없이 홀로 이 집에서 버틸 생각만으로도 절로 한숨이 나왔다. 수린이와 떨어지기는 마음 아팠으나 아이를 일본으로 데려갈 수도 없으니 이곳이 더 나았다. 아이 낳기 두 달 전에 만삭 몸으로 홀로 동화로 와 수린이를 낳고 산후조리를 하느라 넉 달을 박무영 없이 보냈다. 누워도 편치 않고 앉아도 고달프고 정원을 거닐자니 눈치가 보였다. 딸 낳은 죄인이었다. 그 고역을 다시 겪고 싶지는 않았다. 방학을 맞이하여 박무영이 동화로 내려와 수린이를 어르고 챙기자 나는 정신적 노역에서 벗어날 수 있었다.

"딸이라 어쩌냐니요. 어머니, 아이가 듣습니다."

박무영은 김씨부인을 책망하고는 내 곁에서 아이를 한참 안고 바라보았다. 수린이 이름도 박무영이 지었다. 아들이라면

수혁, 딸이라면 수린이라고 조선으로 가는 배를 태우며 손에
쥐어준 이름이었다. 여자아이 이름에 돌림자를 쓰는 건 아니
라던 김씨부인도 박무영이 쓴 편지를 읽더니 입을 닫았다.

동화에서 마지막 날 밤, 수린이를 토닥이며 누워 있는데 박
무영이 방문을 열고 들어왔다.

"오늘은 우리 셋이 자봅시다."

나와 박무영 사이에 수린을 두고 누운 것은 처음이었다. 이
렇게 셋이 누우니 셋만으로도 충분했다. 그렇게 해서 나는 동
화에 와서 처음으로 단잠을 잤다. 떠나는 날 새벽, 나는 조용히
일어나 박무영과 수린이 잠든 모습을 바라보며 기도하는 마음
으로「그 집」을 썼다.

수린을 안고 밤새 묵주기도를 드렸다. 아이가 놀라니 깨우
지 말라는 김씨부인 말을 무시하고 나는 부러 곤히 자는 수린
이를 깨웠다. 아무리 어린아이지만 자는 사이 인사도 없이 떠
나는 건 예의가 아니었다.

"수린아, 엄마와 아버지는 일본으로 갈 거야. 곧 올 거야. 아
버지 졸업하시면 수린이 한 살 더 먹기 전에 돌아올 거야."

따라간다고 보채는 수린을 데리고 왔어야 했다. 가슴으로
파고드는 수린을 유모가 떼어가자 수린은 소리를 질러댔다.
어느새 방에 들어와 있던 박무영이 유모에게 수린을 받아 안
고 귀에 무어라 속삭이며 품에 안았다.

"기차 시간 다 됐습니다. 어서 떠나야 합니다."

짐을 들고 밖에서 기다리는 큰아범이 재촉하는 소리에 박무영이 내 손을 잡고 방을 나섰다. 이것이 박무영과 박수린의 마지막 만남이었다. 우리 부부는 수린이에게 한 약속을 평생 지키지 못했다.

산수유

한 달 만에 경성으로 돌아왔다. 경성은 동화로 가는 길목에서 느꼈던 것보다 더욱 숨 가쁘게 돌아가고 있었다. 낮게 깔린 짙은 안개 위에 서 있듯 뿌연 도시에 때늦은 더위가 기승을 부려 숨쉬기도 버거웠다. 북적이는 사람들 사이에 걸음을 맞춰 걷는 군인들이 섞여 있었다. 군인들은 패기보다는 두려움에 찌든 얼굴이었으니, 이 전쟁의 결과는 패배일 것이다. 그 대가를 조선 백성들이 겪게 될 것이다.

거리를 오가는 이들이 흘리는 비지땀은 눈물인 듯 무거웠다.

경성제대 시절 친구를 만난다는 박무영을 따라 찻집에 들렀다. 미쓰코시 주변은 여전히 찻집이 성황이었다. '경성에 딴스

홀을 허하라'느니, '룸펜들의 여급 희롱 실태' 따위 기사가 잡지에 버젓이 실리는 것을 보면 지금 전쟁 중인지, 호황 중인지 도저히 알 수 없는 분위기가 경성을 불안하게 떠받치고 있었다.

그곳에서 이화여전 동창을 만났다. 이름이 뭐였더라…….
그 시절을 잊고 살아 그런지 친밀히 지낸 이가 드물어 그런지 겨우 몇 년 전에 매일 만나던 아이인데 까마득히 기억이 나지 않았다. 내 마음을 아는지 모르는지 동창은 나를 만나고는 손을 붙들고 방방 뛰면서 반가워하더니 묻지도 않은 동창들 소식을 전했다. 동창은 밖으로 나도는 남편 때문에 경성 생활에 신물을 내고 있었다.

떠다니는 수많은 소문들 중 으뜸은 희진 소식이었다. 나는 침을 삼키며 동창 이야기를 들었다. 희진의 아버지는 꾸준히 막대한 헌금을 일본에 바치며 자작 작위를 받고 탄광사업에 비료사업까지 손을 뻗었다고 했다. 조선에서 가장 돈이 많은 사람이라는 이야기도 돌았다. 혼인 전에도 조선상업은행 은행장보다 더 좋은 유선형 자동차를 타고 다녀 부러움과 질시를 한몸에 받던 희진이었다. 그런 갑부가 금지옥엽 희진의 불행을 그저 두고 볼 수 없었을 것이다. 돈과 권력으로 할 수 있는 것은 다 해주었으리라. 희진은 이혼 후 구라파로 유학을 떠났다고 했다.

"이제 와 피아노를 친다고 도망가듯 유학이라니 말이 되니?

뭐 그리 대단한 재주라고 말이야."

여전 동창은 희진과 일면식이 있는가? 희진을 제대로 알지도 못하면서 떠들어대는 말을 그저 듣고 있기 거북했다.

"희진이는 구라파와 잘 맞을 거야. 타고난 심미안이 있으니 예술적으로 더 날개를 펼 것이고. 정말 잘되었다."

내가 겨우 뱉은 말이라고는 그 정도였다. 희진이 떠난 길은 어쩌면 망명이었다. 불명예를 이고 지고 지리멸렬하는 삶이야말로 희진답지 못했다. 희진은 유학을 떠나는 편이 자신과 집안의 명예를 지키는 일이라 여겼을 것이다. 진정 자유로워지기 위해 조선을 떠나는 선택은 도망이라기보다 차라리 용기였다.

최우식의 끝없는 일탈에 더해 모욕과 수모를 견뎌내던 희진이었다. 하혈을 거듭하던 희진이 아이를 지키기 위해 수술을 거부하다 아이도 잃고 건강을 많이 잃었다는 이야기를 들었다. 아무리 좋은 약으로도, 조선 최고 양의사로도 자리보전을 한 희진을 일으킬 수는 없었다. 최우식은 희진에게서 아이를 기대할 수 없음을 알고 당당히 이혼을 요구했다. 아이를 낳지 못하는 여인이 이혼을 통보받는 것은 여전히 흔한 일이었고, 첩을 들이는 것보다는 희진 자존심에 덜 상처를 주는 길이었다. 윤판서도 최우식과 그 집안에 별다른 이의도 제기하지 않고 깨끗하게 이혼장에 도장을 찍어주었으리라. 그리고 몸을 추스른 희진이 일본을 거쳐 구라파로 떠나게 했다. 신문에서 자주 이름이 등장하는 희진의 아버지 소식에 동창이 전한 출처 불명확한 소문을 더해 꾸려본 희진의 안부는 그러했다. 삶을 망가뜨리지 않고 식민지 조선 현실에서 가장 멀리 떠났으니, 역시 희진은 희진이었다.

"아무리 잘난 윤희진이라고 해도 대를 끊을 수는 없잖아? 근데, 그 소문 사실이니? 최우식과 너에 관한 소문? 사실 아니지? 나는 아니라고 했지. 절대 아니라고 했는데, 다른 아이들이 그러는 거야. 너라고."

오랜만에 재미있는 일을 발견해냈다는 즐거움에 나를 바라보던 그 동창 이름이 생각났다. 나는 이름도 가물가물한 동창의 먹잇감이 될 생각이 전혀 없었다.

"하하하. 그럼 나 혼인했다는 소문은 못 들었니? 나 혼인한 지 3년이 넘었단다."

말을 다 끝내기도 전에 찻집으로 박무영이 들어왔다.

"저분이셔. 나 먼저 간다."

나는 인사시켜 달라는 향경의 말을 무시하고 일어나 박무영에게 갔다. 박무영과 내 뒷모습을 오래도록 지켜보는 동창의 시선을 느꼈다.

어쩐 일인지 박무영은 경성에 여관을 잡고 며칠 천천히 둘러보자고 했다.

"다음에 돌아오면 수린이도 경성 구경을 좀 시켜주면 좋겠소. 어릴 적부터 신문물을 많이 봐야 아이에게도 좋지."

박무영은 한 번도 수린이 딸이라 하여 아쉬운 기색을 보인 적이 없었다. 자기보다는 나를 더 닮아 다행이라고도 했다. 박무영은 가볍고 부드러운 얼굴을 하고 경성 시내를 걸었다.

"시험에 합격하면 본가에 이야기해 경성에 살림집을 구합시다. 그러면 당신도 좀 운신하기 편할 거요."

기약 없는 그 말이 나는 고맙고 슬펐다.

경성사진관 앞에는 권번 출신 기생들이 『조선미인보감』이라는 인명사전에 내느라 한껏 차려입고 찍은 사진들이 전시되어 있었다. 전쟁 중에도 기생집만은 성업인 모양이었다. 경성에서 나는 단발로 머리를 자르고 혼수로 해온 양장을 입었다. 박무영은 우리의 청춘을 기록에 남기고 싶다고 했다. 사진은 박무영과 나, 박무영 독사진, 내 독사진 그렇게 세 장이었다. 박무영과 나는 사진이 나오는 동안 경성에 머물기로 하였다.

나중에 알게 된 사실이지만, 경성사진관에서는 그렇게 찍은 내 독사진을 허락도 받지 않은 채 오래 진열하여 호객용으로 사용했다. 기생들 사진 옆에 나란히 전시된 사진으로 인해 나도 모르게 한참 여느 사람들의 눈요기가 되었다. 최우식은 경성사진관 앞에 전시된 사진을 사들이고, 그 사진에 담긴 내 모습을 그림으로 그렸다. 여러 신변잡기에 능한 최우식이 그림을 그린다고 캔버스며 비싼 유화까지 들고 다니는 건 예전 경성 하숙 시절부터 유명해 알기는 했지만 어느 정도 수준인지는 알지 못했다. 최우식이 그림을 그릴 당시, 난 그를 만난 적도 없었다. 소위 경성스캔들이라는 것들 중 그렇게 실체 없는 허상이 많았다.

나중에 알았지만, 그림을 보아하니 그럴 만도 하다. 『경성일보』 내청각에 걸린 최우식의 그림 스물세 점 중 「나의, 명혜」는 단연 화제였다고 한다. 『경성일보』, 『삼천리』 심지어 『문장』에도 문인의 회화 예술에 대한 평이 실렸다고 했다. 박무영이 몰랐으니 다행이다. 그 사람에게 그런 꼴을 보이지 않아서 얼마나 다행인지 모른다.

문인들 사이에서 연애사를 소설로 교묘하게 위장해 새로운 스캔들로 만드는 놀이가 한창 유행이었다. 그들은 그렇게 조선의 현실을 외면하며 남의 연애사를 꾸며 필력과 재능을 낭비했다. 맨몸으로 다가가기엔 민족의 고통이 처참했고 자신들 처지는 안온했다. 조선에 포함되기 위해서는 가진 것을 버리고 고통 속으로 뛰어들어야만 가능했다. 그렇게 일부는 죽음을 각오하고 민족의 삶 속으로 뛰어들었고 일부는 낙엽을 태우며 글놀이에 빠져들었다. 놀이하는 자들보다 더 고약한 자들은 일제에 동조하여 민족을 팔아먹을 글을 써대는 자들이었다. 이름을 알린 문인들은 일제가 이용하기 가장 좋은 선동꾼

들이었다. 그들이 명랑하게 써대는 글들은 사람들을 망치고 선동하고 소비하는 데 도구로 쓰였다. 그 글에 회자된 사람들이 어떻게 망가지는지는 관심이 없었다.

사진이 나오고도 경성을 떠나는 날이 자꾸 지체되었다. 승선 허가가 떨어지지 않는 걸로만 여겼는데 박무영이 책더미를 묶어 안듯이 싸들고 여관방에 들어섰다.

"한번 보시오."

박무영 얼굴은 전에 없이 상기되어 있었다.

그것은, 내 시집 출판본이었다.

『산수유』정명혜 作

정명혜 이름이 또렷하였다. 언제 내 글들을 이렇게 모았을까. 경성사진관에서 찍은 내 독사진이 뒤표지에 실렸다. 나도 원본이 어디 있는지 잃어버린 고보 시절 글까지 찾아내 담았다.

"기자 하는 동문에게 책을 한 권 주었더니 감탄에 감탄을 거듭하더군. 곧 비평이 신문에 실릴 거야. 당신은 글을 써야 해."

이걸 만들어내느라고 박무영은 동화에서 받아온 유학자금을 상당히 써버렸다. 책을 어루만지던 나는 박무영의 얼굴을 한참 바라보았다. 그는 내 살아생전 첫 번째 시집을 이렇게 만들어주었다.

고노에 히로시

유학생들은 지하로 숨어들었다.

징병제가 유학생들에게도 들이닥쳤다. 병약한 박무영 상태로나 동경제대 교복을 두른 위용으로 아직은 안전했으나 조심해서 나쁠 건 없었다. 본가에서 조심하라는 전갈이 암호문처럼 전해졌다. 조선에서는 학생들을 가르치던 선생들도 수업 중에 군인들에게 끌려간다고 했다.

나는 요사이 되도록 외출하지 않았다. 밖으로 나다녔다가는 험한 일을 당하기 쉬웠다. 전쟁이 오래 지속되면서 물가는 오르고 분위기는 험악해졌다. 패전의 기운이었다. 흉흉한 와중에 조선인 유학생 부부에 대한 주변의 눈총이 따가웠다. 동경

제대 유학생 부부에게 친절했던 주인의 눈길은 언제부터인가 서리 맞은 배춧잎처럼 차갑게 변했다.

전쟁 중이라 모든 것이 귀했다. 어떻게든 이 상황을 벗어나기 위해서는 더 열심히 공부하는 수밖에 없다던 그의 의기는 과로로 이어졌다. 끼니마다 부실한 반찬을 내놓기 민망했는데 수면 부족에 깊은 정신적 압박감까지 얻어 시험을 치르고 나더니 급격히 병이 깊어졌다. 물가가 천정부지로 치솟아 돈을 들고도 식재료를 구하지 못하는 날이 많아졌다. 일본에 돌아오자마자 부려놓은 쌀도 바닥을 보였다. 돈이 있어도 쌀을 팔아다 먹기 여간 어렵지 않았다. 엊그제 2층 살림집으로 올라가다 마주친 주인 여자에게 인사를 건넸을 때 되돌아온 말은 며칠 동안 밤을 헤집어 놓았다.

"벌레 같은 조선년."

박무영의 기침 소리가 깊어졌다. 박무영은 고등문관 시험에 떨어진 패배감에서 벗어나지 못했다. 조선인으로 그 시험을 통과한 사람은 손에 꼽았지만 평생 한 번도 실패해본 적 없는 그에게는 견디기 힘든 시련이었다. 최우등 졸업도 물 건너가고, 경성제대 교수로 갈 일도 막연해지자 더욱 낙담하였다.

"사람이 우선 살고 봐야죠. 일단 동화로 가요."

못 가겠다고 버티던 박무영을 겨우 움직여 낙향하기로 한 날이었다. 박무영이 급기야 각혈을 하자 어찌해야 할지 아득해졌다. 안절부절못하는 내 손을 잡고 박무영이 말했다.

"수린이를 두고 온 것은 잘한 일이야. 보고는 싶지만 이런 내 꼴을 보여주고 싶지는 않아."

"무슨 말씀이에요."

"난 머지 않았어. 당신도 알 거예요. 수린이라도 한 번 더 안 아주고 올 것을……. 나… 오늘 조선에 가는 배편을 구하러 갔었어."

박무영은 표를 구하지 못했다. 나는 박무영이 언제 죽을지 모른다는 불안감에 매일 자갈을 삼키는 마음으로 살았다. 급한 마음에 최우식을 찾았다. 희진과 이혼 후 곧바로 일본으로 건너온 최우식은 창씨개명을 하고 '고노에 히로시'로 산 지 오래였다. 일본 귀족 가문에 데릴사위로 들어가 나이 많은 일본 여인의 남편으로 살았다. 고노에 히로시가 어렵지 않게 일등칸 표를 구해왔지만 때는 늦었다. 박무영은 급기야 묵 같은 핏덩이를 뱉어냈다. 고단한 여행을 할 몸 상태가 아니었다.

치료가 더 급했다. 나는 숨 가쁘게 고노에 히로시를 찾아 달려가 박무영 상태를 알리고 의사를 구해달라 간청했다. 염치고 체면이고 필요 없었다. 어떻게든 박무영을 살려 동화로 돌아가야 했다. 고노에 히로시가 보낸 의사는 고개를 흔들며 집에서 죽으라 전하며 서둘러 떠났다. 나는 그 말을 믿지 않았다. 박무영이 혼자 잠들기 두렵다며 힘없이 내 방 문을 밀고 들어왔다. 그동안은 병을 옮긴다며 각방 생활에 식사도 따로 하겠다며 등을 보이던 그였다. 그 사람에게 마지막이 다가오고 있다는 사실을 직감할 수 있었다. 다음 날 급히 전보를 보냈다. 전보를 보내기 위해 가진 돈을 거의 다 썼다. 글자 하나하나가 돈이었다.

박무영 위독, 귀국 요망

우리 상황을 동화에 확실히 전해야 했다. 돈이 충분하면 뭐라도 해볼 텐데 시집을 엮느라 돈을 허투루 많이 써버려 할 수 있는 게 별로 없었다. 전란 중에 경성도 아닌 동화에 급한 소식을 전해 원하는 답을 받기까지는 시일이 꽤 지체되었다.

매일 기도를 했다. 그와 손잡고 수린이를 만나러 가게 해달라고… 수린이에게서 아버지를 빼앗지 말아달라고… 나에게서 이 사람을 데려가지 말아달라고… 이 사람이 조선을 빛내지 않아도 좋다고… 우리 부부를 불쌍히 여기시어 자비를 베풀어달라고… 살려달라고… 살려만 달라고… 기도했다. 기도를 하지 않는 시간에 그가 나를 떠날까 봐 두려워 더욱 기도에 매달렸다.

동화에서 기다리는 소식이 채 닿기도 전에 박무영은 숨을 거두었다. 잠잠해진 기침 소리와 서늘한 공기로 이미 숨을 거

둔 박무영을 느꼈다. 해가 뜨고 빛이 그의 몸을 감싸기 전에 그 몸을 만지고 죽음을 인정하기 두려웠다. 나는 망연히 굳은 몸을 확인하고 그 위에 엎드렸다. 죽음은 무엇일까. 무겁게 가라앉은 차가운 몸 위로 더 이상 대답 없는 이야기와 마음과 사랑과 연민이 침전했다. 죽은 후 얼마까지 그 사람 몸에 그 사람이 있을까. 이 몸은 그 사람일까. 그 사람의 영혼은 지금 어디쯤 있을까. 이 죽음은 내 일부의 죽음이다. 나는 그 사람에게 어떤 진실도 전하지 못했다. 그 진실도 함께 죽었다. 주여… 자비를 베푸소서. 주여… 자비를 베푸소서. 박무영의 영혼이 영원한 안식에 이를 수 있도록 도와주소서.

난 이제 혼자다.

홀로 장례를 치렀다.

아니다.

내 옆에는 고노에 히로시, 최우식이 있었다. 고노에 히로시는 부고 기사를 내고 유학생들을 불러모아 예를 갖춘 장례를 치러주었다. 돈 많은 일본인 사내는 시신이 부패하기 전에 거금을 주고 병원 영안실 지하에 자리를 마련해 동화 시가에서 시신을 확인할 수 있도록 했고, 나를 박무영의 미망인으로 남게 했다.

박영후 영감이 도착했을 때는 이미 박무영이 사망한 지 사흘이 지난 후였다. 박영후 영감은 차분히 시신을 확인하고 하숙방에서 아들의 짐을 챙겼다. 영감은 나를 데리고 동화로 돌아가려 했다. 나는 며느리이기 전에 어미이므로 수린이 있는 곳으로 가는 것이 어쩌면… 마땅했다. 마땅하고 당연하다는 말이 나를 짓누르고 있었다. 하지만 박무영이 없는 그 집은 내 집이 아니었다. 김씨부인의 홀대와 박영후 영감의 무시를 견디며 박무영 없는 그 집에서 서서히 죽어갈 수는 없었다. 나는 마땅하다는 그 의무를 받아들일 수 없었다.

박영후 영감 앞을 고노에 히로시가 막아섰다.

"명혜는 일본에 남을 겁니다."

박영후 영감 얼굴이 표가 나게 일그러졌다. 경멸이었다. 나는 평생 그 영감 얼굴에서 그렇게 적나라한 표정을 본 적이 없었다. 그러고는 나와 고노에 히로시를 번갈아 보더니 그저 더러운 냄새를 피하듯 물러섰다. 나는 박영후 영감에게 깊이 절하며 말했다.

"곧 수린이 데리러 가겠습니다."

박영후 영감은 못 들은 척 고개를 돌렸다.

"내 오늘 신세는 잊지 않음세."

고노에 히로시에게 인사를 했을 뿐이었다.

나는 경성사진관에서 찍은 박무영의 독사진을 건넸다. 박영후 영감은 내게 받은 사진을 저고리 섶 안쪽에 넣었다. 내게도 하나뿐인 사진이었으나 외아들 잃은 아버지에게 주길 박무영도 바랄 것이라는 마음이었다. 나에게는 그와 함께 찍은 사진이 있으니 되었다. 박영후 영감은 최우식 어깨를 누르듯 밀고는 허리를 굽혀 여객선 아래로 들어갔다. 모르긴 몰라도 꼿꼿이 앉아 박무영의 유골함을 지켰을 것이다.

박영후 영감을 배웅하자마자 고노에 히로시에게 조선으로 갈 배표를 구해달라 부탁했다. 육첩방이 나를 옥죄어 모욕하고 침을 뱉는 무서운 이 땅에 더는 머물고 싶지 않았다. 경성에 자리를 잡으면 수린을 데리러 가야 했다.

박무영 장례 때는 발 벗고 나서주던 고노에 히로시는 나를 내내 외면했다. 그저 경성으로 돌아갈 뱃삯과 몇 달 치 하숙비면 충분했다. 갚겠다고 빌려달라 청을 넣었지만 아무 답이 없었다. 내 집안에서는 이미 연을 끊었다. 보낸 편지들은 고스란히 되돌아왔다. 망망대해에 아무도 없이 버려졌다. 하루는 굶고 하루는 물을 마시고 하루는 차를 마시며 열흘을 보냈다. 그렇게 서서히 말라 죽어가며 무기력한 나를 미워했다. 무의지부터 죽여버리고 싶었다. 이제 하숙비를 내지 못해 쫓겨날 일만 남았다. 아무도 궁금해하지 않을 것이므로 유서를 남길 필요가 없었다. 수린이에게 돌아가겠다는 약속을 지키지 못한 한이 남을 뿐이었다. 돈이 될 만한 것들을 정리해 팔아 이제라도 동화로 가서 수린이를 보고 죽을까? 박무영 그 사람은 뭐라고 할까? 왜 이렇게 빨리 왔냐고 혼을 낼까? 잘 왔다고 안아줄까?

짐을 정리했다.

흔적이 남지 않게 죽어야겠다. 내가 죽어도 내 시신을 수습할 사람이 없으니 그저 흘러가는 물에 나를 버려야겠다. 나는 다음 날로 죽을 날을 정하고 걸어서라도 바다로 가고 싶었다. 옷가지를 전부 팔면 바다로 갈 차비는 댈 수 있을 것이다.

죽을 장소도 정해두었다.

아라카와강이다. 선녀의 눈물처럼 반짝이는 얇은 꽃잎으로 만든 옷깃에 날개를 단 듯한 왕벚나무를 떠올렸다. 단출한 죽음이 될 것이다. 하숙방을 정리했다. 그대로 버려질 터이지만 될 수 있는 한 오래도록 그곳에 박무영이 만들어준 시집과 내 글들을 두고 싶었다. 결행만 남았다. 주인여자가 일을 나가고 없는 시간에 집을 나서는데 집 앞에 고노에 히로시가 자가용에 몸을 기대 담배를 피고 있었다.

"이제 여기를 나와야 하지 않겠어?"

내 곤궁과 절망을 이용하는 고노에 히로시를 증오했다. 그렇지만 그자는 나를 살릴 사람이었다. 나는 죽음 대신 고노에 히로시를 선택했으나, 그것은 진정한 파멸이었다. 나에게 떠밀려온 이 시대, 내 집안, 죽은 남편, 내 아이, 내 신분이 내가 이루고 싶은 삶을 가로막은 듯했다. 만약 내가 다른 시대에 살았더라면, 다른 나라에서 태어났다면… 나는, 나로 살아갈 수 있었을까?

어두운 장막을 겨우 들추던 내 손을 잡아준 고노에 히로시는 내가 그 밀물들을 거슬러 오르게 도와주었다. 그 역시 내 비겁함이었다. 떨치고 나갈 용기가 없는 나에게 조선의 사내나 친구의 남편이 아니라 아니라 일본인으로 나타난 최우식은 모든 이유가 되었다. 오랜 시간이 지난 뒤에야 알았다. 그것은 이유가 아니라 핑계였다는 것을.

죽기로 결심하고 맨발로 집 밖을 나선 내가 최초로 느낀 감정은 뜻밖에도 억울함이었다. 나는 왜 여기서 이유 없이 죽음을 맞이해야 하는가? 내가 감히 천주가 주신 생명을 스스로 거둬들여도 될까? 스스로 생활하지 못했던 내 지난 삶이 한스러웠다. 만약 내가 빈궁하게나마 살아갈 힘이 있었더라면 최우식에게 가지는 않았을 테다. 나에겐 아직 박무영이 남긴 마음과 그에 대한 회한이 남았고 더군다나 최우식에게는 지리멸렬 외에는 아무런 감정이 없었다.

고노에 히로시가 보낸 사람들은 하숙방 짐을 정리해 신속하게 차에 실었다. 고노에 히로시는 마지막까지 몰릴 때까지 나를 내버려두다 죽기 직전에야 나타났다. 집요함은 참을성을 만들어낸다. 매일 사람을 보내 확인하면서 지켜보았다. 고노에 히로시는 내 짐을 차에 실으며 마치 전리품을 획득한 듯 의기양양했다.

고노에 히로시가 마련해준 집에 기거를 하는 동안 산후풍을

앓던 일본인 부인이 사망하고 나는 그 집에 들어갔다. 일본 남자의 세 번째 부인이 되었다. 쓰러지기 직전 몸을 기댄 곳이 고노에 히로시였다. 어쩌면 그렇게 사느니 죽어야 했다. 나를 죽이지 못한 후회를 평생 안고 살았다. 고노에 히로시 집에 들어간 날부터 나는 그의 욕정을 해결해주면서 하루하루를 살아갔다. 기어이 나를 차지한 고노에 히로시는 서늘한 친절로 내곁을 지켰다. 나는 자포자기한 심정으로 오직 수린이만 생각하며 하루하루를 보냈다.

"수린이를 데려와야겠어요."

매일 장인이 만든 화과자를 먹으며 입으로 쪼갠 반을 수린이 몫으로 남겨두는 버릇이 생겼다. 밥을 먹다가도 뱉어냈다. 고노에 히로시는 퍽 피곤한 기색을 보이며 나를 의사에게 데려갔다. 의사는 정신이상증을 의심했다. 응어리를 풀지 않으면 무슨 짓을 할지 모르는 상태라고도 했다. 수린이를 데려오는 대신 아이를 낳는 데 최선을 다하기로 거짓 약속을 했다. 고노에 히로시는 이제껏 후사가 없었다. 일본인 귀족 아내는 아이를 낳다가 죽었고, 태어난 아이도 삼칠일을 넘기지 못하고 어미 곁에 묻혔다.

"난 아무래도 자식복은 없는 모양이야."

고노에 히로시는 자식을 원했고 나를 일본 귀족으로 꾸며 제대로 된 가정으로 보이는 데 최선을 다했다. 기모노를 맞추러 움직일 때는 반드시 함께하여 대금을 곧바로 지불했다. 보이기 위해 살아가는 삶이었다. 일본 귀족 고노에에게 자식은 이제 삶의 목적이었다. 전략가답게 고노에 히로시는 본능을 버리고 이성을 택했다. 고노에 히로시에게 집착이 있다면 나에겐 기도가 있었다. 나는 사랑하지도 않는 사람의 아이를 낳고 싶지 않았다. 간절히 기도하면서 또 최선을 다해 불임을 위해 약재를 구해 먹었다. 기생들이 먹는다는 불임의 약을 임신을 위한 몸보신 약처럼 정성스레 먹었다. 적극적인 불임, 그것만으로 이미 죄라는 걸 알았지만 어쩔 수 없었다.

"당신에게는 미안하지만 나는 다른 데서라도 자식은 봐야겠소."

증오하던 사람과의 사이에서 아이를 낳아 그 아이를 바라볼 자신이 없었던 나는 아이를 낳지 못하는 여인을 선택했다. 내 평생 결행한 가장 단호한 결정이었다.

박영후

 고노에 히로시에게 꽤 많은 돈을 받아 나왔다. 경성에서 어엿한 집 한 채를 살 수 있는 돈이라고 했다. 최우식은 내가 도망가지 못하는 걸 알았다. 나는 정명혜가 아닌 고노에 유이라는 일본 여자였다.

 수린이를 데려오기 위해 무엇도 증명될 수 없는 삶, 그 현실을 즈려밟으며 조선으로 향하는 배에 몸을 실었다. 특실은 흔들림 없이 고요했다. 나는 침대에 시체처럼 누워 할 말을 연습했다. 조선인이 일본에서 조선을 오갈 때는 반드시 왜냐는 질문에 답할 준비가 되어야 했다. 서슬 퍼런 군인들이 지키고 서서 작은 핑계를 잡아 마구 빼앗고 벗겨냈다. 모두가 움츠러들어 허락받은 사람들만 겨우 움직이는 시절이었다.

박무영이 죽고 조선으로 돌아올 때 나는 일본인이었다. 동경을 떠나 경성을 거쳐 동화까지 오는 데 누구도 막아서지 않았다. 내가 옷차림에 어울리는 거만한 표정으로 서류를 팔랑거리면 상대는 얼어붙은 표정으로 서류를 자세히 보지도 않고 물러섰다. 일본에서도 유서 깊은 귀족이라더니 호적에 금칠이라도 되어 있었는지 모른다. 아니면 화려한 옷차림 덕이었는지도. 누가 나를 봤어도, 그 말하기 좋아하는 그 동창을 만난다고 해도 나를 알아보지는 못했을 것이다. 털옷은 내 갑옷이며 공작 깃털로 만든 모자는 내 투구였다.

나를 보는 조선 백성의 눈에는 부러움과 감탄이 가득 찼다. 본 적이 없는 화려함이라 생경한 광경을 보는 표정이었다. 내가 걸친 보석이며 옷을 팔면 굶주린 예닐곱 식구들이 몇 년을 먹을 수 있는 양식을 살 수 있을 것이다. 이만하면 기선 제압은 되겠지 생각한 내 어리석음을 이제야 탓해 무엇하겠는가. 기차역에서도 부둣가에서도 사람들은 내가 가는 길 사이에 서서 나를 바라보았다. 동화역에 내려 박씨 문중으로 걸어가는 길은 기시감을 불러왔다.

처음 내 아버지와 나란히 걸으려 애썼던 그 길 위에 홀로 걷는 걸음은 그때보다 보폭이 좁고 느렸다. 불편한 양장차림 때문만은 아닐 것이다. 나는 값비싼 옷을 아랑곳하지 않고 흙길을 걸었다. 더럽혀진 내 명예처럼 옷도 더럽히리라 여긴 내 어리석음이, 또 어쩌면 나 자신이 취해 있는 자의식인지도 모른다.

인력거를 타지 않고 걷기로 했다. 터덜터덜 걷지 않으려 종종걸음을 했다. 종종걸음을 걷지 않으려 휘적휘적댔다. 그리하여 한껏 탁주를 퍼마신 한량의 취한 걸음처럼 비틀대는 모양새가 되었다 해도 어찌할 수 없다. 어찌할 수 없는 걸 어찌한단 말인가. 기어이 도착한 대문 앞에 한참을 서 있었다. 숨을 크게 몰아쉬고 대문을 밀었다. 문은 한 번도 잠긴 적이 없었던 듯 쉽게 열렸다. 보폭을 늘려 문지방을 넘어서고 대문을 닫았다. 빨랫감을 들고 나오던 유모와 마주쳤다. 유모는 나를 보더니 귀신을 본 듯 파드득 놀라 안방으로 뛰어 올라갔다. 안방에서 소란스러운 기미가 있더니 이윽고 박영후 영감 목소리가 들려왔다.

"들어오너라."

이 점잖은 양반은 나를 문전박대하지 않았다. 물바가지며 똥바가지까지 각오한 걸음이 시시할 지경이었다. 짐가방을 툇마루에 둔 채 안방으로 들어갔다. 박영후 영감, 김씨부인 사이에 수린이 있었다. 아이를 보는 순간 숨이 막힐 정도로 아득한 감정이 밀려 올랐다. 보기 전까지는 몰랐다. 내가 이 아이를 얼마나 그리워했는지……. 오랫동안 감정을 억누르고 외면해왔다. 누가 뭐래도 박무영을 빼다 박은 내 아이였다. 수린은 나를 보고는 슬글슬금 김씨부인 뒤에 숨어버렸다. 나는 절을 올리려 손을 모았다.

"절은 됐다. 앉거라."

김씨부인이 그렇지 않아도 비켜선 몸을 벽 쪽으로 더 비틀었다.

수린에게 내가 네 엄마다, 하는 말이 나오지 않았다. 김씨부인 등 뒤에서 빼꼼히 얼굴을 내밀고 숨어 있는 수린이에게 겨우 손을 뻗었다. 느닷없이 가슴이 메어왔다. 저 아이구나. 많이 컸구나. 서러웠다. 억울했다. 더욱더 내 아이를 데려가야겠다는 마음이 단단해졌다.

"수린이 데리러 왔습니다. 수린이는 이제 제가 키워야겠습니다. 제가 어미이니 제가 키우겠습니다."

일부러 단호한 말투를 선택했다. 동화로 내려오는 열차에서도 내내 연습했던 말이었다. 내 말과 동시에 김씨부인은 수린을 안고 일어섰다.

"수린아, 엄마야⋯⋯. 이리⋯ 이리⋯ 온⋯⋯."

내가 다급하게 김씨부인 치마저고리를 붙잡으며 울부짖자 수린은 소스라치듯 도망가며 울기 시작했다. 할머니⋯ 할머니, 하면서 우는 목소리가 서글펐다. 나는 붙들고 있던 김씨부인 치맛자락을 떨치고 일어서 수린에게 손을 다시 뻗었다. 그럴수록 수린은 김씨부인 품으로 더 파고들었다. 김씨부인이 수린을 안고 나가고 풀썩 주저앉은 내게 박영후 영감은 엄포를 놓았다.

"우리는 이미 너를 잊었다. 너는 없는 사람이야. 죽은 사람이다. 우리 집안에 그 정도 했으면 됐다. 다시는 조선 땅에 나타나지 말거라."

죽은 사람이라는 말을 처음에는 알아듣지 못했다. 박씨 집안에서는 죽은 사람 취급하여 관계를 끊겠다는 뜻인 줄 이해했지만 그렇다고 조선 땅에 오지 말라니 어이가 없었다. 무슨 권리로 조선 땅을 운운한단 말인가, 무슨 대역죄인이라고…….

"저는 수린이만 데려가면 됩니다. 수린이 데려가서는 동화에 다시는 발걸음하지 않겠습니다. 잘 키우겠습니다. 단정히 키우겠습니다. 공부도 제대로 시켜 떠나신 분 뒤를 잇게 뒷바라지 하겠습니다. 좋은 침모를 구해 옷도 해 입히고 바느질도 가르치겠습니다. 제가 키우게 해주시지요. 좋은 선생을 붙여주겠습니다. 명문학교 보내겠습니다. 단정하고 귀하게 키우겠습니다. 수린이 아버지가 못 이룬 꿈, 이루게 하겠습니다. 열다섯 살 아니 열세 살까지만이라도 키우게만 해주신다면 뭐든지 하겠습니다."

나는 점점 중언부언하기 시작했다. 헛기침 한번 없는 침묵 속에서 나는 점점 물러서고 있었다. 양보하고 밀려났다. 저쪽은 벽이었다. 벽 앞에 계속 공을 던졌지만 공은 점점 더 멀리 달아났다. 숨 가쁘게 공을 가져와 던졌지만 다시 벽이었다. 내 말이 끝나기를 기다리던 박영후 영감은 문갑에서 서류 하나를 꺼내 쑥 내밀었다.

호적등본이었다.

박무영의 처(妻) 정명혜 사망일은 박무영이 죽고 난 일주일 후였다. 정명혜는 죽었다. 박영후 영감이 조선으로 돌아온 날 나는 죽었다. 박영후 영감은 동경에서 돌아오자마자 박무영 사망신고를 하며 내 이름도 적어 넣었다. 나는 호적등본을 잡고 박영후 영감을 노려보았다. 손이 부들부들 떨렸다. 저의는 무엇인가. 죽은 걸로 되어 있으니 여기서 은장도라도 물고 엎어져 죽으라는 말인가. 박영후 영감은 최우식 뒤에 숨은 나를 순장시켰다. 재혼했다고 하여 죽여야 할 만큼 흉이 되는 시대는 아니었다. 박영후 영감이 죽은 아들 곁에 며느리를 묻어두어야 집안 명예를 살릴 수 있다고 여길 정도로 고지식한 양반도 아니었다. 분풀이나 복수가 아니었다. 자기 집안 명예를 지키기 위해 나를 제물로 바친 것이다. 박씨 집안에 개가한 며느리는 용납할 수 없다는 원칙을 지킨 것이다.

박무영 사후 내가 몇 달간 아사 상태에 빠질 정도로 허기져 지낸 사실에는 관심도 없었다. 고등문관이 되는 꿈을 이루기도 전에 이국땅에서 폐병으로 죽은 아들보다 며느리 이름이 더 자주 신문이나 잡지에 오르내렸으니 빈정도 상했을 것이다. 아들 기를 빨아먹은 천하에 나쁜 년이 아들을 잡아먹고 일본놈 옆에 서 있었으니 용납할 수 없는 집안 망신이다 싶었을 것이다. 명분은 충분했다. 죽이는 것이 낫겠다 판단했을 것이다. 박영후 영감은 잡지에 실린 「붉은 밥」과 「그 집」을 읽었고, 그 옛날 나와 최우식에 관한 추문까지 얻어들었을 것이다. 박무영 시신을 수습하는 내내 뒤에서 능글맞게 웃는 최우식을 떠올리며 실행에 옮겼다.

이제 내 앞에 호적등본까지 내밀었으니 얼마나 후련할까. 나는 헛웃음이 나왔다.

"무영이에게 인사는 하고 가거라. 무영이 마지막을 지킨 정리를 생각해서 이 정도 하는 것이니."

서늘한 공기에 폐부가 찔려 아파왔다. 박영후 영감은 나가버렸다. 나는 주인 없는 방에 죽은 듯 엎드렸다. 먹먹한 두통이 찾아와 온몸을 짓눌렀다. 얼마나 시간이 지났는지 모른다. 비틀비틀 방을 나서자 가방을 들고 기다리고 있던 유모가 내게 고개를 숙여 어설피 절을 했다. 유모는 표정이 없었다. 가방은 나를 보내기 위해 유모가 들고 있어야 할 인질이었다. 가방에 든 것이 무엇인지 곱씹어보았다. 꽤 많은 돈과 갈아입을 양장, 잠옷 한 벌, 수린이 옷이 세 벌, 인형과 초콜릿이 있었다.

수린이를 안아보고 싶었다. 살과 살을 부대고 싶었다. 얼굴을 만지고 싶었다. 한참을 질리도록 바라보고 싶었다. 어쩌면 표현 한번 제대로 못 한 박무영에 대한 내 연정일 수도 있었다. 나와 박무영과는 다른 어떤 개별의 인간인 수린. 하지만 박무영을 닮은 아이 수린……. 그 아이를 잊고 산 적은 없었다. 데려와 품고 살아보고 싶었다. 유모를 돈으로 잡아야겠다. 인생을 바꿀 수 있는 돈이라면 제아무리 충성스러운 유모라도 움직일 것이다. 밤에 수린을 데리고 나오게만 한다면, 그 아이를 준비해둔 자가용에 싣고 곧바로 경성으로, 일본으로… 고노에 히로시에게 돈을 더 준비해달라고 연락해서… 그런 허술한 계획을 꼬박꼬박 밟으며 유모 뒤를 따랐다. 유모는 짐을 들고도 뒤 한번 돌아보지 않고 앞질러 나갔다. 수린에 대한 이야기라도 나누고 싶었으나 유모는 단호하게 앞질렀다. 그 옛날아버지와 함께 걷고자 했던 시절보다 더 열심히 따라갔으나이야기를 나눌 거리만큼 좁혀지지 않았다.

박무영의 무덤 옆에는 내 빈 무덤도 있었다.

박무영의 처 정명혜로, 나는… 죽었다.

이제야 여기까지 날 데려온 박영후 영감의 속내를 알 수 있었다. 박무영에게 마지막 인사를 하라는 말은 덫이었다. 박무영이 아니라 내 무덤을 확인시키려는 계획이었다. 정명혜는이미 죽어 묻혔으니 죽은 듯이 살라는 경고였다. 아득해졌다. 빈 무덤 안에 조선의 정명혜는 잠들어 다시는 깨어나지 못할것이다. 내 손안에 있는 호적등본과 저 무덤이, 확고한 내 죽음을 증명하고 있었다. 막상 눈으로 보니 기가 막혔다. 뒷짐 지고 서서 기침이나 할 줄 알았던 점잖은 양반이 그렇게 기민하게 움직였을 줄은 꿈에도 몰랐다. 빈 무덤 앞에서 한참을 엎드려 울었다. 박무영은 지금 나를 보며 어떤 말을 해줄까. 무덤에 엎드려 한참을 머물러도 아무 목소리도 듣지 못했다. 내가 발 디딜 곳은 조선에도 없었다. 내가 낳은 아이조차 키울 수 없는 현실 앞에서 목놓아 울었다. 유모는 그런 내 옆을 가방을 들고 서서 지켜보았다. 얼마쯤 지났을까…… 자리를 털고 일어났다. 박무영의 아내 정명혜에 대한 애도는 그쯤이면 되었다. 무덤에 오르기 전 곱씹었던 '박수린 납치 계획'도 잊었다. 수린은 여기서 크는 게 나을지도 모른다. 수린이를 키우는 건 온전한 엄마인 내 의무이자 권리였지만, 그것도 욕심이었다. 욕심이라는 걸 알면서도 함께 살고 싶었다. 함께 사는 게 마땅하다고 여겼다. 내가 데려가 그리 다정하지 않은 일본인 계부 밑에서 크는 것보다 이곳에서 사는 게 나을 수 있었다. 모든 걸 내려놓았다.

"수린이는 어디 아픈 데 없지요?"

유모에게 물었다. 유모는 마치 역적모의를 하는 듯 조심스레 주위를 살피며 목소리를 낮췄다.

"저는 다른 말씀은 못 드립니다. 이 길로 바로 동화를 떠나셔야 합니다. 영감마님도 그렇게 알고 계십니다. 박씨 집안 식솔들 눈에 띄면 화를 입으십니다. 애기씨는 마님께서 잘 돌보고 계시니 걱정 마시구요."

그래, 저 유모는 내가 정절을 지키지 못한 죗값을 바라보며 참배하고 돌아가 사라지는 걸 감시하기 위해 내 옆에 서 있는 거였다. 수린을 데려가지 못하는 현실에 더해 박씨 집안이 나를 죽인 사실은 견디기 어려웠다. 지갑에서 돈을 꺼냈다. 경성까지 올라갈 차비와 여관비만 빼고 전부였다. 돈을 내미니 유모는 가방을 떨어뜨리고는 멀리 물러섰다.

"받아줘요. 우리 수린이 좀 부탁하고. 내가 편지라도… 아니 선물이라도 보낼 테니 그거 수린이에게 전해주기만 하면 돼요. 내가 부탁할게요. 제발 불쌍히 생각해줘요."

나는 바닥에 엎드렸다.

"아이구, 아씨. 이러지 마셔요."

유모는 어쩔 줄 몰라 하며 나를 일으켜 세웠다. 그러다 이제야 생각났다는 듯이 들고 있던 보퉁이 하나를 내게 건넸다.

"마님이 갈아입고 가시랍니다. 전에 입으시던 옷 중에 챙겼지요. 아무래도 차림이 눈에 띄면……."

유모는 더 말을 잇지 못하고 쭈뼛댔다.

김씨부인은 치밀했다. 이런 차림은 경성이나 동경이라면 몰라도 동화에서는 사람들 눈에 띌 것이다. 죽었다던 정명혜가 화려한 양장 차림으로 돌아다닌다는 소문이라도 나면 박씨 집안이 곤란해질 것이다. 유모가 뒤에 숨겨놓은 낫으로 나를 치고 여기에 묻어도 이상하지 않을 거라는 체념으로 여기까지 따라왔다. 그러니 살려 돌려보내는 것만으로도 순종할 이유는 충분했다. 나는 얌전히 양장을 벗고 치마저고리로 갈아입었다. 유모가 주위를 살피며 나를 거들어 옷 갈아입기가 수월했다. 나는 코트며 양장을 곱게 접어 유모에게 내밀었다.

"이 옷도 팔아서 써요. 난 이제 필요 없으니… 수린이 잘 부탁해요."

나는 묵주와 속옷 같은 간단한 소지품만 챙기고 가방을 통째로 유모에게 넘겼다. 유모는 나를 동화역까지 배웅했다. 내가 동화를 떠난다는 확인을 하기 위함임을 나는 안다.

스텔라 윤

조선이 해방되었다.

연합군이 승리했다. 일왕이 라디오에서 항복을 선언하자 건물 밖으로 사람들이 뛰어나가 울부짖었다. 그 모습을 바라보며 만감이 교차하였다. 반쪽짜리 해방이었다. 연합군이 임의로 삼팔선 위쪽과 아래쪽으로 나누었고 고노에 히로시는 해방된 조선으로 돌아갈 준비를 서둘렀다. 조선 이름을 되찾아야겠다는 말도 여러 번 했다. 과연 그의 변신은 어디까지일까 궁금했다. 세상이 변하면 변하는 대로 그는 이름도 조국도 바꿀 수 있는 사람이었다.

삼팔선 이북에서는 지주와 기독교인부터 숙청한다는 소문

이 돌았다. 평안도 관찰사였던 최우식의 아버지 최정도는 무역으로 큰돈을 번 갑부이자 독실한 기독교인이었다. 개화한 그는 누구보다 먼저 예수를 믿기 시작했고 집에서 부리던 종들을 적당한 돈을 주고 풀어주었다. 해방과 동시에 소련군과 함께 밀고 들어온 공산주의자들에게 끌려갔지만 곧바로 사살되지 않고 재산을 몰수당하는 선에서 끝났다. 한때는 종이었던 그들이 목숨을 걸고 인민재판에서 선한 지주였던 최정도를 옹호했다. 식솔이 끼니를 이어갈 수 있게 땅을 나눠주고 곡식을 나눈 최정도에게 목숨을 빚진 자들이었다.

최우식이 평안도로 돌아오자 최정도는 마음을 놓았다는 듯 숨을 거두었다.

아버지 장례를 치르고 가산을 정리하는 중이오. 곧 돌아가겠소.

거기까지가 내가 전해 들은 소식이었다. 최우식은 사라졌다. 삼팔선이 막히고 이북에서 일본을 오가는 길도 막혀 소식이 닿지도 않았다. 숙청을 당했을 수도 있다. 살았는지 죽었는지 알 길이 없었다. 나는 최우식의 생사에 목을 매고 있을 이유가 없었다. 그에게 애정이 없었고 의무도 없었다. 일본인 고노에 히로시의 아내일 뿐인 나는, 조선으로 돌아간 최우식에게는 아무런 책임도 질 수 없었다. 무력함은 내가 터득한 생존

방식이었다. 갑자기 조선인이 된 최우식이 미웠다. 나는 그저 하루를 살아내고 있었다.

동경 미쓰코시백화점 1층에는 내가 꾸리는 화과자점이 성업이었다. 전쟁 중에도 귀족들은 화과자를 먹었다. 나는 화과자를 만드는 장인을 극진히 모셔 비싼 값에 물건을 팔아 돈을 모았다. 태평양전쟁 패망으로 잿더미가 된 일본 경제는 한국전쟁으로 되살아났다. 전쟁에 필요한 물자를 한국에 팔면서 활활 되살아났다.

전쟁통에 내 딸 수린이 있다. 그 와중에 무슨 험한 일을 겪을지 가늠조차 할 수 없었다. 며칠 밤을 끙끙 앓았다. 생각해 내… 무엇이든 해… 가만히 있지 마…… 내가 나를 채근하느라 몸살이 났다.

희진이다.

희진이 있다면… 살아 있다면… 나를 증오하고 미워할지라도 희진이라면 어떻든 도와줄 것이다. 희진은 그런 아이였다. 희진이 일본에 있다는 소문은 들었다. 희진을 찾아야 한다. 희진이라면… 윤희진이라면… 내 친구라면… 그 희진이라면 그때의 나를 미워하더라도 지금 내 처지를 가엾이 여길 것이다. 살아 있다면… 나를 만나고 싶어 할 것이다.

한국에서 전쟁이 터지자 일본에는 서양인들이 심심찮게 돌아다녔다. 패망 이후 몇 년 근근이 버티던 군수업자들이 한국 전쟁 물자를 대면서 갑부가 되었다. 백화점에도 사치품이 넘쳐났다. 서양 사람들과 서양 사람을 흉내 내는 귀족과 귀족을 흉내 내는 벼락부자들이 백화점에서 쌀 열 가마니 값이 넘는 지갑을 골랐다. 한국으로 들어가기 위해 일본에 체류하는 서양인들도 미쓰코시에 넘쳐났다. 그 물결 속에 희진도 있을지 몰라 두리번대는 습관이 생겼다. 조선인 유학생들 사이에 윤희진을 찾는다는 광고도 넣어놓았다. 돈이면 안 될 것이 없었다. 신문에도 잡지에도 온통 윤희진을 찾는 광고를 넣었다. 윤희진을 찾는 사람은 미쓰코시백화점으로 오면 후사하겠다 해놓고 하염없이 기다렸다. 아무도 내가 그 정명혜인지 알아보지 못했다. 알아보았다고 해도 감히 말을 걸지 못했을 것이다. 진한 회칠을 하고 화려한 기모노를 입은 정명혜를 그 누가 상상이나 했겠는가.

화과자점으로 한 작은 여성이 들어왔다. 검은 투피스 양장에 짧은 진주 목걸이 차림이었다. 머리는 짧게 자른 단발에 파마를 하였다. 그 모습에 그 옛날 희진이 떠올랐다. 발랄하고 밝고 맑았던 희진. 더러 서양 여자들이 그런 옷을 입은 모습을 보긴 했지만 보기 흔한 차림이 아닌지라 여러 사람의 시선을 끌었다. 검은 양장을 입은 여자는 미쓰비시에 흘러넘치는 사치스러운 멋쟁이가 아니었다. 검은 양장은 단조로웠지만 기품이 넘쳤다. 그 옛날 내가 수린이를 데리러 간다며 입었던 그 요란한 옷과 얼마나 다른가. 내가 저렇게 기품이 흘렀다면 어쩌면 박씨 집안에서 내게 수린이를 맡길 수도 있었을까. 저 여자는 일본 여자인가 중국 여자인가, 조선인 아니… 한국인인가?

그 여자는 내 쪽으로 다가왔다.

아, 희진이었다!

아무리 세월이 흘렀지만 내가 희진을 알아보지 못하다니… 어안이 벙벙해 있는 내 어깨를 희진은 툭 쳤다.

"역시 너였구나. 고매하신 정명혜."

검지와 엄지로 살랑살랑 장난스럽게 옷매무새를 가다듬는 희진은 여전했다. 여전한 것은 얼마나 아름다운 것인지……. 생각해보면 내 머리채를 잡으러 발길질하며 찾아왔던 한때를 제외하고는 희진은 언제나 다정하고 여유로웠다. 내가 평생을 어리석음과 비겁함, 무기력에 눌리어 꼼짝도 못 하고 있을 때 희진은 바다를 건너가 스스로 일어서 '희진다운' 여인으로 성장하여 돌아왔다.

"진즉에 연락을 했으면 좋았지 않아."

"희진이니? 네가 정말 윤희진이니? 정말 네게는 뭐라 할 말이 없다. 이 뻔뻔한 얼굴을 들고 하늘을 우러러 살아가고 있네."

종업원에게 가게를 맡기고 백화점 찻집으로 향했다. 마음이 급했다. 특별한 일이 없으면 나는 가게를 비우지 않았다. 허울뿐인 귀족 출신 주인 여자가 기모노를 입고 가게를 지키고 있어야 고객들은 과자의 품격을 믿었다.

희진은 찻집에 앉아 자연스레 커피를 주문했다.

"나 미국인이 됐어. 남편이 미국인이야. 군인이라 지금 한국에 있단다. 나는 서울이 조금 정리되면 들어가려 동경에 머물고 있어. 백화점에 들러 몇 번이나 너를 보고 간 거 알고 있니? 고노에 유이라는 일본 여인이 나를 찾는다는 소문은 알고 있었지. 일본 여인을 보러 왔었지. 화과자점에서 곱게 분단장하고 있는 너를 곧바로 알아봤어. 그런 차림이라도 알아보겠더구나. 정명혜를 보고, 나 눈을 의심했어. 첫날밤은 고소해서 얼마나 기분이 좋았나 몰라. 조선 신여성의 상징같이 고개 치켜들고 다니던 정명혜가 기모노 차림 일본 여자라니… 웃기잖아. 미안하구나. 내가 그 정도밖에 안 돼. 그래서 두 번 세 번 너를 보러 왔었지. 혹시 환영일 수도 있으니 확인을 해야 했어. 네가 맞더구나. 내 여학교 동창… 내 친구… 명혜. 너 어떻게 여기에 있니?"

희진에게 내 지난 이야기를 시작했다. 어떤 일인지 부끄럽지도… 서럽지도… 않았다. 그림자처럼 살아왔지만 살아남아 이렇게 희진을 만난 벅찬 마음뿐이었다. 희진은 내 사연을 듣고 놀라지 않았다. 내 처지에 안심하지도 동정하지도 않았다.

그저 당당한 명혜가 이름까지 잃고 살아가는 사연에 마음 아파했다. 희진은 변해가면서도 자기 안에 담긴 빛나는 보석은 버리지 않고 살아왔다. 그 모진 일을 겪고도 고운 마음을 지키기 얼마나 힘들었을까… 아집으로 바꿔 살아갈 수 있었을 것을, 모욕으로 내뱉을 수 있는 이 전쟁통에… 망가지지 않고 희진은 그 귀한 것을 고이 담아두었던 것이다. 빈 무덤 이야기에 접어들어서는 그 집안은 어찌 그럴 수 있냐고 분통을 터트리기도 했다.

희진은 희진이었다.

"그때 그러고 나서 아이를 잃지 않았니? 그저 소문만 믿고 너를 잡으러 갔으니 그 심보가 얼마나 고약했을 것이며 몸은 화로 얼마나 가득 찼겠니? 그 시절, 정명혜가 최우식이랑 연애한 적 없다는 거… 나 알아. 처음부터 알았던 거 같아. 맞아, 분풀이였지. 그때는 세상이 무너지는 것 같았거든. 자존심이 상했지. 그따위 남자에게 현혹됐던 내가 원망스러웠어. 나를 내가 죽일 수 없으니 널 찾아가 행패를 부린 거잖니? 살면서 무엇을 빼앗겨본 적이 없으니까. 그래. 최우식이야 헤어진 사람이고, 생각해보면 그 사람이랑 헤어지지 않았다면 오늘날 나는 그저 그 사람 아내였을 거 아니니? 지금 나는 내 이름을 지키고 살아. 아버지나 남편이나 재산 같은 거 상관없이 나 혼자서도 잘 살 수 있어. 딸과 아들도 있단다. 얼마나 다행이니. 얼마나 감사하니⋯⋯."

희진은 가방에서 사진을 꺼내 내밀었다. 나는 사진을 받아
들고도 감격보다는 기모노 차림이 부끄러워 뭐라 말을 할 수
없었다. 희진이 영국을 거쳐 미국에 간 이야기를 들었다. 미국
에서 병으로 아내를 잃은 지금의 남편을 만났다고 했다. 영어
도 잘 못 하는 조선 여자가 어찌 미국 아이들의 엄마로 살게
됐는지 그 우여곡절을 듣느라 시간이 가는 줄 몰랐다.

"일본인으로 사는 정명혜와 미국인으로 사는 윤희진은 지
난 시대의 산물이야. 우리는 시대에 맞서지 못했어. 그게 새삼
부끄럽구나. 이렇게 살아남아 그 시대의 나를 돌아보는게 아
프구나. 너를 모욕하는 것은 결국 내 위치에 대한 불안이 있었
던 거야. 내 자리, 그 잘난 최우식의 아내라는 위치가 흔들리는
게 싫어서, 두려워서 너에게 그랬던 거야. 널 미워하고 모욕하
면서 난 내가 너보다 얼마나 우월한지 보려고 했어. 그런데 아
니더라. 그거야말로 비겁했어. 명혜가 아니라 최우식에게 따
졌어야 했어. 널 믿었어야 했어. 그걸 그때는 몰랐어."

희진은 여전한 게 아니라 성장했다. 더 이상 집안을 잘 타고
나 시대를 누리며 살던 여인이 아니었다. 떨치고 살아가는 자
는 이렇게 떳떳하다. 나는 희진이 부러워 미칠 지경이었다. 땅
밑으로 쪼그라드는 나 자신을 느끼며 식은땀을 흘렸다.

"난 오히려 네가 도와줬다고 생각해. 일본에서 영국으로 가

면서… 이를 갈았지. 정명혜… 네가 아무렇지도 않게 좋은 집 안으로 시집을 갔겠다. 잘될 줄 아느냐, 잘되나 보자, 잘되어서는 안 된다. 영국에서 미국으로 가는 배에서 내가 뭘 생각했는지 아니? 만약 내가 이혼하지 않았다면 최우식 곁에서 조선 백성들이 어떻게 살든 아랑곳하지 않고 치장이나 하면서 살았을 거 아니겠어. 부끄러운 줄도 모르고 말이야. 어쩌면 이 전쟁이 일어나기도 전에 총살당했을지도 모르지. 내가 할 수 있는 일이 있더구나. 나도 하고 싶은 것이 있고, 잘하는 것이 있더구나."

희진은 아이들 옷을 만들어주면서 재능을 발견해 미국에서 디자인 학교를 다니며 양장 기술을 배웠다고 했다. 어릴 적부터 좋은 옷감이며 신문물을 많이 접한 탓인지, 천성이 곱고 귀한 것을 잘 알아보는 탓인지 미국인들도 희진이 만든 옷을 좋아했다.

희진의 남편은 한국전쟁에 파병되어 있었다. 희진은 나를 도울 수 있는 유일하고 안전한 사람이었다. 희진은 수린의 생사라도 알아봐달라는 내 부탁을 흔쾌히 수락했다. 나는 희진에게 아이들이 좋아할 만한 화과자를 싸주었다. 복숭아 모양은 맛을 내는 데 까다로워 장인은 하루에 몇 개 만들어내지 못했다. 일왕과 가까운 귀족이 오늘 방문하는 날이라는 사실을 아랑곳하지 않았다. 돈과 명예, 권력을 가진 사람들이 화과자

집에 와서 행패를 부리고 가면 오히려 사람들이 몰려들었다. 그 덕에 나는 최우식이 남긴 유산을 넘어서 내 재산을 어느 정도 일구었다. 불현듯 자고 있는 방문을 열고 최우식이 나타날까 두려운 마음이 되살아났다. 희진을 만나고 나니 더욱 최우식의 집을 떠나고 싶었다.

한국전쟁 이후 전쟁 복구 물자를 대면서 일본 경제는 호황기에 접어들었다. 백화점은 물론이고 거리마다 어두운 밤 하나둘 켜지는 전등과 같은 활기가 생겨났다.

내 작은 화과자점도 분주했다. 나는 화과자 장인에게 귀족 고노에가 살던 집을 내주고 방 두 칸짜리 작은 집으로 옮겼다. 유서 깊은 귀족 집안에서 오래 유지하던 집을 물려받은 장인은 벅찬 마음으로 제자를 키워냈다. 나는 과자에 들어가는 팥이라든가, 쌀 같은 재료를 살 때도 장인에게 허락을 받았다. 집을 장인에게 주고 나니 녹슨 갑옷을 벗어 던진 것 같았다. 일본 여자로 살아가는 건 어쩔 수 없었다. 고노에의 일본 호적에 남아 일본 이름을 가진 일본 여자로 사는 것만도 매일 아침 말간 얼굴로 더러운 옷을 입는 것 같은 느낌이었다. 이미 죽은 나는 그렇게라도 살아가야 했다.

전쟁이 끝나고 미군정이 들어서자 희진은 아이들 손을 잡고 서울에 입성했다. 윤판서댁 명륜동 집을 허물어 2층으로 올렸다. 폐허가 된 일본식 정원도 갈아엎고 아이들을 위해 그네를 들였다.

서울은 빠르게 회복되었다. 억압에서 벗어나 다른 억압으로 갈아 끼운 도시답지 않은 생기가 서울을 일으켰다. 1년에 두세 번 서울과 동경을 오갈 때마다 서울이 전쟁의 상흔에서 벗어나 현대 국가로 거듭나는 기적을 보았다. 잠시 웅크렸다 일어난 사람들도 있었지만, 잠시 숨 죽였다 다시 차지한 사람도 많았다. 친일파들은 다시 학교로, 국회로 찾아 들어가 높은 자리를 차지했다. 장사치들은 사업가가 되고 부호는 재벌이 되었다. 내가 박무영과 의기투합해 분노로 부르르 떨면서 읽었던 문장들을 신문 잡지에 내보낸 문인들도 별다른 일 없이 그대로 그 이름을 지키며 떳떳하게 살았다. 그 떳떳함은 얼마나 뻔뻔스러운가. 그들은 계속 글을 썼고 이름을 남겼고 학교에서 강의를 했다.

희진의 남편 윌리엄은 대령으로 승진했다. 희진은 자기 힘으로 남편과 아이들을 부양할 생각에 들떠 있었다. 망해가는 조선에서 부와 명예를 누리던 아버지의 딸로, 파락호 남편의 아내로 살면서 고귀한 이름만 간직했던 지난날을 버리고 가족들의 한국 생활을 책임지게 된 즐거움을 만끽했다. 윌리엄은 한국에 남는 데 동의했고 아이들도 부모의 선택을 지지했다. 하지만 모든 것이 희진의 바람대로 되지는 않았다. 미군은 일본뿐 아니라 한국에도 주둔군을 남겨두었다. 한국의 작전수행권은 미국에 있었고 희진 남편은 주한미군 장교로 한국에 머물렀다.

"아쉽지 뭐야. 내가 만든 옷을 팔아 남편이랑 아이들 먹여살리려고 했는데. 그이는 군인보다는 음악가가 어울리는 사람인데, 내가 얼마든지 지원해줄 수 있는데 말이야."

희진은 희진의 길을 걸었다.

희진은 아이들이 희진에게 붙여준 그 이름으로 을지로에 '스텔라 윤 부띠끄'를 냈다. 동경에는 원단을 구하러 자주 들렀다. 더러 아이들과 함께 오기도 했으나 대부분 혼자였다. 섬안에 갇힌 날개 잃은 갈매기로 살다 희진이 다가오면 부푼 파도처럼 반가웠다.

희진의 파도는 부서지지 않고 다가오는 물결이었다.

김씨부인

달밤에는 꿈을 꾼다.

경성에 살던 시절로 돌아가 글 쓰며 살아가는 나를 본다. 박무영이 내 앞에서 다리를 휘적대며 걷는 모습을 본다. 떳떳하게 드러낸 치부로 뭇사람들의 비난을 견뎌내며 외로이 서 있는 나를 본다. 수린과 날린 연에 불이 붙는다. 화산이 폭발하여 내가 사는 집으로 용암이 흘러 내려와 나를 녹인다. 그럼에도 나는 서서 버틴다. 피하지 않는다.

아버지가 그런 나를 인정할 리 없었다. 박무영이 죽고 구호를 요청했을 때 단호하게 내쳤던 아버지다. 좁은 하숙방에 웅크려 조용히 잦아드는 삶을 살아본다. 얼굴에는 미소가 달뜬다. 창작하는 자만이 누리는 희열이다.

그렇게 꿈을 꾼다. 꿈을 꾸면서도 그것이 꿈인 것을 안다. 깨기 싫어 불안하다. 넘실거리는 슬픔이 동해 바다를 건너 넘치듯 밀려온다.

나는 수장 직전에 깨어난다.

유학생들과 함께 만들던 잡지를 살피다 또 글을 써 내려가본다. 지운다. 찢어 구긴다. 구긴 종이를 어찌해야 할지 몰라 다시 펴서 책 사이에 끼워 넣는다.

희진에게 수린을 부탁했다.

내 부탁을 받고 희진은 망설이지 않고 동화로 향했다. 기차가 아니라 자가용을 타고 내려갔다. 오랜만에 쪽빛 한복을 차려입고 머리를 단정히 빗었다. 위세 등등한 그 옛날 귀부인 차림으로 동화로 달려갔다.

해방과 전쟁을 겪으면서 박씨 문중은 초토화가 되었다. 난리 중에도 어린 여자아이와 늙은 조부모만 있는 가택이 온전한 이유는 온 동네가 그 집안을 지킨 덕이리라. 그런 사람들이었다. 나에게는 그렇게 야박했지만 천성이 소탈하고 너그러운 양반들이었다. 박영후 영감도 김씨부인도 부리는 사람들이나 소작농들에게 덕을 잃지 않았다. 묻지는 않았지만 김씨부인이 처음부터 나를 경계했던 이유는 시대에 대한 경계였을지 모른다. 경성에서 내려온 '엘리뜨' 며느리가 집안 분위기를 헤쳐 놓을까 봐 더 단단히 잡고 있었을지도 모른다. 내가 그분들에게 상처를 받은 부분도 그것이었다. 다른 이들에게는, 하다못해 침모나 식객들에게도 한없이 다정한 양반들이 왜 그렇게 나를 귀하게 여기지 않을까, 이제는 알 것 같다.

희진은 누구나 좋아할 사람이었고, 김씨부인도 첫눈에 희진에 대한 경계를 풀었다.

"평안도 관찰사를 지낸 최정도 대감 며느리 윤희진입니다. 제 부군과 작고한 이댁 자제분이 경성제대 동문이지요."

희진은 조선의 마지막 관찰사를 기품 있게 입에 올렸다. 공식적으로 조선인 최우식의 아내로 이름 올린 사람은 윤희진뿐이었다. 일본인 귀족 아내도 정명혜도 고노에 히로시로 이름과 국적을 바꾼 이후에 연을 맺었으니 말이다. 희진은 수린이에게 자연스레 다가가기 위해 한 번도 본 적 없는 박무영과 연결고리를 찾아냈다. 최우식이 경성제대를 다녔으니 박무영과의 사이를 친구라 둘러대기 어렵지 않았다. 명예롭게 죽어야 한다는 의지만 남은 두 양반은 죽은 아들 친구의 부인이라는 멀고도 낯선 희진을 의심 없이 받아들였다.

"바깥양반이 우리 무영이랑 친구였다고?"

김씨부인은 생전 처음 만난, 죽은 아들의 친구의 부인인 희진 손이 아플 정도로 꼬옥 잡았다.

"그래, 바깥양반은 어쩌고 계시고?"

"네. 전쟁이 나고 아버님을 모시러 평안도로 올라가셨다가 그만 소식이 끊겼지요. 생사라도 알면 좋으련만……."

희진은 부러 연극적으로 눈물을 찍어냈는데, 이런 행동들이 실은 두 노인을 위해서고, 수린을 위해서라는 믿음에 기초했기에 양심에 거리낌이 없었다. 김씨부인은 희진을 안쓰럽게 바라보았다.

"아이고… 어쩌나……. 슬하에 아이들은 두었고요?"

"아들 하나, 딸 하나 두었지요. 열 살, 열세 살입니다. 서울에서 학교 다니고 있습니다."

완전한 거짓은 아니었다. 희진 태생도 아니고, 더군다나 최우식과는 아무런 상관 없는 아이들이었지만 희진의 자녀인 것만은 사실이었다. 세상에 완전한 거짓은 없다. 어떤 사실은 약간은 진실이고 대부분 거짓으로 사람들에게 인식된다. 아무에게도 피해를 주지 않는 이 거짓말을 희진은 즐기게 되었다고 했다. 노인들을 속이는 건 안됐지만 그분들에게 도움을 주려고 하는 것이니 상관없다고. 같잖은 진실 따위보다 더 중요한 환대를 이루어야 했다고 말이다. 아들이 있다는 점이, 어미가 홀로 아이들을 잘 키우고 있다는 점이 김씨부인은 무엇보다 반가웠다. 이 귀부인은 제대로 된 사람이구나 싶었을 것이다.

"잘됐네. 잘했어. 시어른이나 바깥분도 마음이 가벼우시겠

구면."

"수린이라 했나요? 그 자제분이. 아이 좀 보면 마음이 놓이겠어요. 보잘것없지만 아이에게 필요한 것 좀 챙겨왔습니다만……."

"우리 수린이 이야기는 어찌 들으셨나. 수린이가 제 아비 닮아서 어찌나 영민한가 몰라요."

김씨부인은 서울에서 찾아온 낯선 손님을 언제쯤 볼 수 있을지 사랑채를 기웃거리던 수린을 불러들였다.

그렇게 희진은 수린이를 만나게 되었다. 눈빛이 꼭 달마중 나온 토끼같이 초롱초롱한 수린이 가벼운 발걸음으로 방 안으로 들어섰다.

"난 한번 뵌 적도 없는데 어찌 박무영 그분 얼굴이 떠올랐나 몰라. 어쩌면 안방 문갑 위에 놓인 사진 때문일 수도 있고 말이야. 그 얼굴을 바라보면서 김씨부인이랑 이야기를 했는데 저쪽 문에서 같은 얼굴을 한 작은 아이가 오잖아. 여자 박무영 얼굴이더구나."

나중에 수린이를 보고 와서 희진이 내게 이렇게 전했다. 그렇게 박무영을 빼다 박았으니 그 집안에서 더더욱 수린이를 보내줄 리가 없었으리라.

"인사드려라. 서울 아버지 친구분 댁에서 오셨느니라."

희진은 오랜만에 듣는 예스러운 말투에 놀라 김씨부인을 바라보았다. 김씨부인은 허리를 꼿꼿하게 펴고 입술을 가로로 늘어뜨린 채 무슨 각오를 한 듯 수린이를 바라보았다. 수린은 기세에 눌리지 않고 곱게 절을 했다. 어린아이라기엔 키가 훤칠했다.

"우리 무영이가 헛살지는 않았나 보네. 이렇게 친구댁이 찾아와주기도 하고……."

"어려운 일 있으면 제게 말씀해주세요. 친구분과 각별한 건 물론이고 경성제대 시절 신세를 많이 졌다 들었습니다. 신세는 갚아야지요. 그간 얼마나 힘드셨습니까?"

"신세는 무슨……."

말은 그렇게 하면서도 김씨부인은 녹아내리듯 희진 손을 잡았다. 박영후 영감은 그런 김씨부인 모습을 보고 끌끌 혀를 차더니 수린을 다독여 방을 나갔다. 박영후 영감이 나가자 김씨부인은 스르륵 그 꼿꼿하던 명문가 안주인에서 내려와 그저 걱정 많은 촌로가 되었다.

"글쎄… 친구댁 형편도 모르고 우리가 마냥 기댈 수야 있나……. 우리도 전쟁만 아니었으면 이렇게 무너질 집안이 아니었지… 아무렴……."

희진이 어느 정도로 도와줄 수 있는지 가늠하는 눈치였다. 차림만으로는 확신할 수 없는 시대였으니 면밀한 김씨부인으로서는 당연했다. 괜히 자존심 버리고 헛껍데기에 기댔다 망신을 당할 수도 있는 노릇이었다. 이런 저울질에는 익숙한 희진이었다.

"제 아버님이 판서로 지내시며 모은 재산 중 몰수당하지 않은 가옥이며 사업채가 조촐하게나마 서울에 좀 남았습니다. 제가 아버님에게는 유일한 혈육인지라……."

거기까지 듣고 김씨부인은 됐다 싶었는지 주위를 살피고는 말을 이어갔다.

"아시겠지만, 수린이 애비가 동경제대를 다니다 젊은 나이에 급작스레 세상을 뜨는 바람에 다른 자손도 없구. 장손이 없으니 해방 전후에 갑자기 난리가 났지요. 마지막 방학에 돌아왔을 때 억지로 떠밀어 보냈거든. 가고 싶어 하지 않은 걸 공부는 마치고 오라고… 그때 그냥 남았으면 우리 무영이도 그렇게 허망하게 죽지는 않았을 거예요. 우리 집안도 그렇고. 그래도 우리 두 늙은이가 수린이만큼은 반듯하게 키웠답니다. 봐서 아시지요."

"네… 그 소식은 들어 알고 있습니다. 얼마나 상심이 크셨습니까?"

희진은 숨을 한번 머금고 다시 말을 이어갔다.

"그… 며느님은… 수린이 엄마 말입니다. 어떻게 된 겁니까?"

순간 김씨부인의 눈빛이 서늘해졌다.

"그건 왜?"

"아드님과 며느님 두 분이 동시에 일본에서 세상을 떴으니 얼마나 기가 막히셨을까 싶어서… 세상에 그런 불효가 어디 있답니까…….."

김씨부인은 벌벌 떨기 시작했다.

"혹시 수린 어미 이야기 들은 거 있어요? 그… 서울에서?"

김씨부인은 희진의 안색을 살폈다.

"저야 들은 바가 없지요. 안채에서 살림만 챙기다 전쟁 겪고 정신이 없었지요. 서울이 그때 힘들지 않았습니까?"

희진은 모른 척했다. 이 순간만은 양심이 고개를 들어 능치는 마음을 내려놓고 진지했다. 순진한 어른들을 놀리지 않으면서도 무언가 알아내기 위해서는 그럴 수밖에 없다고 스스로를 다독였다.

"그렇지요. 아녀자라면 마땅히 집안 살림을 챙겨야 맞지. 내가 내 발목을 찍었어요. 그저 후손 빨리 볼 욕심에…….."

거기까지 말하다 김씨부인은 스스로에게 놀라듯 말을 주워 담느라 바빴다. 희진은 더 이야기를 듣고 싶었지만 더 캐봤자 박씨 가문이 한 짓을 낯선 이에게 털어놓을 리는 만무했다. 그들은 내 빈 무덤 안에 비밀을 봉한 채 모든 것을 닫아버리기로 결심한 사람들이었다.

"제가 수린이를 좀 챙겨도 되겠습니까? 국민학교만 마치면

117

서울로 보내시지요."

희진은 그러면서 내가 챙겨준 고가 학용품을 내려놓았다. 연필과 공책과 같은 문구류에 옷가지 몇 개였다. 김씨부인은 철천지원수로 여기는 내가 보낸 줄도 모르고 그렇게 고마워했다. 박영후 영감이 쓸 파이프 담배에 고급 담뱃잎과 김씨부인을 위한 모직 코트는 희진이 따로 마련한 물건들이었다. 모직 코트 안주머니에 돈다발을 챙기는 것도 잊지 않았다. 받지 않겠다고 끝까지 사양했지만 생활비도 넉넉하게 두고 왔다. 희진을 통해 나는 마음껏 수린을 보살필 수 있게 되었다. 희진은 매년 사진관에서 수린을 찍어 내게 보내주었다. 몇 년 후에는 윌리엄이 미국에서 카메라를 가지고 와 집 한쪽에 암실을 만들어 수시로 사진을 찍었다. 나는 필름과 인화지를 잔뜩 사서 보내고 희진은 수린의 앨범을 만들어 보내왔다. 돈으로 할 수 있는 건 무엇이든 수린에게 해주었다.

그게 잘못인 줄은 몰랐다.

국민학교를 마치고 서울로 올라간 수린은 방학을 맞이해 동화로 내려갔다. 경기여자중학교 교복을 입고 양 갈래로 땋은 머리를 달랑거리며 절을 하자 김씨부인과 박영후 영감은 벅차오르는 감정을 가누지 못했다.

"우리 수린이, 어엿하구나."

박영후 영감이 애정 가득 담은 말을 뱉어내자 김씨부인은 각오처럼 덧붙였다.

"공부 열심히 해야 한다."

"에이… 그럼요……."

수린은 언제나 듣던 그 말이 또 흘러나오는구나 싶어도 눈을 반짝이며 노인들을 안심시켰다.

"우리 수린이 법관이 되는 걸 내가 보고 죽어야 할 텐데……."

김씨부인은 온갖 회한에 사무쳐 그날은 잠도 이루지 못했다. 수린이 교복 입은 모습에 드디어 마음을 놓아도 된다고 여겼는지 아들을 먼저 보내고 앙다물고 살던 김씨부인이 먼저 세상을 떠나고, 한 달도 채 지나지 않아 박영후 영감도 세상을 떠났다. 장례는 수린과 희진이 동화에 내려가 진행했다. 희진이 가진 돈, 돈에서 나오는 권력, 기품을 유지해온 경험으로 박씨 문중 사람들이 섭섭하지 않을 정도로 극진하게 장례를 치렀다.

희진은 그사이 「스텔라 윤 부띠끄」를 정리하고 대학 의상디자인과 교수로 자리를 옮겼다. 윤희진은 학생들에게 여러모로 좋은 모델이었다. 창의성, 감각, 몰입, 유연함에 경험도 풍부했다. 그 모델링만으로도 좋은 선생이 되기 충분한 자질을 갖추었다. 희진은 대학에서 가장 인기 있는 교수가 되었다.

그렇게 몇 년이 흐르고 희진이 순번과 나이에 맞게 학장이 되니 마니 하는 때에 친일 청산 바람이 희진이 재직하는 학교까지 몰아쳤다. 어떤 학생들은 희진에게 실망했다며 수강신청을 철회하고 어떤 학생은 굳이 수업에 들어와 희진을 모욕하기도 했다. 부친의 친일 행적을 시작으로 희진의 결혼 이력, 영국에서 미국으로 건너간 경위, 미국 학위 진위 여부, 미국인 남편과 아이들의 계모라는 사실까지 도마 위에 올랐다.

"친일에서 친미로, 구한말 조선 지식인의 변절이라……."

나는 희진이 살아온 세월을 알기에 겉으로 보이는 이력 따위로 그 아이가 겪는 곤혹에 분개했다.

분개하는 나를 오히려 위로하던 희진은 대학신문에 칼럼을 기고했다. 정면돌파를 택했다. 이름하여 "친일파여서 죄송합니다."였다.

그야말로 희진다웠다.

내 아버지 윤민현은 일제강점기에 친일에 앞장선 자본가다. 나는 그분의 외동딸이다. 아버지를 부정하고 싶지 않다. 아버지가 친일을 하고 조선 백성을 착취한 돈으로 나는 당시 조선에 몇 대 없는 자가용을 타고, 비싼 양장을 해 입고, 양산을 쓰고 다녔다. 내가 누리는 모든 것들이 누군가를 짓밟으면서 얻은 것이라는 생각을 하지 못했다. 부끄러운 일이다. 아버지가 전쟁을 위해 비행기를 헌납하고 학도병을 모집하는 데 앞장섰다는 사실은 몰랐다. 몰랐다는 것으로 면죄받지 못한다는 걸 안다. 아버지가 친일을 해 얻은 돈과 권력으로 호화롭게 생활하고 유학할 수 있었던 것도 사실이다. 아버지가 친일의 대가로 얻은 재산은 이미 환수와 기부로 정리를 했다. 죄스러운 마음은 평생 짊어지고 살겠다. 하지만 미국으로 건너가 디자인을 배우고 교수 임용을 받은 것은 온전히 내 힘으로 이룬 일이다. 아이들까지 언급하지는 말아주면 좋겠다. 아이들에 관한 개인적 문제는 언급할 가치도 없으며 거론될 이유도 근거도 없다. 나는 지금 윤희진, 나로 살고 있다.

정식으로 친일한 부모를 인정하고 사과를 하면서 희진은 친일파 후손과 독립운동가 후손, 그것도 이것도 아닌 많은 사람들에게 집요한 비난을 받았다.

희진은 정년퇴직까지 꿋꿋하게 학교를 지켰다.

박수린

퇴근해 집에 와 화장을 지우고 있는데 희진에게 전화가 왔다. 목소리가 급했다.

"수린이 우리 집으로 아예 거처를 옮기고, 입양 절차를 알아볼까 해. 법적 보호자로 내가 나서야 할 거 같아."

희진은 조심스럽게 말을 꺼냈다. 지난번에 동화에 다니러 갔을 때 박씨 문중에서 수린이를 버거워하는 느낌을 받았다고 했다.

"아이가 눈치를 보더라고. 뭔가 눈치를 보는 것 같은 그런 느낌이었어. 그러면 안 되거든. 따지고 보면 아무 이유 없이 내가 돈을 대주니 그것도 의심을 사는 것 같고. 그나마 버티고 있던 서슬 퍼런 조부모도 없는 아이가 그저 집안 보살핌으로 사는 건 쉽지 않지. 우리가 해줄 수 있는 건 해주는 게 좋을 거 같아. 어렵지도 않고."

그때도 나는 직접 나설 수가 없었다. 그동안 희진을 통해 보낸 편지에도 답장 한 번을 받지 못했고, 편지는 점점 독백이 되어가고 있었다.

"우리가 아니라 네가 하는 거지. 동경으로 데리고 오고 싶은데 그건 내 욕심이지."

나는 희진에게 거의 전부를 의지하고 있었다. 희진을 만날 때는 고개를 푹 숙이고 말을 웅얼거렸다. 희진은 손을 뻗어 내 턱을 가볍게 잡아 올렸다.

"애! 너 뭐 하니? 무슨 큰 죄를 지었다고. 고개 들고 살아. 명혜답게. 명예롭게."

"난 이름도 없잖아. 난 윤희진이 아니야. 너와 달라."

희진이 탕탕 라이터를 튀기는 소리가 들렸다.

"정명혜는 정명혜 이름으로 살아야지. 그래야 수린이 앞에도 제대로 나설 수 있는 거 아니니? 서울에는 그 옛날 동창이며 동문들이 널려 있어. 아직도 그렇게 내 옷을 모방한단다. 그 가짜 멋쟁이들은 또 그렇게 질투가 많단다. 자기 안이 빈 껍데기니 남을 그리도 헐뜯는 게지. 정명혜를 얼마나 씹어대겠니? 네가 여기 와서 사는 거야 모르는 눈치지만 넌 이름을 되찾아야 해.”

“이름은 무슨…….”

“수린이는 내가 절차를 알아보고 있어. 네가 엄마니 상의하
는 거야. 명혜 네가 직접 나설 수 없으니 내가 어떻게든 해볼
게. 지금은 애매하구나. 아이는 돈으로만 키울 수 없고 책임이
있어야 하거든.”

“넌 진짜 엄마로구나.”

“너도 엄마지.”

엄마라는 이름이 낯설었다. 불려본 적 없어 감히 꿈꾸지 않
았던 이름이었다. 내가 나로 살지 못하는데 엄마로는 어떻게
살겠나, 자신이 없었다.

수린이 경기여중을 졸업하면서 나를 보겠다는 결심을 해주
었다. 희진의 부단한 설득이었다. 입양은 박씨 집안의 반대로
무산되었지만 동거인 지위는 얻었다고 했다.

그 옛날 반도호텔이 있던 자리에 세워진 롯데호텔에서 수린
을 만나기로 했다. 긴장이 되어 며칠 전부터 한잠도 이루지 못
했다. 저 멀리 교복을 입은 희진이 모습을 드러냈다. 희진 손을
잡고 있는 아이는 분명 수린이였다. 그 아이였다. 간절하여 뿌
연 그 아이였다. 괜찮을 줄 알았는데 그 애 얼굴을 보니 어느
새 차오른 마음이 무거운 돌덩이가 되어 주저앉았다. 무덤덤

한 수린이 오히려 고마웠다.

"정명혜 씨?"

그렇게 찾고 싶었던 이름이었는데, 수린에게 엄마가 아닌 정명혜라 불리니 서러움이 몰려왔다.

"그래, 내가 정명혜예요."

나도 수린에게 감히 편하게 말하지 못했다. 아이는 사진으로 보는 것보다 더 박무영을 닮았다. 혼인 전날 동화 시가 안방에서 처음 비스듬히 봤던 박무영의 자태가 수린에게서 고스란히 나왔다. 내가 유일하게 사랑한 사람, 그 사람의 모습이 수린에게 남아 있었다.

수린을 매일 보고 싶어 몸이 달았다. 수린 얼굴에서 박무영 그 사람을 본 후 더욱 보고 싶었다. 내가 유일하게 사랑했던 사람, 제대로 사랑을 베풀지 못한 건 수린에게도 마찬가지였다. 일본에서 한국으로 오가는 비행기에 몸을 싣고 수시로 서울로 날아갔지만 수린은 내게 돈을 요구할 뿐 항상 냉담했다.

한때 미군 PX로 쓰였던 그 옛날 미쓰비씨백화점, 신세계백화점에 화과자점을 냈다. 일본 여자가 나타나면 잡아 죽이려고 덤빌까 봐 조심했는데 그럴 필요가 없었다. 일본에 대한 감정이 사라졌는지 일본인으로 한국을 오가면서 불편이나 위협을 느낀 적이 없었다. 기모노를 입고 다니지 않는 이상 내가 일본 여자인지 모를 터이고, 나는 한국에서는 그저 한국어 잘하는 일본 여자일 뿐이었다. 나는 집을 잃은 사람처럼 한국과 일본, 일본과 미국, 일본과 영국 등 여러 나라를 떠돌아다녔다. 어디도 편한 곳이 없었다.

최우식의 생사가 궁금한 이유는 그가 혹시 돌아올까 두려워서였다. 여행길에 나섰다 양복을 입은 멋쟁이 젊은이를 보면 최우식이 아닌가 자세히 살피게 될 뿐, 자리를 털고 그를 따라가 확인하지는 않았다. 1년에 반을 일본도 한국도 아닌 세계 곳곳을 떠돌아다녔다.

수린에게는 더 돈을 대주지 않기로 결심했지만 초라한 몰골로 찾아오는 그 아이를 그냥 내칠 수는 없었다. 수린은 돈의 부족함 없이 살았다. 요절한 아버지와 도망간 어머니에 대한 이야기를 들으며 비틀린 유년 시절을 보냈고, 내가 나타난 이후에는 자신의 모든 불행을 탓할 핑계가 생겼다.

수린은 편한 길을 선택했다. 경기여고에 입학한 이후 공부도 시들해졌다. 조부의 바람대로 이름난 법관이 되면 누구누구의 딸이라는 사실이 드러날까 겁이 난다고 했다. 책에 집중하기 어려웠다. 이름 없이 사는 게 그나마 덜 불행할지 모른다고 생각했다. 사랑한다는 말에 자주 빠져들었다.

눈이 예쁘구나. 네 걸음걸이에 반했어. 너의 웃음소리가 좋아.

수린이 가진 것을 알아보는 사람들이 말하고 인정하는 대로 수린은 살아갔다. 아름다운 눈매의 조각, 긴 다리가 내딛는 발걸음의 조각, 비참함을 감추려고 더 크게 웃는 웃음 조각 같은 것들을 이어붙여 수린은 자신을 만들었다. 사람들의 시선으로 뼈대를 만들고, 그들의 목소리로 살을 발라 박수린을 지탱했다. 숨겨진 상처, 유년 시절의 불행, 아무리 채워도 채워지지 않는 허무함을 술로 달래기 시작했다.

수린이 여대에 다니다 사귀던 남자의 아이를 임신했다는 소식을 들었다. 퇴학을 당하기 전에 결혼을 시켜야 할지 희진이 의논을 해왔다. 남자는 임신 사실을 알린 이후 시들해졌다고 했다. 희진에게 소식을 듣고 서둘러 한국으로 들어왔다. 급한 마음에 한국으로 왔지만 그 남자 집에 찾아가 담판을 지을 수도 내놓고 따질 수도 없는 처지였다.

희진이 이모 자격으로 그 남자를 만난다고 했을 때 옆 테이블에서 바라볼 수밖에 없었다. 삼자대면 자리에서 오고 가는 말이 험악했다. 남자는 애송이 티를 벗지 못한 대학교 1학년 학생이었다. 임신 사실이 알려져 학교에서도 쫓겨났으니 배가 불러오기 전에 어서 식을 올려야 한다는 희진 말에 그 녀석은 이렇게 말했다.

"내 아이인지 어떻게 확신할 수 있답니까?"

수린이 벌떡 일어나 그 녀석 뺨을 갈겼다.

"수린이… 얘… 처음부터 처녀가 아니었다구요."

그래서 그렇게 미지근한 반응이었구나. 둘이 관계를 한 이후 그 녀석 반응이 신통치 않았다고, 자기를 멀리하고 찾아가도 자꾸만 피하더라고 하길래… 여느 남자들처럼 여자에게 제 볼일만 찾고 말려는 인간인 줄 알았다고 했다. 근데 처녀성을 운운하는 꼴은 더 한심하기 짝이 없었다. 내가 더 참지 못하고 자리에서 일어서는 걸 보고 희진이 눈짓으로 진정시켰다.

"자네 정말 치사하군. 수린이가 애아빠라고 하면 아빠인 거고, 사람이라면 첫 경험인지 그런 걸 따지지 전에 생긴 아이에 대해 책임을 다하는 게 맞지 않겠어? 그게 나이스한 거고. 근데 내가 안 되겠어. 자네 같은 사람이랑 수린이 결혼 못 해. 빌어도 안 시켜줄 거니까 여기서 굿바이 하자고."

희진은 그대로 수린이 손을 붙잡고 자리에서 일어섰다.

"이모가 있잖아. 걱정 마."

품에 안긴 수린을 토닥이는 희진이 부러웠다. 두 사람이 서로를 부둥켜안고 있는 모습에 석고를 부으면 그대로 예술작품이 될 것 같은 아름다운 자세였다. 호텔방에 수린과 희진, 내가 머리를 맞대고 모였다. 나와 희진은 아이 아빠에 대해 묻지 않았다.

"아이는 지우고, 남녀공학으로 옮기자."

희진이 바로 대안을 내놓았다. 수린이 눈물을 닦으며 고개를 저었다. 좋지 않은 징조였다. 수린은 자기 선택을 감당할 준비가 되어 있는 것 같지 않았다.

"그 녀석이랑 결혼하고 싶어?"

수린이 대답했다.

"어쩔 수 없잖아."

"어쩔 수 없는 거 말고… 정말 그 사람이랑 살고 싶냐고. 사랑하냐고… 그 사람이랑 그리는 미래가 있냐고. 아이는… 낳아서 혼자 키워도 돼. 내가 키워줄 수 있어. 도와줄 수 있어. 어쨌든 그건 나중 문제야."

나는 수린이 문제를 피하기보다 직면하기를 바랐다. 내가 키우지도 않았는데 어떻게 이렇게 나와 비슷할까. 언제나 회피하면서 괴로워했던 내 전철을 수린이 밟고 있는 모습을 보는 건 괴로운 일이었다. 희진도 나도 수린의 선택에 힘이 되어줄 수는 있었다. 희진은 집으로 돌아가고 나는 수린과 한 침대에 누웠다. 성인이 된 수린은 누구보다 박무영 판박이였다. 키가 훤칠하게 컸고 몸매가 호리호리했다. 눈매며 콧대도 그와 같았다.

수린은 그 녀석을 선택했다. 희진이 끝까지 말리며 돈이고 후원이고 다 끊자 수린은 내게 연락을 해왔다.

"결혼 자금 좀 보내줘요."

나는 수린이 원하는 것보다 훨씬 더 많은 돈을 보냈다. 그 돈으로 수린은 살림집도 꾸미고 화려한 결혼식도 하고 유럽으로 신혼여행도 다녀왔다. 신혼여행을 다녀오는 길에 수린이 백화점에 들렀다.

"그 사람은 커피숍에 있어요. 기모노 차림인 고노에 부인을 그 사람에게 뭐라고 소개하겠어요. 아휴, 나는 감당이 안 되네."

어느덧 배가 제법 나온 수린에게 화과자와 가진 돈 전부를 털어주고 백화점에서 옷이며 가방까지 사서 들려 보냈다. 그게 내가 할 수 있는 엄마 노릇이라고 믿었다.

수린과 나는 여느 모녀지간과는 달랐다. 수린 곁을 지키지 못했으니 당연했다. 내가 그 아이를 찾으려 했던 사실은 중요하지 않았다. 나는 수린에게 빚을 진 죄인이었고, 수린은 나에게 데면데면하게 굴었다. 수린은 잃어버린 어린 시절에 대한 보상으로 언제나 돈만을 요구했다. 차라리 나서지나 말 걸 그랬다. 내가 없는 편이 수린이에게 오히려 나았을지 모른다. 돈 얘기를 빼고는 수린에게서 먼저 연락이 오는 일은 없었다. 내가 희진을 통해 편지를 전달하면 받아주는 정도였고, 희진과 만나는 자리에 내가 나타나면 환하던 낯빛이 금세 어두워졌다.

그런 수린에게서 연락이 왔다. 내가 금관문화훈장을 추서받아 유족인 자신이 대리 수상을 해야 한다는 소식이었다.

"정명혜가 한국인이 사랑하는 시인 3위래. 일제강점기에 일본에서 죽은 정명혜를 대신해 유족이 훈장을 받으래. 그러니 받아야 해, 말아야 해?"

술에 취한 목소리였다. 그 소식에 나는 웃지도 울지도 못했다. 수린은 확연하게 떨떠름한 얼굴로 전국민 앞에서 훈장을 받아와 내게 부쳐왔다. 수린에게 받은 처음이자 마지막 편지였다. 나는 그 훈장을 아라카와강에 내던졌다.

프란치스카

난… 쉽게 지워지는 사람이고 싶었다. 만나고 난 후에도 잔상이 남지 않는 사람, 어떤 흔적도 남기지 않는 사람, 있었는지도 기억나지 않는 사람이 되고 싶었다. 기억에 남지 않는 사람이 되고자 했던 난 그 누구보다 복잡하고 왜곡된 채로 아련하게 기억되는 사람이 되었다. 이 나라에 서린 복잡하고 서글픈 정서가 사람들에게, 누군가에게는 뿌리 깊게 누군가에게는 스미듯 누군가에게는 날리는 눈발처럼 그렇게 각자의 사연과 함께 나릴 때 가장 보편적인 정서를 건드린 시어로 내 글이 선정되어 읽히고 읽혔다. 그렇게 사람들에게 읽히면서 내 간절한 바람은 보기 좋게 무산됐다.

희진 덕에 박무영이 생전에 남겨준 「산수유」를 재출간하고 거기에 실리지 못한 작품들과 정명혜의 공식적이며 형식적인 죽음을 겪으며 쓴 작품을 추려 내 유고 시집 「그 집」이 출판되었다. 내 사진과 작품이 여기저기 나붙기 시작했다.

"얼마나 웃긴지 네가 직접 와서 봐."

나는 그 웃기지 않은 광경을 보기 위해 서울로 향했다.

최우식이 나를 그렸다는 「나의, 명혜」는 연일 화제였다. 희진이 나를 대신해 거둬들이려 무던히 노력했다. 돈으로 안 되어 최우식 아내라는 지위를 이용도 해보았지만 정명혜는 이미 국가적인 상품이 되어 있었다.

"포기했어. 이번엔 무슨 소송에 휘말렸대. 돈으로도 살 수 없는 게, 명혜구나."

그렇게 「나의, 명혜」는 기부와 보존과 증여를 떠돌며 점점 멀어지더니 결국 국립박물관에서 소장하게 되었다. 웃지도 못하고 울지도 못했다. 슬프기보다는 먹먹했다. 진실이 무엇인지는 중요하지 않았다. 사람들이 무엇을 믿느냐가 진실이었다.

"남기고 싶은 말 없어?"

희진의 목소리가 똑똑히 들렸다. 대답은 할 수 없었다. 산소 마스크를 뗀다고 해서 말이 나올 것 같지는 않았다. 고개만 끄덕였다. 고개를 흔들어야 맞았을까. 수린은 내 손을 붙잡고 꾸역꾸역 울어댔다.

"엄마, 엄마⋯⋯."

쟤가 어쩌려고 저러지⋯⋯. 사람들 많은 데서 엄마라고 부르면 어쩐담. 죽어가면서도 나는 그것이 걱정이었다. 이제 내 허명은 수린이 살아가는 발판이었다. 동화 박무영 무덤 옆에 내 이름을 묻었지만, 내 삶은 진실했다. 수린을 더 이상 돈으로 망칠 수는 없었다. 정명혜 이름으로 나오는 책에 대한 얼마 안 되는 저작권료 지급도 끝났다. 나는 이미 오래전에 죽은 사람이니까.

일본 여인 고노에 유이로 살며 번 돈은 모두 천주교유지재단에 기부하기로 했다. 그 처리는 희진에게 맡겼다. 수린이 알코올중독인 사실을, 별다른 생활에 대한 책임 없이 살아가고 있는 모습을 지켜봐 왔다. 돈은 수린에게 가장 필요한 것이면서 삶을 갉아먹는 기생충이었다. 돈은 수린을 망칠 뿐이었다. 내가 유산을 모두 다른 곳에 넘겼다고 해도 수린이 어찌할 수 있는 건 없다. 그건 다행이었다.

나는 50년을 아침에 일어나 곱게 분단장을 하고 기모노를 입고 화과자점에 앉아 상냥한 일본 여인으로 살았다. 아무도 알아보지 못하게 진한 화장을 했다. 정명혜가 민족시인으로 사람들에게 회자될수록 화장은 점점 짙어졌다. 누군가에 속해서 살지 않고 홀로 살아가며 스스로 벌었다. 한 번 먹으면 다시 찾게 되는 맛을 지키려고 장인을 길러내고 대우하고 관리했고, 고객들을 다정하게 대했다. 거짓 웃음은 내게 잘 어울리는 표정이었다. 기모노를 벗고 화장을 지우면 나는 아무도 아닌 사람이 되었다. 웃고 싶지 않아도 웃는 얼굴이 나에게 가장 어울렸다. 그런 삶을 지우고 다음 세상이 있다면, 나는 진짜 정명혜로 살아가고 싶다. 이 마음은 그저 내게 하는 말이다. 아무도 책임져주지 않는다.

희진이 내 손을 잡고 기도를 했다.

"주여, 이 영혼을 불쌍히 여기시고 영원한 안식을 누리게 하옵소서."

자비로운 주님은 진정 자비로우셔서 이렇게 추악한 나를 용서하실까. 난 그 믿음 없이 죽고 싶지는 않아 주님을 끝까지 믿기로 했다. 세상에 없을 묘비명, 내 묘비명은 이것이다.

정명혜 프란치스카(1918~1996)

2부

1. 박유림과 정해진

해진은 유림을 만날 계획이 없었다. 적어도 오늘은…….

3학점만 따면 졸업이었다.

군대까지 다녀왔는데 취업 준비를 하느라 휴학까지 하면서
서울에 머물기는 싫었다. 공무원은 대학 학점 따위 보지 않으
니 얼마나 다행인가. 한 학기에 한두 과목이라도 A를 받고 싶
어 기를 썼는데도 성적표에는 B, C투성이였다. 그래도 이 학교
에서 배운 게 많았다. 학습력이 뛰어난 아이들은 환대에도 너
그러웠다. 여유롭고 고운 아이들도 만났다. 학교 생활을 평점
으로 매긴다면 그리 나쁘지 않게 마무리할 수 있을 것 같았다.

한 시간 안에 해진이 해야 할 일은, ①학생식당에서 밥을 먹고 ②도서관에서 자료를 찾고 ③도서관에서 도보(정확히는 달리기) 7~8분 걸리는 편의점으로 가서 ④교대를 완료하고, 조끼를 입고 나와 계산대 앞에 서는 것이었다. 아버지와 엄마가 부지런히 일하는 모습을 보고 자라서 그런지 과외보다 몸 쓰는 벌이가 마음이 편했다. 서울 아이들을 자신 있게 가르칠 용기도 없었다. 여러 개 퀘스트를 한 번에 마치기엔 절대적으로 시간이 부족했다. 밥을 제시간에 먹었으니 앞으로 도서관에서 책 빌리기, 시간 맞춰 알바 가기를 실행해내면 되었다. 퀘스트를 하나씩 성공할 때마다 작은 성취감을 획득하면 이기는 혼자만의 게임이었다. 온전히 해진 혼자만 이룰 수 있는 승리였다. 해진은 스마트폰을 손에 쥐고 도서관을 뛰어다녔다. 검색한 책이 대출 가능하다고 뜨는데도 책꽂이에 없자 불안해졌다. 분명히 식당에서 찾았을 때는 있었다. 이 책을 오늘 못 빌려 가면 다음주 발표 시간까지 맞출 수가 없는데……. 찾고 있는 책이 전부 대출 가능으로 검색되었지만 정작 한 권도 보이지 않았다.

안 좋은 징조인가… 시간이 없는데 도서관까지 뒤져야 하나……. 분명 있으니… 찾아보자. 실망하지 말자. 이 정도는 얼마든지 극복할 수 있어.

해진은 숨을 크게 들이마시고 길게 내쉬었다.

누군가 책을 쌓아놓고 살피는 중이리라, 찾아내서 한 권이라도 얻어서 나오리라 마음먹으며 책을 쌓아두고 공부하는 사람들을 살폈다. 드디어 책꽂이 바로 옆 책상에서 책을 베개 삼아 자는 유림을 발견했다. 안경도 벗지 않은 채 곯아떨어진 모양새가 어제 술 한잔 걸친 듯 축축했다. 같은 과 동기라 동선이 꽤 겹치는데도 수업 시간 외에는 한 번도 마주친 적이 없었다. 수업이 끝나면 홀연히 사라져 혹 유령인가 싶었던 사람이 책을 베개 삼아 자고 있었다.

해진은 유림이 껴안고 자는 책 제목을 보려고 고개를 옆으로 꺾어 유림 얼굴 쪽으로 가까이 다가갔다. 그 순간 무언가 느낌이 이상해 눈을 뜬 유림과 눈이 마주쳤다.

책이 없을 때 포기하고 나갔어야 했는데……. 잘 감고 있던 실타래가 순간 장난기 어린 고양이가 만진 듯 엉켜버렸다. 마음은 바쁜데 손은 떨렸다. 시간을 보려고 핸드폰을 꺼냈던 해진은 시간도 못 보고 집어넣었다. 방금 여기에서 무슨 일이 일어났나. 짧은 시간 내에 어서 목표를 이루어 내려가야 하는데, 어서 이 서울을 벗어나야 하는데……. 이건 그저 지나가는 시간이어야 한다.

박유림과 정해진이 만나는 순간이다. 엄마, 아버지 제가 이 순간을 위해 이 고생하면서 학교를 다녔나 봐요. 세상에 있는 모든 감탄사가 해진의 머릿속을 뒤흔들었다. 무언가 해야 하는데 아무것도 할 수 없었다. 그다지 예쁘지도 않은데 이게 무슨 일인가……. 아니다, 예쁜가? 예쁘긴 예쁜 것 같다. 예쁘건 말건 그게 지금 무슨 상관인가……. 정신 차려, 정해진!

"누구세요?"

유림이 하품을 하며 게슴츠레 눈을 떴다. 해진을 알아보았다. 근대문학연구 수업 때 종종 보았던 얼굴이었다. 수업 뒷자리에 들어왔다가 수업이 끝나자마자 바쁘게 뛰어나가는 걸 기억했다.

"깨셨으면 이 책들… 좀 주세요."

해진은 눈길을 떨군 채 유림이 방금 베개로 쓴 책더미를 손가락으로 만지작거렸다.

"누구신데요?"

잠에서 완전히 깬 유림이 다시 묻자 해진이 꾸벅 인사했다.

"안녕하세요? 우리 과? 이 책 안 읽으실 거면 제가 빌릴 수 있을까요? 제가 좀 급해서요."

유림의 답을 기다리지 못하고 해진은 빠른 걸음으로 도서관 건물 밖으로 나왔다. 3일째 감지 않은 머리에서는 기름이 흐르고 일주일째 입고 다니는 진회색 후드티에서는 결코 향기롭다고 할 수 없는 냄새가 났다. 오늘은 갈아입으려고 했는데… 하필 이런 몰골일 때……. 적어도 머리를 감은 날에 만났으면 좋았을걸. 해진은 불쑥 붉어져 오르는 가슴을 양 손바닥으로 꾸욱 눌렀다. 그런 물리적인 행동은 마음을 진정시키는 데 도움이 되었다. 체한 것 같은 마음을 진정시켜 주었다. 시간은 재 깍재깍 흘러갔다. 흠뻑 젖은 마음으로 도서관 앞에 서 있었다. 해진은 생각했다.

'자판기 커피 한 잔이라도 사주자. 다방 커피는 안 마신다고 하진 않겠지? 받기는 하겠지?'

온갖 생각으로 가득 찬 해진과는 달리 유림은 얼굴에 책자 국이 칼집처럼 난 채로 느릿느릿 나왔다. 아무 생각이 없어 보 였다. 눈곱을 떼며 유림은 해진이 내민 커피를 받아 마셨다. 유 림은 카페인과 차가운 공기를 입으니 잠이 깨는 것 같았다. 좋 은 꿈을 꾼 것같이 개운했다.

"몇 학년이에요? 우리 같은 수업 들어요, 맞죠?"

책을 들고 나올 줄 알았던 해진은 유림의 빈손만 보았다.

"4학년이요. 보시던 책 제가 빌려 갈 수 있을까요? 논문 써 야 해서 급해요. 며칠만 보고 돌려드릴게요. 죄송하지만 갖고 나오면 안 될까요?"

유림은 느리게 행동할수록 생각이 많았다. 해진을 관찰하고 파악할 시간이 필요했다.

"이것만 다 마시구요. 체하겠어요. 아… 맞다. 오티 때도 보 고 학회 때도 보고 자주 봤는데, 이름이 뭐였죠?"

"정해진입니다. 박유림이죠? 저, 책이요."

"우리 동기예요. 서로 아싸로 살아서 몰랐던 거지만."

유림은 잠에서 깨는 중이었다. 유림이 천천히 분위기를 읽어내고 있을 때 해진은 자리를 떠나버렸다.

해진은 유림과 한 번도 얼굴을 마주하지 못하고 군대를 다녀왔다. 관광지가 된 고향에서 운전이며 서빙이며 선적 하차 작업까지 하면서 그래도 졸업은 해야지, 하고 돌아와보니 동기들은 대부분 졸업한 뒤였다. 유림이 대학원에 다니는걸 알게 되었을 때 제발, 한 번만 더 마주치길 바라면서 이날까지 왔다.

하필 이럴 때… 길가에 눈이 내리든 별빛이 내리든 폭풍우가 몰아치든지 벚꽃이 흩날려 눈앞을 가로막아도 절대로 감각에 물들지 않고 마음을 굳게 닫아걸어야 하는 이럴 때… 박유림과 마주 보고 있다니… 계획이 박살 나는 소리가 들려왔다.

양장본 정명혜

집은 언제나 포근했다.

코끝이 얼 듯 차가운 날씨에도 집 안으로 들어서면 고소한 냄새가 풍겼다.

해진의 첫 기억은 포근함이다. 따뜻하지 않아도 포근했다. 아주 어린 시절에는 그랬다.

한글을 깨치고 난 후 처음 읽은 책이 정명혜의 『산수유』였다. 누가 언제 들여놨는지 모르는 책이었다. 말을 배우고 한글을 뗀 대여섯 살 이후부터 해진이 시를 읊으면 엄마는 하던 일을 멈추고 귀를 기울였다.

"해진이 혼자 한글을 깨치더니 이젠 시까지 외네."

엄마는 다섯 살 해진이 정명혜 시를 외우는 걸 듣고 천재라고 확신했다. 지친 몸으로 돌아온 아버지를 붙들어 세우고 해진에게 정명혜를 노래하게 했다. 해진은 때로는 시를 읊고, 시를 노래하고, 시로 춤을 추었다. 중학생 때는 정명혜의 대표시 「산수유」나 「붉은 밥」, 「그 집」을 힙합 크루의 랩처럼 변주해 부르고 다녔다.

자, 그럼 우리,
명예로운 명혜
붉은 밥, 그 속으로 들어가 볼까? 비트 한번 주세요.
hi haha hum
붉게 물든 나무
아시나요 있잖아요
손이 닿지 않는 손
입에 닿지 않는 입
기다림에 지친 나무

그 아래 저 아래
언제부터 아래 그 아래
그 아해 그 아이

그리운 그 아이 그 사람

그 계집

닿지 않는 그 사람 그 아이

정명혜 시를 변주하여 만든 랩으로 음원을 만들어 올리기도 했다. 집에서 학교를 오가는 길이 계절이 뿌려놓은 색을 입은 하늘처럼 두근대는 나날이었다.

해진은 산을 등에 펼치고 바다가 열린 풍경 안에서 살았다. 굽이굽이 흙길을 걸어 나와 학교를 다니는 사람에게 바다는 그저 바다고, 산은 산이고, 계곡은 계곡일 뿐이었다. 관광객들이 찾아와 사진을 찍어대는 풍경 속에서 해진은 흑백처럼 살아갔다. 우리 집이고 우리 동네인데, 우리를 공유하는 사람들이 사라지더니 걷던 길이 사라졌다. 포크레인이 다니더니 길이 사라지고 펜션이 들어섰고 해진은 빙 둘러 걸어 올라가야 했다. 집으로 가는 길이 점점 길어졌다. 우리 마을, 우리 동네, 우리 바다, 우리 산, 우리 밭이 사라지는 동안 해진은 노래를 버렸다. 펜션 사업하는 사람들이 몰려들어 산과 밭이 비싸게 팔려 나갔다. 함께 하던 모든 것이 사라지는 사이에서 나이를 먹으며 지독한 비관주의를 머금게 되었다. 사라지는 걸 지키지 못하는 사이에 낙담하는 부모를 보면 더욱 그랬다.

해진은 고향에 사는 내내 공간을 낯선 이들에게 빼앗기는 기분이었다. 우리 자리를 차지한 사람들에게 밀리고 밀려 집 앞까지 펜션이 들어서는 것을 보면서 사춘기를 지났다.

"여기 살아요? 어머, 부럽네요. 이런 데서 살면 밥 안 먹어도 배부르겠다."

세상에 밥을 먹지 않아도 배부르는 사람이 어디 있을까. 생각 없이 떠드는 소리에 해진은 욕을 내뱉지 않도록 억누르고 살았다. 비록 알바로 연명하는 처지일지언정 엉뚱한 사람에게 화풀이는 하지 않겠다고 다짐했다. 아버지나 엄마는 고된 일을 하면서도 험해지지 않았다. 평생을 억눌려 살면서 어떻게 저럴 수 있을까. 해진에게 너는 이렇게 살아라, 저렇게 살아라 충고나 요구를 하지 않았다. 아버지는 길거리에서 받은 전단지에 끼인 사탕을 모아 해진에게 가져다주었다.

축제가 생기면서 부조화는 더 심각해졌다. 1년에 일주일 열리는 축제를 위해 행사장 주변 나무는 뽑혀 나가고 멀쩡한 길을 놔두고 나무 데크가 깔렸다. 해진의 부모는 저기 저 골짜기로 불리는 비포장도로 끝자락에서 바다로 나와 일하고 다시 골짜기로 돌아갔다. 아버지는 할아버지가 유산으로 남겨놓은 장뇌삼까지 산불로 잃자 어린 해진 손을 잡고 산속을 헤매는 일을 그만두었다. 아버지는 폭풍우 속에서 배가 뒤집혀 선원 모두가 실종되고 죽었을 때 홀로 살아남았다. 있는 돈을 그러모으고 없는 돈을 끌어당겨 산 배였다.

"인생, 마음먹은 대로 되는 거 하나도 없어. 바다만 그런 게 아니라 산도 그렇고 사람 마음도 그렇고 다 그래. 넌 가볍게 살아라. 가볍게."

아버지가 해준 유일한 충고였다.

아버지는 풍랑 사고를 겪은 후로는 다시 배를 타지 않고 항구에서 하역 인부로 일했다. 비린내 가득한 몸으로 돌아와서는 군불을 지피고 새벽에 일어나 밭을 갈고 일을 나섰다. 일을 마치고 집에 돌아오면 아이구, 소리를 내면서 누워도 다음 날 몸을 움직일 수만 있으면 바닷가에 나가 허드렛일을 했다. 그럼에도 빚에 허덕이느라 세 식구 먹고살고 해진 학교 다니기도 빠듯했다.

학교에서 매일 겪는 여러 소란스러운 모욕에는 쉽사리 익숙해지지 않았다.

어른들은 고맙다고 느끼기 전에 고마워해야 한다고 강조했다. 그 어른들 말을 듣고 자란 아이들도 비슷하거나 더 독했다. 이게 다 내가 피땀 흘려 낸 세금으로 나눠주는 거라고. 해진도 바우처니 수급비 같은 걸 당연하다 생각한 적은 없었다. 잘못한 것도 없는데 주눅이 들었다. 주눅 든 마음을 들키지 않으려 느릿하게 걸었다.

체육복도 사야 하고, 동아리 활동을 하면 돌아가면서 간식도 사야 했다. 아이들과 어울리고 싶어도 돈이 없었다. 최신형 스마트폰은 꿈도 꾼 적 없었다. 다른 아이들은 다 입는 브랜드 패딩을 혼자만 입지 못할 때, 그 패딩이 또 롱패딩에서 숏패딩으로 돌고 돌 때, 박음질 방식 변화니, 소재 혁신이니, 올해의 컬러니 하는 변화의 소용돌이 속에서 유행이라는 것은 왜 그렇게 빠르고 무겁게 마음을 짓누르는지, 괜찮다고 생각하려고 애썼지만, 또 그런 척을 엄청나게 진지하게 오래 해서 진짜로 저 똑같은 패딩 따위 줘도 입지 않겠다고 마음먹었지만 속내는 그렇지 못했다. 엄마는 하나뿐인 운동화를 열심히 빨아주었다. 하나뿐인 운동화는 자주 더러워졌고, 자꾸 빨면 빨수록 신발은 닳았다. 운동화 하나는 마음에 드는 거 사고 싶었다. 한 번쯤은. 그저 가격에 질려 마음을 억누른 것뿐이다. 종일 댓돌로 눌러놓은 마음이 봄날 피실피실 일어나는 아지랑이처럼 그렇게 떠오르면 해진은 밤새 끙끙대며 이리저리 몸을 뒤집었다. 운동화가 작아진 걸 숨기고 신발을 꺾어 신고 다니다 엄마에게 혼이 났다. 신발 정도는 사줄 수 있다지만, 시장에서 파는 짝퉁 운동화를 신느니 구겨 신는 게 나았다. 이놈의 키는 왜 자꾸 크는지. 발은 눈치없이 왜 그렇게 크는지…….

아버지는 절인 음식을 즐겼다. 엄마는 바다에 가면 땅을 밟지 못하고 밥을 먹는 아버지를 위해 때마다 오래 두어도 상하지 않는 갖가지 장아찌를 담갔다. 소금은 흔했고, 간장은 싼 양념이었다. 생선은 절여서 말리고, 고사리와 양파는 끓인 간장에 담고, 오이는 소금으로 박박 씻어 절였다. 엄마가 절여 말린 생선은 먹는 사람마다 얻어가고 싶어 탐을 낼 정도였다. 팔아도 되겠다고 칭찬을 했다. 꾸덕꾸덕하게 말린 생선을 석쇠에 구워 먹으면 그 자체가 별미였다. 엄마는 그렇게 말린 생선을 잘게 찢어 고추장에 잤다. 밥에 그 고추장만 비벼 먹어도 반찬이 따로 필요 없었다.

아버지가 쌈짓돈을 털어 시내 매장에서 나이키 신발을 사들고 온 날이었다. 식사를 마치고 온 식구가 이불 속에 둘러앉아 텔레비전을 보며 군고구마에 동치미를 곁들여 먹던 날이었다. 아버지가 쿨럭, 피를 토하고 쓰러졌다. 해진은 한달음에 이장네로 뛰어 내려갔다.

"너는 집에 있어. 별일 아니야."

아버지와 엄마는 손사래 치며 해진을 이장네 트럭 짐칸에서 끌어내렸다. 시내 종합병원 응급실에서 응급처치만 받고 아버지는 돌아왔다.

"별일 아닌데 괜히 이장네 신세를 졌네."

다음 날 면사무소 앞 내과를 거쳐 다시 시내 종합병원까지 가서 받은 진단은 위암이었다. 서울에서 수술을 하고 투병 생활을 시작했다. 해진을 대학 보내려 모아둔 돈은 그렇게 병원비로

쓰였다. 수술은 시작에 불과했다. 항암에 방사선까지 길고 긴 병원생활이 이어졌다. 해진은 아버지를 잃게 될까 두려워 그동 안 했던 못된 생각과 말들을 모아 바다에 버렸다.

"하느님, 잘못했어요. 하느님, 잘못했어요. 우리가 잘못한 게 뭐야. 우리 아버지 같이 착한 사람이 어디 있다고……. 하느 님… 아시잖아요. 우리 아버지 정상진 살려주세요. 제발. 기억 하세요, 정상진. 우리 아버지 살려주세요."

초등학교 이후로 가본 적 없는 성당을 찾아가 기도했다. 해 진은 매일 아버지 병원으로 가면서 원망과 미움과 모욕을 버 리고 버려도 자꾸 고여서 불안했다. 엄마는 저녁에는 병원에 서 쪽잠을 자고 새벽같이 일어나 품일에 나섰다.

아버지는 살아났고, 해진은 드디어 마음에 품은 말을 밖으 로 내뱉었다. 벗어나고 싶었다.

"나, 대학 서울로 갈래요."

어린 정명혜

　유림은 어릴 적 잠깐 '어린 정명혜'란 별칭으로 불렸다. 유림은 그때 얘기만 나오면 소스라치게 싫어했다. 누가 뭐라든 무덤덤한 유림이 유일하게 반응하는 별명이었다.

　때는 바야흐로 유림이 막 열네 살이 되었던 봄, '소년민국일보 주관 제17회 전국 청소년 글짓기 대회(부제 : 독립운동가이자 여성시인 정명혜의 시선(詩選)을 따라서)'가 열렸다. 그 대회에서 유림이 심사위원 전원에게 압도적인 지지를 받으며 대상을 차지했다. 정명혜의 열렬한 추종자였던 유림의 담임이 강력 추천했던 탓이었다. 유림 아버지 박원장은 요즘은 논술로도 대학을 간다는 말에 설득되어 유림이 지역 예선을 거쳐 전국 대회 본선에 오르자 태도가 바뀌었다. 본선 대회장 근처에 볼일이 있다는 이유로 병원 진료도 접고 유림을 데려다주고, 마지막 발표까지 자리를 지켰다. 박원장은 모르는 일이지만 유림이 본선에서 장원을 받은 이유는 얼굴도 기억하지 못한 채 이름으로만 남아 있는 어머니 덕이었다. 이름뿐이기에 엄마가 아닌 어머니였던 여자. 어머니는 유림이 세상에 이름을 알리는 데 엄청난 공로를 세웠고 박원장이 처음이자 마지막으로 유림을 자랑스러워하는 찰나의 순간을 마련해 주었다.

유림은 정명혜 친구 윤희진이 쓴 『정명혜, 그 사람』에 남겨 놓은 메모를 지도 삼아 뭉친 털뭉치같이 어지러운 시절을 견뎠다. 어머니라는 존재가 아예 없는 사람은 없을 텐데…… 왜 나에게는 처음부터 없는 존재처럼 느껴질까? 없는 존재에 대한 질감을 이 책과 책에 남아 있는 글씨와 어머니 이름으로 느끼며 자랐다. 그러기에 정명혜가 주로 쓰는 시어인 알밤이나 단풍취, 쑥, 비름나물 같은 먹을거리들에 대한 궁금증에 떠나간 어머니에 대한 그리움을 입힌 유림의 수필은 심사위원들을 감동시켰다. 나이답지 않은 감수성, 상상력, 창의력, 놀라움, 초월성 같은 말들이 쏟아졌다. 어린 나이에 어머니를 잃은 소녀에 대한 애잔함까지 섞여 심사위원들은 작품을 읽고 슬며시 다가가서 유림을 안아주느라 바빴다. 지역 예선에서 본래 주어진 분량에서 두 줄이나 덜 썼다는 이유로 감점을 받은 유림은 전국 대회에서는 원고지 맨 마지막 줄 귀퉁이에 마침표를 찍으며 심사 기준에 정확하게 맞추었다.

소년민국일보는 '어린 정명혜의 귀환'이라는 예스러운 제목 아래 떨떠름한 얼굴의 유림과 근엄한 표정을 한 아버지 사진을 실었다. 유림은 그해에 서울시에서 열리는 백일장에 등 떠밀려 출전하여 시장상, 교육감상을 휩쓸었다.

꽃길은 거기까지였다.

유림이 진학하는 걸음걸음마다 정명혜는 기다리기라도 한 듯 교과서에 모습을 드러냈다. 마냥 명랑 소녀일 수 없는 사춘기를 거치며 유림은 점점 시니컬해졌다. 정명혜는 『정명혜, 그 사람』에서 만난 그 명랑하고 솔직한 여성이 아니었다. 교과서에는 두려움 없이 독립을 위해 헌신한 위인 한 사람이 자리를 차지하고 있었다. 교사용 참고서에 있는 말만 또박또박 읽어준다고 해서 '더리더(The Reader)'라 불리던 국어 선생은 교과서, 아니 교사용 참고서에 있는 말을 신앙처럼 여기며 그 외에 모든 학설은 다 개소리로 치부하는 일차원적 사고방식의 소유자였다.

"이번 수능에 정명혜가 나온다, 안 나온다? 안 나온다! 왜? 올해 처음 개정 교과서에 실렸으니 고3 시험 범위가 아니고. 내년에는 나온다, 안 나온다? 나온다! 반드시! 안 나오면 내가 선생 그만해야겠지? 그러면 나오는 건 정해졌고, 헷갈리지 말

155

것. 정명혜를 요즘 서정 시인처럼 평가하는 사람들도 나오고 있어. 뉴스 봤지? 뉴스도 봐야 해, 응? 근데 그건 정설이 아니니 신경 쓰지 마! 답이 아니야, 아직은. 알았냐? 정명혜 시는 일제 억압에 대한 저항 정신 외에 다른 코드로 읽어서는 안 되는 거야. 교과서에서 정명혜가 실린 건 그 때문이니까 요즘 텔레비전에서 이러니저러니 하는 말 때문에 헷갈리지 마. 그런 건 아직 시험 범위가 아니야. 뭔 소리냐, 거기까지는 아직 국정 교과서에서 받아들이지 않았다 이 말이야. 하나의 단일한 입장을 유지하는 게 중요해. 알았어?"

유림은 '하나의 단일한 입장'이 미칠 듯 거슬렸다. 세상에 존재하는 어떤 일에 누군가와 단일하고 명확한 느낌과 생각을 공유해본 역사가 없었다. 십팔 년이나 살아왔으면 그 정도는 알 만한 나이였다.

"더리더는 지가 뭔 말을 하는 줄은 알고 저따위로 지저귀는 걸까?"

유림은 렘수면에 빠진 옆자리 효주에게 속삭이듯 말했는데, 언제나 고요 속에서 낭독에 가까운 수업을 즐기던 더리더는 귀를 쫑긋 세워 한낱 바스락거리는 소리에 불과한 그 말을 듣고 말았다.

"그래, 박유림! 할 말 있으면 일어나 해봐. 정명혜 시에 담긴 의미에 대해 다른 의견 있어? 그럼 한번 제대로 설명해보라고.

기회 주는 거니까 해봐, 어?”

언제 어디나 닳아빠진 참고서를 무기 삼아 들고 다니는 더리더와 맞서는 유림은 맨손이었다.

더리더는 유림을 앞으로 불러들였다.

“자, 박유림. 선생이 설명해줄 테니 자알 들어봐. 정명혜 작품에 나타난 정서에 대해 말이야.”

이제는 유림이 직접 나서야 할 차례였다. 그리하여 유림은 『정명혜, 그 사람』에서 본 대로, 한때 문학 영재로 이름을 날렸던 시절을 회상하며 신성한 학업을 증진하는 데 절대로 쓸모없는 자기 의견을 피력하기에 이르렀다.

“정명혜 시에 나타난 시어에서 저는 저항 정신 같은 건 빼앗긴 들에도 봄이 온다는 그 시의 팔백만 분의 일만큼도 느껴지지 않았습니다.”

앞으로 나오라고 해서 진짜로 나올 줄 몰랐던 더리더는 유림이 쪼는 기색도 없이 이야기를 이어가자 당황을 넘어서 분노에 이르렀다.

“빼앗긴 들, 뭐? 네가 그 시대를 알아? 그 시대에 살아봤어? 그 시대 지식인의 좌절을 알아? 아예 네가 선생을 하지그래.”

반 아이들 몇몇은 이미 키득대며 웃기 시작했다.

“저는 도깨비도 구미호도 아닌 그저 십팔 년을 살아온 고딩일 뿐이지만요. 그 시대부터 쭈욱 지금까지 살았을 리 없습니다만, 선생님 말씀대로 그 시대를 산 적 없는 사람은 당시에 대해 논의할 자격조차 없다면 우리 모두는 역사적 사실에 대한 논의 자체가 불가능한 거 아닌가요? 동시대를 살고 있는 사람들도 같은 현상에 대한 해석이 다양하고, 비교적 기록과 기억이 많이 남아 있는 근대조차 자료 배열에 따라 다른 해석이 나올 수 있다는 사실을 인정해야 한다고 생각합니다."

이미 더리더는 유림이 어떤 말을 하는지는 중요하지 않았다.

"지금 누가 여기서 네 잡썰 늘어놓으라고 했어! 시험이 며칠이나 남았다고! 정신 안 차리지!"

난데없이 터진 더리더의 날카로운 소리에 드디어 잠을 깬 효주가 다급하게 손짓하며 유림을 자리로 불러들였다. 더리더는 알밤을 새겨 넣은 약밥이라든가, 사위어져 가는 달빛에 기댄 감나무의 처지 같은 문장을 보고 어떤 느낌이 드는지 집요하게 물어댔다.

"애초에 제 주관적인 느낌 같은 건 중요하지 않은 질문인 거 같은데요. 객관적인 느낌이라는 게 존재하나요? 질문 자체가 문제가 아닐까요? 더구나 제가 아는 정명혜는 이육사보다는 윤동주에 가까운 사람입니다. 나서서 행동하는 데 주저함이 많았기 때문에 그런 정서를 추정할 수는 있을 것……"

더리더는 유림에게 최소한의 사회적 지위조차 인정받지 못하는 기분이 들었다. 저 자식이 나를 선생 취급을 안 하는구나,

느끼는 순간 모멸감으로 얼굴이 달아올랐다.

"그만! 너 지금 무슨 말을 하는 거야? 질문 자체가 문제라고?"

유림은 작가의 심경 따위를 묻는 질문에 더는 답을 하지 않았다. 그 정도 질문에 답을 하지 않는다고 해서 인생이 어떻게 되겠는가, 될 대로 되라 싶었다.

어설피 끝난 유림과 더리더의 싸움 결과는 중간고사에서 처절한 복수극으로 되돌아왔다. 더리더는 알밤을 새겨 넣은 약밥이라든가, 사위어져 가는 달빛에 기댄 감나무의 처지 같은 문장을 보고 어떤 느낌이 드는지 시험 문제로 내고야 말았다. 유림은 작가의 심경 따위를 묻는 질문에 더는 답을 하지 않았다. 그 정도 질문에 답을 하지 않는다고 해서 인생이 어떻게 되겠는가, 하는 전에 없던 낙관주의를 발휘해 더리더가 원하는 답을 피해 적었고 무려 5점이 배점된 한 문제로 등급이 바뀌었다.

성적표가 나온 날 아버지는 유림의 방에서 체육복과 교복을 제외한 모든 옷을 다 없애버렸다. 화장품이며 헤어 제품도 모두 버렸다. 여기가 무슨 강제 수용소야, 어이가 없을 때 유림은 웃기지도 않은 농담으로 상황을 달래보는 습관이 있었다. 시니컬박이란 유림의 별명 지분율은 아버지가 99.9%였다. 0.1%는 집 나간 엄마지만, 기억에도 없는 엄마에게 지분율까지 챙겨줄 생각은 없었다.

"그리고 요즘 누가 아버지에게 아버지라고 하냐. 조선 시대도 아니고. 무슨 재벌가도 아니고. 나나 되니까 아버지를 아버지라고 하는 거야. 하지만 내가 기억하는 한 아버지를 아빠라고 불러본 적이 없어. 앞으로도 그렇게 부를 생각 없고."

아버지가 폭주하자 집을 나온 유림은 효주와 떠들며 스터디 카페로 향했다. 스터디 카페를 나온 유림은 미용실로 향했다. 미용사가 바리깡을 들자 놀란 효주가 울며불며 뜯어말렸지만 유림은 해병대 출신 체육선생과 같은 헤어스타일로 머리를 짧게 잘랐다.

아버지는 모른 척했고, 더리더는 혀를 내둘렀다.

박유림의 승리였다.

정해진

서울 생활은 시작부터 낙차가 컸다.

가난은 수치심이라는 불덩이를 어떻게 처리하느냐의 문제
였다. 초라함이 도드라져 해진은 친구도 사귈 수 없었다. 친구
를 사귀는 데도 최소한의 돈이 필요했다. 해진에게는 시간도
돈도 없었다. 가장 중요한 건 시간과 돈이 없는 걸 창피하게
생각한다는 사실이었다.

해진은 평가를 받지 않고 그대로 자신을 받아줄 사람이 있
을지에 대한 믿음이 없었다. 아버지가 어떻게 항구에서 일하
게 됐는지 가장 친한 친구에게 말했을 때 후련했다. 그 아이는
해진이 일하던 횟집 딸이었다. 시내 학원을 여러 개 다녀도 해

진보다 성적이 못하다고 부모에게 면박을 많이 당했다. 그 아이가 학원을 마치고 집으로 올 때면 해진은 알바를 끝내고 집으로 돌아가며 자주 마주쳤다. 둘은 같이 아이스크림도 사 먹고 바닷가도 거닐었다. 이런 게 첫사랑일지도 모른다고 생각했다. 속을 털어놓는다는 건 마음을 비우는 일이었다. 고해소에서 죄인이 되어 털어놓는 말과도 달랐다.

다음 날 학교에 가보니 아이들 모두가 해진이 한 이야기를 알고 있었다.

"네 아빠 선원들 모두 죽이고 혼자 기어 나왔다며?"

해진이 눈물을 참고 그 아이 앞에 섰을 때, 그 아이는 당황하지도 않았다. 그런 태도에 해진은 홀로 파도를 견디는 모래알같이 처연해졌다.

"내가 거짓말한 것도 아니잖아."

거짓말은 아니지만 누구나 알아도 될 일은 아니었다.

"비밀이라고 했잖아. 너에게만 하는 말이라고."

"원래 세상에 비밀이란 건 없는 거야. 이제 나한테 그만 얻어먹어, 거지 같아."

다섯 번은 그 아이가 사고 한 번은 해진이 샀다. 그 한 번도 해진은 겨우 준비하고 계획한 돈이었다. 그나마 해진이 내려고 해도 그 아이가 손사래를 쳤다. 대신 해진이 키링이나 그립톡을 사주면 그 아이는 소리를 지르며 좋아했다. 그 아이가 갑자기 변한 이유를 해진은 알 수 없었다. 그 아이는 집에서 당하는 폭력을 해진에게 말할 수 있을 만큼 성숙하지 못했다. 횟집 주인은 해진을 칭찬하며 그 아이의 성적과 그 아이의 옷차림과 방 청소 상태를 비난했다. 해진과 함께 다닐수록 그 아이는 비참해졌다. 발이 커진 해진이 낡은 운동화를 접어 끌다가도 엄마가 보이면 구긴 신발을 펴서 신고 달려가는 걸 보고는 질투가 났다. 냄새나고 초라한 엄마가 뭐가 좋다고. 하루 종일 생선 내장이나 주무르던 손을 아무렇지 않게 잡고 가는 것도 싫었다. 저런 아이를 좋아하면서 비교를 당할 용기가 없었다. 그 정도로 해진을 좋아하지는 않았다. 갖지 못할 바에야 버릴 만한 사람이라고 깎아내리는 게 편했다. 편한 방법을 선택했다. 해진에게 밀려 매번 2등을 하는 아이에게 해진의 비밀을 속삭였다. 아무에게도 말하지 말라는 말을 덧붙인 건 물론이다. 아무도 모르게 비밀은 퍼져 나갔다.

해진은 서울에서도 풍경 밖으로 밀려났다. 처음부터 이 학교에 오지 않았어야 했다. 아버지 입에서 핏물이 솟아오를 때 마음을 바꿨어야 했다. 고향을 벗어나야 가난에서 벗어날 수 있을 거라 생각했다. 담임도 이장도 모두 해진을 근처 국립대에 보내고 싶어 했다. 고향을 떠나야만 흑역사를 기억하는 사람에게서 멀어질 수 있다고 믿었다. 떠나고 싶었다. 멀리. 그렇게 떠나온 곳이 서울이었다.

대학에 오니 그놈의 커피부터 문제였다.

"오늘은 스벅 가자."

오늘이 아니라 내일이 되어도 해진은 학식보다 비싼 커피를 마실 엄두는 고사하고 그러고 싶은 엄두조차 들지 않았다. 고향에도 스타벅스는 있었다. 항구가 내다보이는 건물에 들어선 스타벅스 안에는 낯선 사람들이 커피를 들고 사진을 찍어댔다. 더 비싼 곳도 있었다. 너무라는 말은 이럴 때 쓰는 말이다. 커피값이 너무 비쌌다. 밥값보다 커피값이 비싼 건 정말 이해가 되지 않았다. 자판기 커피와 학내 카페 커피가 해진의 최대치 선택이었다.

"내가 살게. 할아버지 다녀가셔서 용돈이 두둑하다, 야."

해진에게 할아버지는 모셔야 하는 존재였다. 용돈을 드리고 병원을 모시고 다녀야 하는 늙고 쓸쓸한 존재인 할아버지가 용돈을 준다는 건 상상도 할 수 없는 일이었다.

모두가 말리는 서울행이었다. 열심히 검색하고 잘 정리하고 마음의 대비도 해두었지만, 정보는 현실이 되지 못했다. 1학년 1학기 첫 교양 수업부터 낙관적 대학 생활에 대한 환상은 깨졌다. 키가 크고 체격이 거대한 젊은 영국인 강사가 들어오자 강의실에 웅성거리는 소리는 잦아들었다. 수강생들은 노트북이며 태블릿을 꺼냈다.

해진도 고향에서 노트북 하나는 사 오고 싶었다. 대학에서는 모든 과제를 컴퓨터로 한다던데, 고등학생 때 학교 복지 지원으로 받은 노트북은 무겁고 느렸다. 전공책 너댓 권 정도 무게였고 배터리는 채 한 시간도 가지 않는, 노트북 형상을 한 데스크탑이었기에 한 번도 기숙사 밖으로 갖고 나온 적은 없었다.

영국인 강사는 일주일마다 정해진 영어 소설을 한 권씩 읽고 리뷰 보고서를 내고 발표하는 커리큘럼을 내놓았다. 해진은 그 영국인 강사가 하는 말을 거의 알아듣지 못했다. 이럴 거면 아일랜드 출신이나 뉴질랜드 출신 강사가 낫겠다 싶었다. 그러면 다들 못 알아들을 수도 있으니까. 영어 발음이 그렇게 차이가 날 줄은 몰랐다. 그놈의 미국식 영어! 그동안 들어온 발음과 다른 억양에서 느끼는 거리감은 이 수업에서 해진이 A를 받을 확률만큼 멀었다. 강의실에서 홀로 좁은 유리벽에 갇혀 모두가 알아듣는 말을 혼자만 듣지 못하고 있었다. 먹통이었다. 다들 책 없이 뭘 하고 있나 보았더니 다운받은 전자책을 펴놓고 있는 거였다. 해진만이 고요했다. 할 일이 없어 그저 멍하니 앞을 응시했다.

첫 강의가 끝나고 다음주에 읽어야 할 책을 구하려고 도서관으로 달려갔다. 그렇게 차지한 원서는 너덜너덜해서 낡은 책장에 마음이 베이는 것 같았다. 일주일 내내 매달려 겨우 리뷰 보고서를 냈다. 수강 철회를 하고 싶었지만 졸업 전에는 반드시 들어야 하는 교양 필수 과목이었다. 교양인데 필수라는 건 무슨 어이없는 짓인가… 더군다나 이 정도 수준이 필수라니… 정당한 입시를 치르고 왔는데… 제대로 입시 과정을 밟고 들어왔으면 비슷한 수준 아이들을 모아놓은 게 아닌가… 이렇게 전혀 따라갈 수 없는 수업이라니…….

이 책을 중학교 때 읽었다며 이런 수준은 대학 영어 시간에 하기엔 부적절하다는 불만이 나오기 시작했다. 그들이 진심으로 실망했다는 투였기에 해진은 더 충격을 받았다. 해사한 여자애는 물론이고 해진은 다른 동기들 누구와도 친해질 수 없을 것 같았다. 그들에게 얄팍한 실력을 들키기 싫었다. 무시당하거나 동정받거나 오해받는 대상으로 전락하고 싶지 않았다. 그저 거리를 두고 살기로 했다. 마음을 두지 않으면 외로울 일도 없을 것이다.

중간과 기말고사가 없는 대신 한 주에 한 권씩 충실히 리포트하라며 영국인 강사는 매 수업이 끝난 후, 칠판에 다음주 발표팀을 고지했다. 전체 커리큘럼은 강의계획표대로였지만 예습은 불가능했다. 한 주 한 주가 숨이 찼다. 뉴베리는 시작이었고 맨부커와 노벨상 받은 책으로 넘어가면서 강도가 점점 세졌다.

문제는 다른 과목도 크게 다르지 않다는 점이었다. 학점은 교수 강의 내용과 교수의 학설과 농담을 얼마나 충실히 잘 기억하고 그걸 풀어놓느냐로 판가름 났다. 질문과 토론을 한다고 해서 해진이 진정한 토론 참여자가 될 리도 만무했다. 수업 시간에는 그저 키보드 두드리는 소리만 가득했다. 해진은 교양 영어 시간 이후 학부 전공을 국문학으로 정했다. 영어라면 지긋지긋했다.

고향집 툇마루를 밟을 때 나는 소리와 엇박자로 삐걱거리는 발 감각은 다른 세계로 들어가는 신호음 같았다. 집으로 간다고 전화를 하면 아버지는 버스 정류장에 오토바이를 세워놓고 해진을 기다렸다. 해진이 버스에서 내리면 컴컴한 어둠 속에서 아버지의 눈빛만이 교교히 빛나며 해진을 바라봤다.

고생했다.

이 한마디 외에 아버지는 아무 말도 하지 않았다.

"왜 또 이렇게 말랐어. 서울에서는 대체 뭘 먹고 사는 거야. 아픈 거야? 점점 말라가니 원……."

엄마는 두 손으로 해진 얼굴을 감싸 안았다. 포근했다. 고향만 다녀오면 모든 것을 새로 시작하는 기분이 들었다. 그대로 주저앉고 싶은 심정이었다. 후회하는 모습을 보이지 않으려 꿋꿋한 척하는 것도 이제는 지쳤다. 해진은 고향에 돌아가고 싶은 갈망이 진해질수록 고향에 내려가지 않았다.

후회해봤자 이미 늦었다. 알바만이 살길이었다. '알바천국'

에서 지옥으로 떨어지는 굴속을 헤집어 살피다 보니 몸도 마음도 만신창이가 되었다. 공부할 시간이 나도 집중이 되질 않았다. 기숙사는 원거리 학생 중 장학생이 머물 수 있는 곳이었다. 첫 1년은 입학 전형상 특례로 기숙사에 들어왔지만 더 버틸 재간이 없었다. 처음부터 경쟁이 성립되지 않았다. 동기들 대부분 외고나 자사고 출신이었고 영어 독해, 작문은 물론이고 작품을 대하는 태도에서 현격한 차이가 났다.

　맨바닥에서 경중경중 뛰다가 점점 뛰지도 못하게 되었다. 성적은 점점 떨어지고, 기숙사에서 쫓겨나고, 학교에서 40분 걸리는 곳에 방을 얻었다. 기숙사는 일정 성적 이하로 떨어지면 나가야 했다. 아무 데나… 취업이나 돼라. 그저 졸업을 하는 게 목표였던 때가 좋았다.

　서울 생활이 끝날 즈음 해진은 그저… 망했다는 생각뿐이었다. 늪에 빠진 기분이었다. 버티자. 견디자. 참자. 절제하자. 버리자. 가벼워지자. 다 지나간다. 이까짓 것. 그렇게 비슷한 말을 주문처럼 되뇌어도 밀리고 밀리는 느낌이었다. 내 탓이다. 내 탓이다. 이 미친놈. 여길 왜 와서는……. 이 길고 깊은 굴속은 어디가 끝일까? 가도 가도 빛이 안 보이는 굴을 기어가는 악몽 같은 나날이었다.

　별것도 아닌 일에 화가 나고 짜증이 났다. 종일 힘든 얼굴,

화가 난 표정, 무례한 태도, 쓰레기를 길에 버리거나 담배꽁초를 캔에 비벼 끄는 행동같이 사소하고 무심한 무례와 모욕을 고스란히 몸으로 받아내고 있었다. 다른 사람들 얼굴이 저 모양인 걸 보면 나도 그렇겠지. 그 정도 성찰은 해진에게는 불필요했다. 냄새도 사람도 지하철도 골목도 보도블록조차 모두가 해진에게 달려오는 쓰레기더미 같았다. 어떤 때는 덩어리로 어떤 때는 조각으로 어떤 때는 모래알같이 쏟아지고 떨어졌다.

지하철에서 너댓 살 먹은 아이가 발을 밟고 지나가자 화가 솟구쳤다. 아프지도 않았는데 뭐가 그렇게 화가 났을까? 그저 신경이 긁혔다. 온몸 촉수가 다 곤두서 있으면서도 자기 자신 외에 외부 환경에는 무신경한 이기주의 극치 상태였다. 해진은 죄송하다고 아이를 끌어안는 엄마를 세차게 노려보며 소리 질렀다.

"애 교육 좀 제대로 하세요."

사람들이 일제히 해진을 보았다. 아이가 "앙……." 울어버리자 정신이 들었다. 사람들 시선을 그제야 느끼고 다음 역이 되자마자 내려버렸다. 불행하다 느낄 겨를도 없는 그 막바지, 또 막바지, 더 막바지 같은 하루하루가 이렇게 더럽게 뒤틀려 티를 냈다. 털어놓을 수 없는 외로움과 서러움이 꽉 차 있었다. 그 작고 약한 아이에게 뭐 하는 짓인가……. 엄마 뒤로 숨어버린 아이와 당황한 아이 엄마 표정이 떠올라 해진은 그날 잠을

이루지 못했다. 미친놈… 미친놈……. 이젠 하다하다 자괴감
과 수치심까지 느끼다니…….

광화문우체국 분류 알바를 끝내고 자취방으로 돌아가는 길
이었다. 막 들어오는 지하철을 놓칠까 봐 초단거리 선수가 되
어 겨우 붙잡았다. 지하철은 한산했지만 빈자리는 없었다. 해
진은 주위를 한번 돌아보고는 손잡이에 의지해 가쁜 숨을 몰
아쉬었다.

그때, 해진 앞자리 한 중년 여성이 일어났다.

"학생, 여기 앉아요."

무심한 말투였다. 다음 역에 내리려고 일어선 건가, 싶어 고
개를 한번 주억거리곤 자리에 앉아 숨을 고르는데 그 여자는
다음 역이 되어도 그다음 역이 되어도 그저 해진 앞에 서서 휴
대폰을 볼 뿐이었다. 서울에서 처음 받아본 배려였다. 언제나
강요당하던 양보였다. 피곤에 찌들어서도 눈물이 쏟아질 듯
지쳐서도 눈치 싸움에서 겨우 자리를 맡았어도 공식적인 약자
에게 자리를 양보를 해야만 했는데… 이런 환대라니… 마음이
주머니 속 캐러멜처럼 녹지근해졌다. 서울에서 몇 년 만에 긴
장이 풀리니 자신이 사라지는 것만 같아 해진은 일부러 마음
을 꾹꾹 눌러 담았다.

노량진을 지났다. 노량진! 노량진을 왜 생각 못 했을까. 해

진 주위에도 공무원 준비를 한다는 동기나 후배들이 있었다. 행정고시를 본다는 아이들도 있었지만 그런 아이들과 해진은 친분이 거의 없었다. 여기에 한번 내려보자, 마음먹고 보니 쳇바퀴에 갇힌 것 같은 마음에 구멍이 뚫리는 것 같았다.

벽에 붙어 있는 강사 얼굴을 길잡이 삼아 학원에 들어갔다. 공부를 하는 데 가장 필요한 건 역시 돈이었다. 합격 가능성을 높이기 위해 '일타 강사' 강의를 들어야 하고, 강사가 만든 문제집을 풀어야 했다.

"요즘 좀 시들해졌다고 해도 서울이나 경기는 경쟁률이 사악하죠. 3년 이상 거주한 지방 쪽을 노려보셔도 괜찮아요. 준비하면서 아예 친척집이나 아는 집에 주소를 옮겨놓으시면서 시작하시는 거예요."

상담원은 해진이 자필로 쓴 조사서에 적힌 학교명을 보더니, 혹시 행시는 생각 없냐고 물었다. 행시를 준비하는 데는 시간과 노력이 더 걸리지만 합격하면 사무관, 5급이라고 했다.

"5급 준비하는 데 오래 걸리고 힘들긴 해도 9급으로 시작해서는 20년 걸려도 도달 어려운 걸 한 번에 딱! 오히려 경쟁률은 7급이 더 낮아요."

그러면서 우리 학원은 행시에 특히 강하다고, 비용은 더 비싸지만 그 값을 한다고, 이 학교 정도 다닐 실력이면 도전해볼 만하다고 설명을 곁들였다.

"저는 교행 할게요."

오래 준비할 여유 따위는 없었다. 하루를 살려면 하루만큼 비용을 지불해야 살 수 있는 이곳, 서울을 벗어나야 했다. 행시 준비반은 학원비가 얼마나 더 드는지 궁금하지도 않았다. 해진은 아무 대답도 하지 않았지만 상담원은 포기하지 않았다. 더 듣지 않고 일어나는 해진에게 상담원은 얼마 남지 않은 종합반 정원을 강조했다.

"시간이 없어요."

서울을 어서 빨리 떠나고 싶었다. 떠나야 했다. 시간도 돈도 없었다. 상담원이 챙겨준 필수 강좌 정보를 종합해서 머릿속으로 계산기를 돌렸다. 학교 도서관에서 최대한 오래 버텨야 돈을 아낄 수 있었다. 계획을 세워야 했다. 계획을 세우니 계획 속 숫자 안에서 미래가 보이는 듯했다. 뚜렷한 미래가 마냥 기뻤다. 할 수 있고, 만들 수 있고, 충분히 가능한 내일이 눈앞에 펼쳐지는 것 같았다. 고향으로 돌아가 공무원이 된다면 괜찮겠구나. 머릿속에 불이 켜졌다. 그동안 미세먼지처럼 사소하고 작은 외상에도 망가졌던 전두엽이 살아났다. 살아갈 용기가 생겼다. 이제 난 미친놈이 아니다. 난 제정신 박힌 사람이다. 해진은 졸업장을 안고 공무원이 되어 고향으로 돌아가는 상상만으로 오랜만에 즐거웠다.

기분을 느끼려고 지하철역에서 집까지 뛰었다. 숨이 턱까지 차오르자 벅찬 감정이 현실 같았다. 자취방을 빼서 고시원으로 옮기고, 인강 교재를 사고, 인강 수강권도 사야 했다. 도서관을 이용하는 것도 도서관 컴퓨터를 이용하는 것도 졸업하기 전까지만 가능했다. 논문… 논문부터 써야지. 다른 사람은 몰라도 해진에게 대학 졸업장은 중요했다.

집세 안 내도 되는 고향. 김밥 한 줄을 사 먹을까 말까 고민하지 않아도 되는 곳, 방금 한 고슬고슬한 밥으로 배를 채울 수 있는 곳, 유통기한 막 지난 편의점 도시락을 먹지 않는 생활, 돈을 지불하지 않아도 당당해질 수 있는 곳으로 돌아가기로 했다. 공시생 카페에 들어가 보니 일찍 합격하면 작은 학교에서는 40대에 행정실장이 될 수 있었다. 엄마 아버지 살아생전에 행정실장이 되는 거야. 그러면 차도 사야지. 월급을 받으니 할부로 사도 괜찮을 거야. 집세가 안 나가니까. 어머니 모시고 강릉도 다니고 속초도 다녀야지. 바닥에 닿지 않고도 걷는 것 같았다.

박원장

"아버지, 나 의대는 안 가요."

오래 가슴에 품고 꺼내기만을 기다렸던 세월이 무색하게도 싱겁게 말을 뱉어버렸다. 담임에게 전화를 받은 아버지가 빈 방에 불도 켜지 않은 채 유림의 귀가를 기다리고 있었다. 그 모습이 지나치게 결연해서 유림은 피식, 웃음이 나왔다.

유림은 엄격하면서 까다롭고 신경질적이기까지 한 아버지 와 걸핏하면 떠나간 어머니 욕을 해대는 할머니 사이에서 자 라면서 공기만 달라져도 미세하게 눈치채는 감각과 이를 무덤 덤하게 대하는 태도를 배우고 익혔다. 그중 '못 들은 척' 기술 은 최고라 스스로 자부할 정도였다. 존경은커녕 두려움과 환멸의 대상이었던 사람과 같은 길을 걷는다는 건 상상하기도 싫었다. 아버지는 평생 의대 동기들과 자신을 비교하며 멸시를 동력 삼아 살았다. 유림이 받아온 성적은 아버지가 졸업한 학교, 그것도 의대에 들어갈 수 있었다.

아버지는 유림의 말을 듣고 믿을 수 없다는 듯 눈을 부라리더니 역시나 과거의 유령을 끌고 나와, 한 번에 두 명을 모욕하는 기술을 보여주었다.

"제 어미를 닮아서 뒤통수 하나는 확실히 치는구나."

아버지는 고개를 떨구고 그렇게 읊조리더니 다시 목청을 가다듬고 냅다 소리를 질렀다.

"나가! 이 쓸모없는 것!"

반항은 시작이 어려운 법이었다. 아버지의 상처받은 얼굴을 보며 유림은 잠시나마 통쾌했다.

"그딴 쓸모없는 걸 공부라고… 세상에 도움이 되는 일을 해야지! 그딴 일에 내 돈을 내줄 거 같으냐? 난 허락 못 해."

아버지에게 유림은 마지막 일격을 날렸다.

"아버지 허락까지 받아야 할 필요는 없어요. 대학을 안 가면 안 갔지 의대는 안 가요. 고졸로 끝나도 아쉬울 거 없으니까, 난."

박원장은 충격을 받은 듯 푹 주저앉는 것 같더니 3초 만에 회복했다. 놀라운 회복력이었다. 기력이 빠진 환자들이 맞는 무언가를 주기적으로 맞는 게 분명했다. 겨우 방으로 들어온 유림은 혹시나 모를 사태에 대비해 멜 수 있는 가장 큰 가방을 꺼내 필요한 물건들을 챙겨두었다. 트렁크는 도주에 불리했다. 휴대폰 충전기와 노트북, 칫솔과 치약, 속옷과 화장품이 든 파우치, 옷가지 등을 싼 가방을 침대 아래 밀어 넣었다. 여차하면 튀어야 하니 되도록 들키지 않아야 했다.

"너 같은 딸년에게는 한 푼도 줄 수 없어. 배은망덕한 것."

자식이 원하는 대로 안 컸다고 해서 배은망덕 같은 고전적인 용어를 끌어대며 시대에 맞지 않는 도리를 강조하는 것 자체가 부조리했다. 아버지는 시대를 잘못 타고났다. 조선 말쯤 탐관오리였으면 저런 말투나 행동이 적절하다 했을 것이다. 이 정도 욕지기와 협박 정도는 예상했다. 카드도 압수당했다. 유림은 입학금이며 등록금을 면제받아 아버지 돈을 받지 않아도 된다는 사실을 말하지 않고 집에서 버티다 오리엔테이션을 떠나면서 미리 싸둔 가방을 들고 아버지 집을 나왔다. 이날을 대비해 용돈을 모아두었다. 실제 시세와 분위기를 정확히 알 수 없지만 고시원 같은 곳에서 몇 달은 버틸 수 있을 정도였다. 효주에게도 빌릴 수 있을 만큼 최대한 돈을 빌려두었다. 짐은 진작 싸두었으니 알바를 하면 예상보다 잘 살아갈 수 있을 것이다. 아버지 돈 따위에 휘둘리지 않고 갈 기회였다.

목동 고모는 박원장의 안티테제였다. 목동 고모는 오빠가

하는 일은 무엇이나 마음에 들지 않아 했으므로, 이런 기회를 놓칠 리가 없었다. 휘파람을 불면서 유림 손을 잡고 목동 집으로 데려갔다.

목동 고모는 유림에게 떠나간 어머니에 대해 말해준 유일한 사람이었다. 어머니가 죽지 않았다는 사실에 기뻤다가… 막연히 어머니를 기다리고 있는 자신이 슬펐다가… 살아 있으면서도 한 번도 찾지 않는 어머니를 미워하는 과정을 목동 고모만이 살펴주었다. 유림이 젖을 떼자마자 집을 나간 어머니는 당시 고등학생이었던 목동 고모에게만 메모를 남겨두었다. 목동 고모는 아이 엄마가 사라진 혼돈 속에서 유림을 끌어안고 돌봐주었다.

"우리 집에서는 아무도 입지 않던 숏팬츠 있지? 그런 걸 입었어. 피아노 치는 얌전한 처자인 줄 알고 들였던 우리 엄마가 기겁을 했지. 네 엄마, 예뻤지… 예뻤어. 근데 네 아빠나… 네 할머니나… 우리 집하고는 안 어울렸어. 태초에 어떻게 오빠랑 결혼했는지 난 그게 젤 의문이야. 그나마 나랑 잘 지냈지. 나랑 코드가 잘 맞았어. 난 박씨 집안이랑 잘 안 맞잖아. 나야말로 박씨 집안에서 예전부터 내놓았지. 그래서 내 마음대로 살았지만……."

어머니는 뭐 하고 지내냐고 유림이 물었을 때 목동 고모는 뒷걸음질을 쳤다. 일방적으로 연락을 받을 뿐 그 세월 동안 만난 적은 없는 눈치였다. 여러 번 망설이다 한 번 겨우 용기 낸

177

유림은 물러서지 않고 목동 고모를 다그쳤다. 어머니는 서울에 살기는 하시냐고, 아니 살아는 계시냐고 물어도 답을 하지 못했다. 목동 고모가 알고 있는 어머니는 음대를 졸업한 아리따운 스물몇 살 여자였다.

"유림이는 우리 집안 얼굴형이나 몸매가 아니지."

목동 고모가 전해주는 어머니 이야기는 언제나 작위적이고 맥락이 없었다. 실제로 존재하는 사람에 대한 이야기인지도 불분명했다.

"한소희 있잖아. 나 걔 나왔을 때 깜짝 놀랐잖아. 너무 똑같아서. 한고은 같은 몸매에다가… 한예슬 있잖아. 눈매는 한예슬이야. 피부는 한지민이야. 역시 한씨는 뭐가 달라도 달라. 한가인 닮았어."

유림의 어머니는 최씨였다.

"네 이름도 원래는 유리였는데, 네 엄마가 출생신고하러 가서 유림으로 바꾼 거 아니? 몰랐지? 유리는 반짝이긴 하지만 깨질 수도 있는데 미음 자 하나 붙이니 단단해졌다는 거야. 머리도 좋지. 호적 그렇게 올라간 것도 네 엄마 집 나가고 난 후 한참 있다가 알았잖아. 네 엄마가 그렇게 재미있는 사람이야. 이 집안에서 재밌는 게 얼마나 힘든 건 줄 알지?"

목동 고모는 집에서 쫓겨난 유림에게 방 하나를 내어주었다. 청소기와 두루마리 휴지를 두던 작은 방을 치워 침대를 들여놓고 대학 신입생에게 필요하고도 남을 정도로 용돈을 주었고, 새 코트와 패딩과 가방에, 화장품에 최신형 노트북까지 마련해주었다. 대학생에 맞는 머리를 하라고 샵까지 예약해두었다. 박원장에게 제대로 엿을 먹일 수 있어 너무 신나 하는 것 같아 유림은 잠자코 목동 고모가 하는 대로 두었다. 필요한 옷이나 책은 고모가 집에 들러 슬금슬금 가져왔다. 박원장은 그 사실을 알고도 묵인했다.

유림은 대학 생활을 도서관에서 시작했다. 사람이 많은 곳이 가장 안전하게 느껴졌다. 도서관 장서 중 800번으로 분류된 책들은 대부분 유림 손을 거쳐갔다. 한국문학, 중국문학, 일본문학, 영미문학, 독일문학, 프랑스문학 순으로 훑다가 헤세에서 줌파 라히리로 필립 로스에서 나쓰메 소세키로 옮겨갔다.

유림은 집에 돌아와서도 밤늦게까지 책을 읽으며 전기를 소비했다. 독서벽 때문에 성장기가 지나서도 눈이 꾸준히 나빠졌다. 대학 붙으면 라식부터 하려고 했는데, 인생 뭐 뜻대로 되는 게 없었다. 목동 고모에게 라식할 돈까지 대달라고 할 수는 없었다. 화장실에서는 레이 브래드버리를 읽고, 잠들 무렵에는 그림책을 읽었다. 이야기를 만들어내는 사람들은 서로 연결되어 있었다. 그들이 들려주는 이야기에 파묻히다 보면 쫓기고, 버려지고, 토막 나는 꿈 속에 빠지기 전에 잠들 수 있었다. 책에 굶주렸던 유림은 밤낮을 모르고 책에 파고들었다. 종일 도서관에서 보내다 피곤해지면 책을 베고 도서관에 엎드려 자다가 일어나 다시 책을 읽었다. 안경점에 갈 때마다 더 두꺼운 렌즈로 바꿔 낀 건 그 때문인지 몰랐다.

목동에서 학교까지 통학길에 익숙해지던 5월, 아버지는 고모를 시켜 학교 앞 오피스텔에 유림을 집어넣었다. 방 두 칸에 거실이 딸린 오피스텔이었고 박원장 소유였다. 유림은 오피스텔의 정식 전세 세입자였다. 그것은 박원장이 오피스텔을 유림에게 넘겨주려는 계획의 일부이기도 했다. 의대생이 될 딸에게 주려고 마련한 76㎡짜리 은신처였다.

책상에는 최신형 태블릿과 노트북이 나란히 놓여 있었다.

'노트북 있는데……'

아버지는 언제나 필요하지도 않은 것들을 자기 마음대로 떠안겨주고는 고마워하지 않는다고 불만이 많았다. 유림은 노트북을 정리해 서랍 제일 아래쪽에 밀어 넣었다. 특별한 작정 없이 아버지가 마련해준 집에서 살았다. 아침에 일어나 학교 가는 길에 커피를 한 잔 마시고 점심과 저녁을 먹고 동기들과 맥주도 마시고 집으로 돌아와 잤다. 박원장은 더 이상 내 딸이 아니라는 유림에게 집을 주고 매달 통장에 이백만 원을 입금하고 한 달에 두 번 도우미를 보내 청소를 시켰다.

"오빠는 정말 대단해. 너네 아버지 말이야. 언제 이런 걸 준비해됐냐. 정말 깜찍하게도 음흉하단 말이야. 아휴… 소름……."

유림은 첫 여름방학에 집으로 오길 바라는 아버지를 피해 유럽 여행을 다녀왔다. 스페인, 이탈리아, 스위스를 두 달간 돌다 왔다. 매달 충분한 돈을 부쳐준 아버지 덕분이었다. 오피스텔은 어제 나갔다 온 것처럼 깔끔했다. 물건들은 새것처럼 각이 잡혀 있었다. 닳지도 낡지도 허물어지지도 않았다. 침구도 바뀌었고, 수건도 새것으로, 비누도, 치약도 새것이었다. 호텔에 들어온 기분이었다. 그전에 있던 물건들은 모두 어디로 사라졌을까? 유림은 떠나간 물건들을 그리워하며 맥주캔을 땄다.

무엇을 해야 하는지 무엇을 할 수 있는지 무엇을 하고 싶은지 전혀 감이 잡히지 않았다. 하나 확실한 것은 무엇을 하기 싫은지 정도였다.

4학년에 접어들자 유림도 동기들처럼 취업 준비를 했다. 독립을 위해서였다. 취업을 해야 아버지에게서 벗어날 수 있었다. 빼곡하게 채워 넣어야 하는 이력서에 유림은 채워 넣을 숫자가 없었다. 빈 공간을 보며 숨이 막히기는 처음이었다. 유림은 빈 칸에 채워 넣을 게 거의 없는 지난 대학생활을 자기소개서에 적어 내려갔다. 몇 군데 면접을 다녀왔지만 유림이 마음에 든 곳에서는 연락이 오지 않고, 연락이 온 곳은 다니기 싫었다.

그동안 제출한 응시원서에 쓴 자기소개서나 직무계획서 따위를 '자소서 모음'과 '직무 모음'으로 파일 두 개에 나눠 정리해두었다. 그 파일을 보면 예민하면서도 철저하고, 성실하면서도 여유롭고, 독서에 취미가 있으면서도 공연이나 전시 같은 다양한 문화적 소양이 깊은, 대단히 부드럽고 섬세하고 사려 깊은 멜로드라마 여주인공 같은 여자가 있었다. 그런 사람은 실재하지 않았다. 글로는 뭘 못 하나……. 세상에 존재하지도 않는 사람으로 존재하고 싶지는 않았다.

설을 보내러 집으로 간 유림이 대학원에 진학했다고 말하자 박원장은 아버지로 변신하여 체념인지 안도일지 모를 눈빛으로 유림을 바라보았다. 대학원 1학기를 마칠 무렵, 혹시나 아는 사람 만날까 봐 학교 근처는 지나다니기도 싫다던 박원장이 어쩐 일로 밥을 사주겠다며 연락을 해왔다. 유림은 학교 근처 한산한 파스타집에 박원장과 마주 앉았다. 박원장이 와인을 유림에게 따라주었다. 그러고 보면 아버지와 둘이 마주 앉아 외식을 하고 술까지 나눠 마시는 건 처음이었다.

"정교수 만나고 오는 길이야. 정교수 아버지가 내 의대 선배야. 교수를 할 거였으면 진작 말을 했으면 좋았지."

너는 내 딸도 아니라고 선언하며 범죄자 취급할 때와는 사뭇 다른 태도였다.

"의사만은 못 하지만… 의사 말고 교수가 되는 것도 괜찮지. 쓸모 있어. 여자 직업으로 교수도 괜찮고."

유림은 공부 외에 다른 일은 하지 않으면서도 미래를 고민하지 않기로 했다. 아버지 덕에 현재만 살아갈 수 있었다. 대학원 진학이 확정되자 용돈은 50퍼센트 상향 조정되어 입금되었다.

"자비롭기도 하셔라."

입금 문자를 보면서 유림은 아버지가 쳐 놓은 울타리에서 벗어나기가 힘들어짐을 느꼈다.

정교수는 유림이 쓸모에 집착하지 않고, 자리나 취업에 전전긍긍하지 않아 마음에 들었다. 활용, 쓸모 같은 물질과 직결된 생각 없이 그저 읽고 느끼고 정리하고 생각하고 글 쓰는 생활이 유림과 어울렸다. 리포트를 보면 생각이 깊고 또렷했고 자료가 풍성했다. 레퍼런스가 항상 넘쳐났다. 교수가 강의한 그대로 받아쓰기해야 고득점을 받는다는 불문율은 아랑곳하지 않는 태도였다. 학생들은 수업시간에 휴대폰 녹음기를 켜놓고 노트북으로 강의 내용을 그저 받아 썼다. A를 받는 학생들은 정교수 자신의 생각보다 더 명료하게 주제를 파악해냈다. 정교수는 학생이 낸 리포트를 참고하여 다음 학기 수업 계획을 짜고, 그 대가로 학생들에게 A를 주었다.

유림은 달랐다. 수업 시간에 받아쓰기 따위는 하지 않았다. 그저 두꺼운 안경을 쓰고 맨 앞자리에 앉아 수업을 열심히 들고 필기할 뿐이었다. 노트북이 꼭 필요한 수업이 아니면 꺼내지도 않았다. 정교수는 유림이 낸 리포트를 보면서 자신의 생각이 맞는지 점검하기 시작했다.

유림은 장학금으로 등록금을 내고, 책은 빌려보고, 옷은 사지 않고, 밥은 구내식당에서만 먹었다. 박원장이 정기적으로 보내주는 돈은 유림의 소비 속도를 비웃으며 목돈으로 쌓였다. 유림은 통장 잔고를 볼 때마다 빚을 쌓아가는 느낌이었다. 혼자 쓰기에는 너무 넓고 아늑한 오피스텔은 그런 느낌을 더욱 무겁게 주었다. 누구와도 공유할 수 없는 어둠 속에 자꾸만 들어가는 느낌이었다.

석사 과정 마지막 학기였다. 딱히 학문에 매진할 뜻도 없는 유림에게 정교수는 박사 과정에 들어와 지금 관심을 둔 연구를 이어가라고 제안했다. 유림은 자신이 무엇에 관심이 있는지, 그걸 연구까지 해야 하는지 확신이 없었다. 글을 분류하고 평가하고, 평가에 대한 평론을 나누어 정리하고 분석하는 작업이 좋았을 뿐이다.

학생 식당에서 따뜻한 국에 밥을 말아 양껏 먹고 도서관에 들어오자 식곤증이 몰려왔다. 적당한 소음, 적당한 먼지, 적당한 사람들이 오가는 도서관만이 유림에게 편안한 공간이었다.

달인

    국립중앙박물관 선사·고대관에서 관람객들이 가장 먼저 찾아보는 경주 부부총 금귀걸이나 금동반가사유상이 정교하게 만들어진 복제품이라는 사실은 안내판을 제대로 읽지 않으면 알기 어렵다. 수장고에 있는 진품을 한 번도 보지 못한 복제 기술자들이 만든 복제품은 관람객이 실망하지 않게 사진과 모형도와 자료를 토대로 상상력과 손기술로 만들어진 '작품'이다. 관람객에게 눈요기를 선사하는 그 모형은 몇백 년 된 국보나 보물보다 조명 아래서 빛난다. 처음 도공이 만들어 주군에게 보였던 그 천년의 상상이 만들어낸 결과물이다. 관람객에게 진짜와 가짜의 느긋한 경계는 흐릿하고 넓다.

진짜로 밝혀지면 열광적인 환호를 받고 가짜로 내쳐지면 사라진다. 살아남은 것만 진짜다. 객관적인 진실은 전문가가 결정한다. 전문가로 불리는 사람들은 진짜와 가짜를 가르는 사람들이며 그들 입으로 진품과 가품이 결정된다. 전문가가 되기 위해서는 권력이 어디에 있는지 잘 알고 그 길을 따라가야 한다. 실력이 있는 전문가도 있지만 명망 있는 전문가는 실력만으로 만들어지지 않는다.

진품이라는 판정이 떨어지면 그다음은 보존과 전시 문제가 남는다. 오랜 세월 비바람과 전쟁과 농지개간을 겪으며 깎이고 닳고 망가져 전문가들이나 진가를 알아볼 구시대 유물들을 관람객들에게 그대로 내놓기는 비루하고 위험하다. 진품이 오히려 관람객에게 실망을 안길 수 있으니 수장고에 머물 수 밖에 없다. 복제품은 진품을 보존하기 위한 방탄유리와 같다. 고증과 실제 보물 사진을 바탕으로 불상을 그럴듯하게 만들어낸다. 거기부터 복제품의 시작이다. 잘 만든 불상에 일부러 염산을 뿌리고 물을 뿌려 비바람을 통과해 세월의 흔적을 만든다. 이 예민한 작업은 모형 납품 가격에 비례하기에 온 작업실이 숨죽여 지켜본다.

정교한 작업을 위해서는 시간과 고도의 기술과 자료가 필요하다. 전문가들도 눈으로만 보아선 판단하기 어려운 그 모형은 책정 단가에 따라 질에 차이가 난다. 단가에 맞춰 붓질 한

번 탈색 한 번이 더해지는 방식으로 과학적이며 합리적인 공정이 들어간다. 박물관 학예사조차 맨눈으로는 진품 여부를 구분하지 못할 정도로 정교한 복제품을 만들어 내놓는 역할은 그동안 '전시기획 달인'이 맡아서 했다. 어제 상감청자를 복제해낸 달인들은 오늘, 뜻도 의미도 모르는 옛날 서책이나 찢기고 지워져 원그림이 뭔지 아무도 모를 법한 서화도 그럴듯하게 복원해냈다. 복제품을 진품인 양 속이는 업자들과 차원이 다른 양지에 선 장인이었다. 실제 보물들은 저 깊은 수장고 아래 보관되어 있거나 어느 일본 귀족의 개인 금고에 들어 있거나 거의 파손되어 형태만 겨우 유지하고 있거나 그도 저도 아니면 세상에서 이미 사라진 지 오래다. 하지만 그런 사실은 그리 중요한 일이 아니다. 진실이 밝혀지지만 않으면 말이다. 어떤 진실은 묻어두는 게 최선이다.

여기서부터는 '전시기획 달인'의 흥망성쇠에 관한 이야기이다.

전시기획 달인에서는 전문가도 경험과 감만으로는 눈치채지 못할 정도로 정교한 복제품을 잘도 만들어냈다. 발주처 요구에 따라 복제를 하기도, 축소 모형을 만들기도 하지만 지극히 합법적인 길만 걷는다는 점에서 자부심이 가득한 전문가 집합체다.

전시 업계에서 달인은 신화였다. 그 신화는 단순히 전문성이나 기술력에서 비롯된 것이 아니다. 가내수공업에서 겨우 벗어난 두 평짜리 공방에서 신나 냄새 맡으며 시작한 달인은 직원을 한 명 두 명 고용하고 이십 년이 넘는 세월 동안 임금 체불 한 번 없이 끌고 온 꾸준함과 성실함으로 오늘을 이룩했다.

연사장은 직원들에게 월급을 주지 못하면 집을 내놓고, 차를 팔고 오토바이를 타고 다녔다. 돈보다는 사람을 먼저 생각한다는 게 달인의 자부심이었다. 달인이 제발 돈을 목표로 좀 삼았으면 좋겠다고 생각한 마실장이 들어오면서 분위기는 달라졌다. 달인이 하지 못하는 복제는 국내 그 어느 업체에서도 할 수 없다는 것이 업계 정설이었다. 대기업 하청을 하고 있더라도 하청업체 특유의 비굴함이 없었다. 달인이 규모와 안정성을 갖추고 난 후 들어온 영업 담당 마실장은 받을 돈은 아랑곳하지 않고 재료를 쏟아붓고 인건비를 써가며 '작품' 퀄리티를 따지는 모형팀이 못마땅했다. 어차피 가짜인데 그놈의 퀄리티니, 작품이니 하는 명칭 자체가 못마땅했다.

"배우들 연기하려면 스태프가 필요하잖아. 의상도 그렇지만 메이크업이니 헤어니 요즘 다 전문가들이 달라붙어서 한다고. 우리도 마찬가지야. 전시품을 제대로 그럴듯하게 만드는 거, 이거 예술이야. 장난 아니라고."

진실장이 진지하게 말할수록 마실장은 코웃음을 쳤다.

지금 달인은 회사 명운이 담긴 결정을 앞두고 있다.

새로 개관한 국립박물관에 모형 사백스물여섯 점에 대한 납품 대금을 완납받은 날이었다. 사원 열일곱 명이 딸린 모형 업체 달인 경영인 네 명은 박경리에게 회식비 계산을 맡기고 사무실에 모여 앉았다. 건축설계사 출신 연사장, 돈줄 쥔 이이사, 영업팀 마실장, 모형팀 진실장이 그들이었다. 국립박물관 이름이 찍힌 입금 내역은 감격 그 자체였다. 대금도 국립박물관 이름으로 직접 결재받았다. 원발주처에서, 단가 할인도 하지 않고 대금을 입금받다니……. 달인 역사상 처음 있는 일이었다. 이들 중 가장 나이가 어리고 흥분하면 앞뒤 가리지 않는 마실장이 침을 튀기며 말했다. 기획실을 만들어 몸집을 불려야 한다는 주장이었다.

진실장은 마실장이 요즘 따오는 일들이 못마땅했다. 연사장도 지난번에 잡아온 대형 프랜차이즈 음식점 모형 제작 건은 달인이 할 일은 아니라고 생각했다. 다만 마실장같이 돈 되는 사업을 따오는 사람도 필요하다는 건 연사장도 인정하는 바였다. 진실장은 자기 영역은 건드리지 못하게 하는 인물이라 둘 사이에는 꼭 이이사라든가 연이사가 있어야 주먹다짐이 되지 않았다. 진실장과 마실장은 서로를 인정하지 않았다.

열일곱 살부터 주물공장에서 일한 진실장은 목공 기술을 익혀 가구 공방을 차린 적도 있다. 주물에 목공에 용접 기술이 있어 어디 가도 굶어 죽지는 않을 자신이 있지만 내가 만든 작품이 박물관에 전시되는 기쁨에 모형을 시작했다. 아무도 인정해주지 않고 이름도 없지만 혼자만 느끼는 자부심이었다. 서울대 미대 나온 애들도 이런 큰 전시관에 작품이 걸리는 게 어려운데 이런 버젓한 곳에 작품이 전시되는 기쁨은 돈으로 환산할 수 없는 것이다. 진실장은 작품을 납품하기 직전 작품 바닥에 '진장성'이라는 이름을 작게 새겨 넣으며 만족했다. 비록 모형이지만 하나하나 작품으로 만들어 버젓이 박물관에 전시하는 일은 하나뿐인 딸에게도 자랑할 만한 일이었다. 딸은 아빠의 작업을 자랑스러워했다. 돈은 지금이라도 벌려고 들면 얼마든지 벌 수 있었다. 자부심은 진실장이 오늘도 달인에 몸담게 하는 동력이었다. 돈은 나중 문제였다. 복제품은 진품을 오래 후손에게 남겨주기 위해 만드는 대용품이다. 제대로 된 복제품을 만들어 진짜 보물을 지킨다는 자부심은 진실장에게 밥벌이보다 중요했다. 마실장이 단가를 후려쳐서 일을 받아오면 진실장은 그따위 물건은 만들 수 없다며 버텼다.

"씨봉테크 새끼들 좋은 일만 시킨 거 같아 기분이 더럽단 말이야."

마실장이 흥분해서 말했다. 대금은 직접 받았지만 국립박물관 어디에도 전시기획 달인의 이름은 찾아볼 수 없었다. 전시 업계에서는 큰손으로 불리는 새성테크, 속칭 씨봉테크에서 일을 싹쓸이해서 달인과 같은 영세 업체에 나눠주었다. 실적은 실적을 낳고, 경험은 경험을 쌓아 일은 언제나 이름 있는 큰 회사에만 몰렸다.

"씨봉 애들이 영업이 되잖아. 거긴 기획팀에도 브레인이 많고, 모형팀도 미대 나오고 유학까지 갔다 온 애들로 꾸렸다고 하니까. 거기 시설 봤냐?"

연사장은 말을 하다 말고 진실장 눈치를 살폈다.

"아, 그러니까 우리도 기획팀을 만들자구요. 우리가 못 할 게 뭐 있어. 영업은 내가 뛰면 되고……. 씨봉 놈들 걔네는 건설이랑 연계되어 있어서 작은 전시장 같은 데는 관심도 없어. 안과장이 디자인과 출신이에요. …감각 있어. 간판이 후져서 그렇지. 전시 패널 디자인도 잘한다고. 일 많을 때는 디자인 알바 붙이면 되는 거고."

연사장은 생각이 많았다. 이번에 새로 들어가는 일도 새성테크에서 제주도 박물관 전체 전시 공사를 하면서 모형만 떼어 달인에 하청을 주는 형식으로 이루어졌기 때문이다. 전시일을 통째로 받아야만 전시관 공사를 제대로 맡고, 이름을 남길 수 있었다. 기획실을 꾸린다고 해도 일단 사람이 부족했다.

"우리 기획 글 쓰는 알바생 있잖아요. 일단 걔는 어떨까?"

"에이, 걔는 남자라서 비용 부담이 커."

마실장이 손사래를 쳤다.

"이번에 여성 균형 채용 지원 받으려면 이왕이면 여자가 낫지."

이이사는 반말을 섞어 하는 마실장 버릇을 언젠가는 잡아주겠다고 다짐했다. 그러면서 마실장이 말하는 '걔'를 아무리 떠올려봐도 잘 기억이 나지 않았다.

"애는 괜찮던데, 일도 잘하고."

"애 하나 더 쓰려면 돈이 얼마나 드는데. 월급도 그렇고 비품도 그렇고. 정부 지원 받을 수 있으면 받아야지. 요즘 여자애들도 일 얼마나 잘하는데, 현장도 다 다녀."

"그래도 난 별론데……."

연사장은 현장에 절대로 여자를 내보내지 않았다. 현장과 조율해가며 관계 당국과 협의를 하고, 용접 불꽃 튀는 곳에서 목소리 높여가며 싸워야 하고, 욕지기가 난무하는 험한 현장에 여직원을 넣는 불한당 같은 놈들을 이해할 수 없었다. 전시기획 달인에서는 십육 년 차 박경리만이 여자 직원이었다.

"달인도 분위기를 좀 바꿔야지. 너무 남초잖아. 요즘 이런 회사가 어디 있어. 구멍가게도 아니고 말이야."

연사장은 '구멍가게'라는 말에 기분이 확 상했다. 그 와중에 진실장은 '전시기획 달인' 이름이 제대로 전시관에 박히는지를 상상하느라 여념이 없었다. 머릿속으로 이미 명함도 새로 하나 팠다.

진장성(陳長成)

전시기획 달인
모형팀 팀장

국립중앙박물관
경주국립박물관
안동국립박물관
공주국립박물관
모형 복제품 기획, 제작

"우리 이름으로 일 받으면, 달인 이름이 어디에 박히는데?"

"아, 지금 그게 중요해요?"

"그거 하자고 사람 뽑자는 거잖아, 안 그래?"

연사장을 비롯 모두 실무로만 잔뼈가 굵은지라 제대로 된 기획서 하나 쓰지 못하니 단독으로 입찰에 뛰어들기도 애매했다. 급할 때마다 보고서나 기획서 쓰는 알바를 써서 겨우 입찰을 해왔다. 이번 기회에 직접 달인 이름을 걸고 무언가 해야겠다는 이야기는 이이사와 여러 번 나눴다.

"안과장 밑에 글 좀 쓰는 애 하나 붙여주면 되잖아. 요즘 같은 시대에 정규직으로 뽑는다고 하면 지원자 흘러넘쳐. 대학 갓 나온 애면 좋을 텐데… 월급을 얼마나 줘야 하나……."

이이사는 기획실을 차릴 결심을 굳혔다. 새성테크에서 하청 받아 일하면서 감정 상한 일이 한두 번이 아니었다. 촉박하게 정한 납기 기일에서 하루만 지체해도 하청업체인 달인에게 살

인적인 지연보상금을 받아 챙기면서도 원발주자인 박물관 측에게 자기 몫은 톡톡히 챙기는 이중 착취 구조 안에서 울지도 못하고 가슴 퍽퍽 치며 분통 터졌었다. 기획실 인원 한 명 충원해서 구청이나 시청, 전시관 앞 전시 패널이나 홍보일도 맡는다면, 한 사람 더 쓰는 월급 정도는 떨어진다는 계산이 나왔다. 중소기업 여성 채용 지원으로 3개월 월급은 지원받을 수 있었다. 그 이후는 일을 직접 따오면서 생각하자는 결론을 내렸다. 당장의 실익보다는 달인 이름 걸고 하는 자부심을 위한 결정이었다. 이번에는 진실장도 마실장 의견에 동의했다. 이름을 건다는 말에 진실장이 껌벅 죽는다는 걸 마실장은 누구보다 잘 알았다. 기획실 직원 채용은 마실장이 책임지기로 했다. 마실장은 영업팀에서 기획팀으로 소속을 옮기면서 바로 명함을 맞췄다. 퇴근하면서 어머니에게 오랜만에 전화를 드렸다. 어머니, 저 기획팀으로 갔어요. 자랑하는 어린아이 같은 심정이었다.

근대문학연구

해진은 근대 한국 소설에 관한 「근대문학연구」 대학원 수업을 하나 들으면서 대학 생활을 마무리하는 중이었다. 알바를 하러 서울에 사는지, 학교를 다니려고 서울에 사는지 뭔가 뒤바뀐 느낌이었지만, 이제 끝이 보이는 듯했다.

해진이 수업에 들어오지 않자 유림은 자꾸 주위를 돌아보았다. 해진이 빌리겠다고 했던 책들을 빌려 책상 앞쪽에 쌓아두었다. 대학원 수업이라 학부생은 청강생에 불과했고, 대개 기말고사 무렵 수업을 빼먹었다.

수업 시작과 동시에 해진이 걸어 들어왔지만, 유림과 눈인사도 나누지 않았다. 해진이 책상에 자리를 잡자마자 교수가 들어왔다. 정확했다. 1학기에는 정선우 교수의 「식민성, 근대성, 여성성」 연구 수업을 들었다.

그 잠깐 사이 교실은 비었다. 해진의 대학 생활 유일한 호사는 정명혜에 관한 대학원 수업을 하나 청강하는 것이었고, 오늘로 그 호사를 마무리하는 중이었다. 유림은 강의실 뒷자리에서 앉아 책을 흔들었다.

"점심 안 먹었으면 같이, 할까요?"

유림은 책을 해진에게 주는 척하다 다시 챙겨 들고는 앞서서 걸어갔다. 해진은 시계를 확인했다. 알바까지 시간이 애매했다. 하지만 정해진이 언제 공짜 밥 먹는 걸 포기한 적이 있더냐. 들숨을 크게 쉬고 유림 옆에 섰다.

해진은 유림 옆에 다가갔다. 이번 한 번인데 아무려면 어떤가 하는 심정이었다. 이성만 지배한 다짐은 흐리멍텅해지기 마련이었다. 해진의 삶에 생기가 돌았다. 자꾸 웃음이 나오는 바람에 책으로 입을 가려야 했다. 허파에 바람이 분수도 모르고 잔뜩 들어가고 말았다. 밥을 받아 국에 말면서도 유림을 흘낏 보았다. 유림은 해진 눈치를 보며 책을 해진 쪽으로 밀었다.

"책 빌리겠다고 잘 자는 사람 깨워놓고 책은 또 두고 갔더라구요. 안 급해요?"

해진은 계속 존대하는 조심스러운 말투가 좋았다. 우리 동기인데 말 편하게 할까요, 해야 더 가까워지는 걸까, 그게 예의에 맞는 걸까. 아무려면 어떤가… 자기가 알아서 하겠지.

"급해요. 이제 기말 준비하려면 이 수업 못 들어올 거 같아서 교수님께도 말씀드렸어요. 어째 마무리가 아름답지 못하네요."

아름답다는 표현을 자기도 모르게 내뱉은 해진은 급하게 후루룩 국을 마시고는 자리에서 일어났다.

"책은 아무 때나 반납해도 되니까 천천히 반납해요. 대학원생은 한 달간 대출이거든요."

책을 들고 사라지는 해진 뒤통수에 대고 유림이 소리쳤다. 그날 이후 해진은 종종 유림 옆에 머물렀다. 수업 시간 사이에, 학생식당 틈에 다른 사람과 있어도 멀리 있어도 유림과 해진은 서로를 알아보고 곁에 앉았다.

해진은 지하철에서 보내는 시간이 너무나 길었다. 해진이 학교 앞 편의점에서 야간 알바를 하는 날은 유림이 사는 오피스텔에 와서 잠시 눈을 붙였다. 길어야 두세 시간 정도였으므로 해진의 잠은 고양이처럼 얕았다. 유림은 해진을 깨우지 않기 위해 불을 켜지 않고 가만히 옆에 누워 있다 잠이 들었다. 유림이 기억하기로 밤 10시에 눕거나 잠이 든 건 초등학교를 졸업한 이후로 처음이었다. 유림은 눈을 떴을 때 해진이 옆에 있지 않으면 잠에서 깨어 엄마를 찾는 아이처럼 한참을 불안하게 두리번댔다. 화장실에서 씻고 나오거나 주방에서 물을 마시던 해진은 그런 유림과 눈이 마주치면 미소를 지어 보였고, 유림도 그제야 불안한 눈빛을 거두었다. 이 사람 없이 어떻게 살았을까, 없음의 세계로 돌아가고 싶지 않았다.

해진은 유림을 만나면서 시간에 경계선이 허물어지는 것만 같았다. 몇 시부터 몇 시까지는 어디, 몇 시부터 몇 시까지는 어떤 일로 정해놓은 경계가 흐물흐물해졌다. 그렇게 망할 것만 같던 서울살이에 자신이 갑자기 붙었다. 해진은 편의점 알바를 하는 날엔 오피스텔에 와서 잠시 눈을 붙이고 학교로 갔다.

유림과 한 팀이 된 해진은 차분히 졸업 논문에 매진했다. 학부 졸업 때 논문을 썼던가? 유림은 의문을 품었지만 해진에게 묻지 않았다. 아무도 읽지 않는 논문을 쓰려고 해진은 1학기 초입부터 공을 들였다. 논문 제목은 「정명혜 시에 나타난 자아 성찰과 새로운 시대 모색」이었다. 국문학사를 받기 위해서는 반드시 정명혜를 알아야 한다는 게 해진의 믿음이었다. 해진만의 법칙이고 정의였다. 학부 수업에는 없는 대학원 '근대문학연구' 수업에서 정명혜를 다룬다는 이야기를 듣고 해진은 체면 불고하고 담당교수를 찾아갔다. 청강하게 해달라고, 조용히 있다 가만히 나오겠다고. 알바만으로도 시간을 쪼개 써야 하는 해진에게 '근대문학연구'는 유일하고 온전한 '학문의'

시간이었다. 그 수업에서 유림이 발제할 때 견고하고 웅장한 성 안으로 초대장을 받아 들어가는 기분이었다. 이런 낡은 옷을 입고 들어가도 될까 망설이는 해진을 유림이 잡아끌었다. 유림을 만나 이렇게 유림의 집에서 먹고, 자는 건 꿈도 꾼 적 없었다. 상상이라고 해봤자 갑자기 박유림이 고백을 해와 강의실에서 기습 키스를 하는 수준이었다.

달콤함에 빠져서는 안 된다. 이 시간도 잠시일 것이다. 최대한 돈을 아껴 모아 노량진 고시원으로 가야 했다. 유림의 집에서 생활하면서 오가는 차비를 내지 않아도 되었고 식사를 해결하고, 언제나 배고픈 애벌레처럼 갉아먹듯 자던 잠을 비축할 수 있었다. 해진은 고향으로 내려가지 않고 서울에서 살아갈 다른 길을 찾아낸 것 같았다.

"일부러 고행을 택한 건 아니지? 돈 벌려고 하는 거 맞아?"

해진이 일하는 편의점까지 유림이 바래다주는 길이었다. 해진이 받는 시급을 듣고 유림은 그 돈을 벌기 위해 왜 이렇게까지 하는지 의아했다.

"그거 질문이지?"

해진은 잡고 있던 손을 놓고 한발짝 물러서 유림을 바라보았다.

"과외하면 되잖아. 그게 훨씬 낫지."

해진이 한숨을 티나게 내쉬지 않으려고 애를 쓰며 말을 골랐다. 무슨 말을 어디서부터 해야 유림이 이해를 할까? 아니 설명을 할 수 있는 영역일까? 서울에 올라와 겪은 열등감과 자괴감을 풀지 못한 상태로 서울 아이를 가르칠 용기가 없다는 말을 어떻게 해야 할지. 서울 아이라는 말도 지방 애들만 한다지……. 그런 말을 하는 말에도 용기가 필요하다는 걸 깨달았다. 용기를 내기보다 외면하는 게 덜 힘들다는 사실까지.

유림은 해진이 감정을 숨길 때 눈썹을 들썩이는 버릇을 알고 있었다. 해진이 손을 놓을 때 부드럽고 자연스러웠음에도 한기를 느꼈다. 마침 편의점에 손님이 다가오자 해진은 서둘러 안으로 들어갔다. 유림은 사촌 쌍둥이네 과외를 해진에게 연결해주고 싶었다. 그러면 조금 편해지지 않을까. 해진도, 고생하는 해진을 바라보는 유림도. 그 말을 꺼낼 때 감정이 까슬했기에 첫 마디가 예의 없었다는 사실을 곧바로 후회했다. 온몸의 모든 촉수가 해진에게 향해 있는 유림은 해진의 상처받은 뒷모습을 알아챘다.

그 후 해진은 유림을 모르던 시절로 돌아갔다. 일과가 끝나면 도서관에서 12시까지 있다가 편의점으로 갔다. 가끔 아니 아주 자주 유림이 생각났지만 애써 지우고는 했다. 그러는 동안 유림은 도서관과 편의점 주변을 서성였다. 해진에게 전화도 카톡도 오지 않았고 유림은 감히 먼저 연락할 엄두가 나지 않았다.

"지금 우리 만남이 절~대로 우연이 아닌 거 알아, 몰라?"

한 달 만에 해진을 마주한 유림이 처음으로 꺼낸 말이었다. 해진이 푹 웃었다. 웃을 일이 아닌데, 웃기지도 않은데 꼭 유림 앞에서는 경계가 풀렸다.

"박유림은 먹고사는 게 뭔지 모르지? 내 선택이… 내가 사는 방식이… 그게 그렇게 비웃을 일이야?"

해진이 눈썹을 들썩이며 말했다. 유림을 똑바로 보지도 않았다. 유림은 심장이 쿵, 무너져 내리는 것 같았다. 유림은 고개를 저었다.

"비웃은 건 아니었어. 우리 고모네 과외 소개해주려고 그랬던 거야. 애들이 내 말은 안 들어도 해진이 네 말은 잘 들을 거 같아서."

이미 해진의 마음은 풀렸다.

"그건 대답이 아니야."

"미안해."

"그것도 답이 아니고."

유림이 푸석한 얼굴로 해진 손을 붙잡았다.

해진이 잠에서 깼을 때 휴대폰 진동 소리가 신경질적으로 울려대고 있었다. 전날 밀린 과제로 밤을 새우고 잠시 눈을 붙인다는 게 이렇게 됐다. 시간은 오후 2시 오 분 전이었다. '오 분 전'이라는 말은 누가 만들었을까? 시간이 공평히 흐른다면 마치 미래에 도달해 있는 듯한 이 오 분 전이라는 말은 적절하지 않다. 몽롱하게 시계를 보며 해진은 잠시 생각했다. 마실장 전화였다. 해진은 휴대폰을 들고 살금살금 화장실로 향했다. 화장실 문을 열며 유림을 돌아보았다. 해진이 일어나면 부스스 깨던 유림이었건만 코까지 골며 깊은 잠에 빠져 있었다. 화장실 문을 닫고 변기에 앉으며 전화를 걸었다.

"죄송합니다. 제가 갑자기 급한 일이 생겨서 전화도 못 드렸어요. 지금 출발하면 3시까지는 갈 수 있어요."

마실장 목소리는 늘 그렇듯 가볍고 얕고 날카로웠다.

"야, 이 자식아, 일이 있으면 연락을 했어야지. 짤리기 싫으면 얼른 와."

마실장은 알바를 언제든 바꿔 낄 수 있는 건전지 정도로 여기는 인간이었다. 해진의 첫 출근날 마실장은 알바는 고르기 쉽고 부리기 쉽고 자르기 좋으라고 쓰는 거라며 설교를 늘어놓았다. 해진은 요즘 같은 시대에 어떻게 저따위 협박을 하나 황당했지만, 전시일의 매력에 빠져 그만둘 수가 없었다. 마실장이 싫어도 마실장 비위를 거스르지 못했다. 스스로 바치는 열정페이 안에는 고용 불안의 독배까지 담겨 있었다. 아직 미지근하지도 않은 물을 쏟아내는 샤워기 아래서 몸을 씻고 머리를 감았다. 현관 앞에 벗어 던진 옷을 주워 입고 있는데 유림이 깨어났다.

"더 자고 가. 가면 안 돼. 좀 더 자."

유림이 잠꼬대하듯 웅얼댔다. 해진은 쉿, 손가락을 입에 대며 살금살금 뒷걸음질을 쳤다. 문 앞에서 어설프게 신발을 신고 나가며 손가락을 문틈에 놓은 채 문을 닫았다.

"아야! 나 정말 어벙하다. 아하하하……."

해진은 손가락을 감싸 쥐고 악악대며 웃었다. 유림이 벌떡 침대에서 일어나 넘어지듯 달려갔다.

"나 어쩌지… 지금 가야 하는데……. 그렇지 않아도 늦었…아……."

해진이 손가락을 싸쥐고 아파서 끙끙대자 유림은 화장실에서 수건을 가져와 해진의 손을 둘둘 말아 감쌌다. 마실장… 마실장…을 중얼거리는 해진을 부축하며 한 손으로는 택시를 불렀다. 나름 병원집 딸인데 해진을 도와줄 의학적 지식이 전혀 없다는 게 한심했다. 검지와 중지가 부러져 철심을 박는 수술까지 한 해진은 독한 항생제와 진통제, 근육이완제에 꽤 불편한 깁스까지 했다. 해진은 모든 일을 그만둘 수밖에 없었다. 학교는 다닐 수 있어도 일을 하기엔 무리였다.

"소원대로 됐네."

유림은 신나는 얼굴을 숨기지 않고 차를 빌리러 해진과 함께 목동 고모네로 갔다.

"여기 오기 어렵지 않지? 지하철도 금방 연결되고."

유림은 이번 기회에 쌍둥이 과외를 해진에게 맡길 참이었다. 앞으로 쌍둥이 과외할 친구라고 미리 언질을 했는데, 해진을 본 고모가 느닷없이 우리 유림이가 눈은 높네, 잘생겼네 어쩌고 하며 온갖 주접을 다 떨어 과외 얘기는 꺼내지도 못했다.

해진의 자취방은 고시원을 겨우 벗어난 조그마한 반지하였다. 가장 보이기 싫은 사람에게 곰팡내 나는 빈궁한 살림살이를 보이고 나니 해진은 오히려 후련해졌다.

"알바는 완전히 그만둔 거야?"

짐을 싣고 돌아가는 길에 유림이 확인했다.

"좀 쉬어보려고. 손도 불편하고. 당분간 너한테 기생하면서 학교만 다녀도 될까?"

해진이 일부러 장난스레 말했다.

"아, 제발… 내가 그렇게 바라고 원하던 일이에요."

유림은 싱글거리며 이번 기회에 해진과 할 수 있는 일을 꼽았다. 하고 싶은 일이라고는 늦도록 같이 뒹굴고, 같이 수업 듣고, 같이 공부하는 것 말고는 없었다. 이대로 해진이 고향까지 다녀오고도 싶었다. 해진이 매일 밟고 다닌 길을 같이 걷고 싶었다. 해진은 해진대로 생각이 많았다. 유림에게 미안하고 민망한 김에 이 말 저 말 계산 없이 튀어나왔다.

"돈벌이 없이 공부만 하는 건 거의 십 년 만이야. 모르지? 나 중딩 때부터 알바하면서도 이 학교까지 온 사람이야. 여기 와보니 그렇게 살면서 공부한 인간은 나 하나더라. 처음엔 그것 때문에 쭈글거렸는데, 이젠 뭐, 괜찮아. 대단할 건 없어도 이룬 거 하나 없어도 괜찮아. 여기 있잖아."

빈손으로 고향에 돌아갈 수는 없었다. 한숨이 새는 걸 막느라 해진은 날숨을 다 뱉지 못하고 하품으로 토해냈다.

"쉬다가 나으면 다른 알바 해. 목동 고모네 있잖아."

"그럼, 나 대신 알바 할 수 있어? 전시회사 거긴 마실장이 까다롭고 성질이 더러워. 너 글 쓰는 거 좋아하잖아."

유림이 난생처음 돈 버는 일을 하기로 하면서 해진은 철나고 처음으로 놀고 먹어보기로 했다.

"하다하다 박유림에게 돈 벌어 오라는 소리를 하게 되네. 돈 많이 벌어 와요."

달인으로 첫 출근을 하는 날, 유림을 배웅하며 해진이 해사하게 웃었다.

마실장

전시기획 달인, 창사 25주년 기념 기획실 확충에 따른 인력 보강	
직종	전시기획자. 정규직. 사무직.
자격	4년제 관련 전공자(국문학과, 사학과, 민속학과 등)
특이 사항	여성 우대
연봉	면접 시 협의

　달인에 대해 설명해주려 홈페이지를 연 해진은 마침 올라온 채용공고를 보고 말문이 막혔다. 기획실 직원 뽑는다는 말은 들어본 적 없었다.

　"여기가 이런 회사야. 나 알바 계약한 건만 해 줘. 땜빵이니

깐 참을 수 있지? 근데, 이렇게 사람 뽑을 거면 나한테 한마디 해줬어야지. 갑자기 여성 우대라니 무슨 꿍꿍이인지 모르겠어. 여기 여자가 다닐 만한 데는 아니거든."

해진은 전시일이 좋았다.

눈으로 보고 손으로 만들어낼 공간을 창조하는 과정이 좋았다. 막힌 공간 같은 달인 안에서 씩씩하게 버티고 숨 쉬는 건 꿈 같았다. 할 수만 있다면 공무원보다는 전시기획일을 하고 싶었다. 불안정한 일이고, 박봉이고, 힘든 일이라는 건 누구보다 해진이 잘 알았다. 달인에서 여자 직원은 박경리뿐이다. 그럼에도… 해진은 만약… 만약에…… 서울에 남게 된다면 그건 이 회사에서 일하고 싶어서라고, 여기에 혹시라도 내가 들어갈 자리가 있다면 서울에 남을 수도 있다고 생각했다. 그만큼 좋았다. 현실적이지도 이성적이지도 해진답지도 않은 그저 바람이었다. 유물보다 더 유물 같은 모형들이 좋았고, 모형팀 사람들의 거친 손끝이 좋았고, 그들의 섬세하고 진지한 눈길이 좋았고, 모형을 설명하는 글을 쓰는 건 더 좋았다. 진짜 복숭아보다 더 복숭아 같고 별로 좋아하지 않는 참외도 한번 까 먹어보고 싶게 싱그럽게 모형을 만들어내는 달인의 솜씨가 좋았다.

언젠가 정명혜에 관한 일을 하게 된다면 얼마나 좋을까……. 달인에서라면 가능한 일이었다. 우리나라에 존재하는 거의 모든 박물관 모형물은 달인을 거쳐 갔다. 달인이 만들 수 없는 모형은 없었고, 달인이 시간이나 비용이나 다른 업체와의 관계 때문에 하지 못하는 일을 다른 업체에서 했다. 언젠가 정명혜도 달인의 손을 거쳐 문학관에 자리하지 않을까 하는 건 있을 법한 시나리오였고, 존재 가능한 꿈이었다. 그렇기에 해진은 마실장이 아무리 깐죽대도 기분을 거스르지 않으려 했다. 책임감 있고 실력 있게 보이고 싶었다. 지금 알바로 일하는 것보다 더 성실하고 더 뛰어나야 달인에 남을 수 있다는 걸 알기에, 해진은 영혼을 갈아 넣어 원고를 써왔다. 손가락이 부러져도 맡은 일은 해내는 사람이고 싶었다. 학교 친구를 알바 대타로 우선 보내겠다고 마실장에게 전화를 했다.

달인에서는 구청 관련 행사장 전시 입찰 건을 진행하고 있었고, 온갖 계획서와 제안서를 쓸 사람이 필요했다. 전시관에 붙은 글은 담백했다. 인물이나 지역, 특산물에 대한 전시가 주를 이룬 만큼, 과장이나 화려한 묘사, 평가적 요소를 빼고 기름기 없이 객관적이고 정확해야 했다. 대상에 대한 어떤 감정도 없어야 하고, 누가 읽어도 편안하고 내용 전달이 잘 되며, 쓴 사람이 누군지 드러나지 않는 그런 글을 써야 했다. 달인은 글로 표현하는 세상과 가장 거리가 먼 사람들이었다. 마실장은 소개로 오는 그 친구가 여자인지, 남자인지를 먼저 물었다. 그 질문이 쐐기를 박는 말임을 알면서 해진은 달인의 품으로 유림을 밀어 넣었다. 마지막까지 망설이는 유림 등을 밀면서 문 밖으로 내몬 건 해진이었다.

전시기획 달인은 꾀죄죄한 회색으로 덧칠해 폐건물처럼 보이는 기다란 건물 2층에 있었다. 영화나 드라마 속에서 주인공들이 범죄를 모의하거나 끌려가 매를 맞는 장소로 자주 보던 비주얼이었다. 추레했다.

아무래도 여기가 아닌 것 같아 발길을 돌리려던 유림은 간판을 보고 눈살을 찌푸렸다. 건물 현관 입구에는 눈에 띄지 않으려 최대한 노력한 듯한 전시기획 달인이라는 입간판이 칠이 벗겨진 채 서 있었다. 지린내가 진동하는 계단을 지나 2층 문을 열자 달인이라는 데가 대체 뭐 하는 곳인지 궁금했던 마음이 날아가고 말았다. 냄새를 맡는 순간 발길을 돌리고 싶었다. 다단계나 유령회사를 연상시키는 너저분한 입구를 지나면 어디 대학 도서관에서 주워다 놓은 것 같은 나무 책상과 컴퓨터 옆에는 조금 전까지 컴퓨터가 담겨 있었을지도 모르는 상자가 널브러져 있었다. 달인에 출근한 이튿날, 유림은 지린내가 어디서 풍겨 나오는지 알게 되었다. 화장실이었다. 1층과 2층 사이 화장실에 나는 냄새가 담배 연기와 뒤섞여 건물 전체에 퍼졌다. 해진은 왜, 이런 곳에서 일하고 싶어 하는가……. 유림은 평생 누군가를 위해 이런 불편을 견뎌본 적이 없었다. 마실장은 유림을 구직자로 받아들였다. 즉석에서 자리를 내주고 컴퓨터로 이력서를 쓰게 했다.

"석사 마쳤다고? 우린 대졸이면 되는데…… 석사 월급 못 줘요, 그건 알라고. 마음으로는 대접하지만 월급으로는 못 한다 그 말이고, 이해해주길 바라고, 자기소개서 그런 거 필요 없어. 우리는 사람을 보니까. 서류는 형식이잖아. 우리는 진짜만 보거든. 졸업증명서나 등본이나 그런 건 나중에 가져오면 되고."

마실장은 첫눈에 유림이 마음에 들었다. 두꺼운 안경이나 수수한 차림새가 현장에서 일하기 딱 어울렸다. 더군다나 명문대생 아닌가…… 이렇게 달인에게 운이 차는구나 싶었다. 사람 하나는 잘 알아본다는 자부심으로 그는 유림을 붙잡았다. 프린터 앞에 서서 따끈따끈하게 나오는 이력서를 받아든 마실장은 한껏 부푼 얼굴이 되었다.

"박유림 씨, 운 좋네. 마침 우리가 기획실 신입 사원을 뽑는 중인데 딱 왔어."

유림은 황당했다.

"아니, 저는 정해진 소개로, 해진이 알바 대타로 왔습니다."

아… 해진이! 마실장은 무슨 고향의 친척 누나의 초등학교 동창 아들을 떠올리듯 아득하고 부실한 감탄사를 내뱉었다.

"해진이 소개니까 2개월만 인턴 해보지. 특별 혜택이야."

알바 대타하러 왔는데 갑자기 인턴이라니 이게 무슨 소리인가. 유림은 내내 얼떨떨했다.

"아니 저는…… 알바 대타로."

해진이 실력도 있고 성실한 거 보면 그 아이가 소개한 사람도 괜찮을 거야. 해진 때문에라도 최소 한 달은 그만두지 못할 것이다. 잘해줘야지. 잘해주면 되는 거야. 마실장은 유림을 잡을 자신이 있었다.

"알바나 인턴이나 비슷하잖아. 월급도 비슷하고 말이야. 여기 분위기 좋아요."

수, 금 오후 2시에 나가서 일하고 원고 완성해서 다시 수요일에 가면 되는 알바 시급과 월요일부터 토요일까지 풀타임 정식 근무를 하는 인턴 월급이 비슷했다. 유림은 수당 계산법을 이해하기가 어려웠다. 일당으로는 15만 원인데 2시부터 7시까지 일하면 5만 원을 주었다. 매일 출근하는 정규직은 보험료 포함 250만 원인데, 인턴은 100만 원이었다. 대체 이게 무슨 어이없는 계산법인가……. 기획 알바는 시급을 나눠서 일하는 전문가이지만, 인턴은 아직 일을 배우는 수습이라는 게 마실장의 논리였다. 유림은 토요일에는 점심 전까지 일하니 거저라는 마실장 입을 한 대 치고 싶은 걸 참느라 힘들었다. 주5일 근무가 시작된 게 2005년이고, 근로기준법에 주 40시간 근무가 명시됐는데도 무슨 배짱으로 이따위로 근무를 시

키는지 알 수가 없었다. 기획실 직원이라고는 마실장과 안과
장, 유림이 전부였다.

환영회 자리에서 유림이 물었다.

"모형팀은 왜 모형팀이고, 기획실은 왜 기획실인가요?"

'쟤 무슨 소리 하는 거야?' 하는 표정으로 모두 유림을 쳐다
봤다. 학교만 다니다 와서 뭘 모르는군. 마실장이 친절하게 답
했다.

"그거야 모형팀은 모형을 만들고, 기획실은 기획을 하니까
그렇지. 그런 거 파악도 못 하면서 그 대학 나온 거 맞아? 대학
원까지 다니고 있다며? 하하, 농담이야, 농담."

유림이 다시 물었다.

"아니요… 모형팀은 왜 팀이고 기획실은 왜 실이냐구요. 실
이 팀보다 상위 부서인 거잖아요. 기획실이 모형팀 상위 부서
인가요? 그리고 진실장님은 모형팀인데 왜 실장인가요? 팀장
이어야 맞지 않나요?"

진실장이 갑자기 부르르 떨었다.

"기획실이 왜 상위기관이야. 야, 마실장이 나보다 위라는 거
야? 달인이 모형으로 먹고 사는데……. 이번에 생긴 기획실이
왜 상위기관이야. 팀장이고 실장이고 모형팀 식구가 몇 명이
야? 세어봐."

이이사가 모형팀도 모형실로 이름을 바꿔준다며 진실장을

부추기는 통에 회식은 아수라장이 됐다. 유림의 질문에 제대로 답해준 사람은 아무도 없었다.

마실장, 안과장, 유림이 기획실로 배속되었다. 안과장은 도면도 그리고 현장도 나가고 PT 자료도 만드는 '전천후'였고, 유림의 직속 사수였다. 전문대 디자인과를 나왔는데 손도 빠르고 감각도 있었다. 다만 여사원을 대하는 게 익숙하지 않은 점이 문제였다.

"뭐라고 불러야 하나? 유림 씨라고 하면 무슨 사귀는 사이 같고."

"야, 그래서 내가 직함 달아줬잖아. 박주임이라고 하라고."

공적 공간에서 여자 후배 호칭을 어떻게 해야 하는지는 유림이 가르쳐야 할 상황이었다. 기획실 세 명 빼고 모두 모형팀이었는데, 모형팀은 퇴근하라고 해도 다들 집에 들어가면 큰일이 나는 사람들처럼 작업실에 붙어 앉아 모형을 끌어 앉고 밤늦도록 작업했다. 그러다 9시가 넘어가면 각자 책상 안쪽에 꿍쳐놓은 안주를 꺼냈다. 냉장고 안쪽에 모셔 둔 소주와 안주를 나눠 마시고 퇴근하는 게 일과였다. 처음에는 뭐 하는 짓인가 어이없어하던 유림도 점점 그들과 섞였다.

이상한 마력 같은 것에 휩싸여 주말도 출근해보면 서너 사람은 꼭 출근해 있었다. 출근 시간은 정해져 있으나 퇴근 시간이라는 건 존재하는지 관심 없는 채로 일했다. 이런 몰입은 처음이었다. 이렇게 일이 많은데 그동안 어떻게 사람 없이 굴러갔을까 싶을 정도였다. 오후 6시에 재깍 일어나 또각또각 나가는 사람은 경리 직원, 박경리뿐이었다.

마실장은 대강 손으로 쓴 메모 하나 쓱 던지고, 이거 제대로 만들어보라고 했는데 유림이 반나절도 안 지나서 그럴듯한 계획서를 만들어 오는 걸 보고 겉으로 티는 안 냈지만 감탄했다. 마실장은 집에 가다 말고 돌아와 유림이 좋아하는 아이스바닐라라떼를 건네고는 큰 은혜를 베푸는 듯 뿌듯해했다.

달인 작업 방식은 매뉴얼이 없는 것이 특징이었다.

정확한 매뉴얼 없이 경험과 손기술만으로 조선백자도, 상담청자도, 수박 모형, 고서적도 그대로 재현해냈다. 30평 남짓한 모형실은 공학 실험실과 미대 작업실을 섞어 놓은 듯 온갖 공구들과 미술재료가 즐비했다. 각자 책상에는 여러 종류의 붓이며 조각칼이며 물감통을 늘어놓고 작업했다. 모형과 복제로 잔뼈가 굵은 진실장은 손재주가 있는 직원들에게 전문 분야를 맡기며 모형실을 꾸려나갔다. 모형팀 대부분 공고 출신이었고 기술이 좋고 작품에 대한 집착이 있었다. 제대로 무언가 만들려고 사비를 털어서라도 재료를 구해 만들었다.

복숭아를 실제보다 더 먹음직스럽게 만들어낸 모형팀 덕분인지 유림이 만든 기획서가 통과되어 각종 청과물 체험관의 효시가 된 복숭아 체험관을 맡았다. 복숭아의 종류, 복숭아의 역사와 설화, 원산지, 자생지, 복숭아로 만드는 각종 음식, 복숭아의 효과를 눈 감고도 줄줄 읊으며 개관일에 맞춰 전시관을 꾸미느라 야근과 밤샘 작업을 이어갔다. 마실장은 전국을 돌며 크고 작은 일거리를 물어 날랐다.

전시 업무는 그 대상을 실제로 아는지와는 상관없이 돌아갔다. 전시 대상에 대한 자료만 파악하면 끝이 났다. 창조의 작업이라기보다는 수집의 작업이었다. 복숭아에 대한 자료는 그어느 농업연구사보다 많았지만 복숭아털 알러지 때문에 유림은 복숭아는 만지지도 못했다. 복숭아 한 번 안 만지고 복숭아를 잘 안다고 할 수 있나……. 그게 과연 복숭아 전문가인가, 그따위 실존적 질문은 달인에서는 필요가 없었다. 달인들은 논문에나 나올 법한 화학적 반응이나 원리 따위는 몰라도 뭔가 그럴듯하게 만들어냈다. 대상을 잘 관찰하고, 만져볼 수 있으면 만져보고, 들어볼 수 있으면 들어보고, 사진을 찍어서 보고, 비슷한 크기, 비슷한 무게, 비슷한 질감, 무엇보다 비슷한 외양을 갖추도록 주무르고 만지고 깎고 뿌렸다. 화학 기호를 따지지 않고, 이유를 묻지 않고, 재료를 따지지 않고 그저 경험과 실패로만 이루어진 무계획적 제작 과정을 보면서 유림은 마음이 편안해졌다.

유림은 달인에 출근한 지 삼 주 만에 학교를 휴학했다. 잘해야 한다는 부담감과 잘하고 싶다는 의욕으로 잠도 오지 않았다. 회사에서는 기획서를 쓰다가 집에서는 논문을 읽는 생활이 주 만에 과부하가 걸렸고 이틀을 더 고민하다 내린 결정이었다. 정교수는 유림에게 계속 전화하고 문자를 했다. 회유를 빙자한 협박용이었다.

박유림, 학기 중에 이런 식으로 도망가는 건 옳지 않아. 이러면 안 돼. 그 회사는 내가 알아봤는데 오래 다닐 비전이 없어. 전시로 큰 회사는 따로 있고. 굳이 거기 거쳐서 갈 필요가 없어. 회사를 다녀야겠으면 내가 학업이랑 병행할 수 있고, 커리어에도 도움이 되는 자리로 알아봐줄 테니 연락해.

유림이 전화를 받지 않자 아버지에게 연락을 했는지 이번에는 아버지가 오피스텔을 빼라고 난리였다. 진짜 쳐들어올 수도 있는 양반이라는 걸 알기에 현관문 비밀번호를 바꿨다. 그 사이 이이사가 제주 감귤박물관 재개관 일을 따왔고, 사실상 내부 전체 공사를 맡게 되어 달인은 축제 분위기였다. 전체 분위기 파악과 회사 워크숍을 겸해 전직원이 제주도 출장을 다녀왔다. 제주시 문화관광과 담당자는 유림이 내민 기획서를 받아 읽다 유림의 얼굴을 한번 쳐다봤다.

"연구 많이 하셨네."

이 정도면 긍정 평가였다. 일을 따냈다. 경쟁업체 자체가 없었지만 마실장은 그럴수록 끝까지 밀어붙였다. 겸손이고 뭐고 유림은 조사한 내용을 정리하는 기술이 타고났다. 유림의 기획서는 보기도 좋고 내용도 풍부했다. 모형팀에서는 진짜 귤과 모형 귤을 섞어놓고 모양과 감촉까지 귤 흉내를 내면서 자기들만의 세계에 빠져들었다.

"우리 진짜 귤인 줄 알고 까먹어보고 싶게, 그렇게 질감까지 욕심내서 만들어보자고. 퀄리티 높이는 이런 욕심은 좋은 거라고. 작품 한번 만들어보자."

이윤보다 작품성을 생각하려면 예술을 하시지 왜 사업을 하는지 마실장은 저들을 이해할 수 없었다. 진실장과 모형팀이 내놓은 귤 모형은 진짜 그것과 차이가 없어 제주에서도 달인 실력을 의심하지 않았다. 이제는 기획에 따라 설계 도면까지 내밀 차례였다.

제주도 워크숍에서, 야근 자리에서, 회식에서, 식사 자리에서 살펴본 결과 유림은 달인이 될 소지가 충분했다. 순댓국이니 곱창이니, 육회니 꼼장어니 가리지 않고 잘 먹었고, 맛동산만 사다주면 야식 없이도 불평 없이 야근을 했다. 초과근무수당이니 그런 말은 꺼내지도 않았다. 요즘 애들 같지 않다고 이이사나 연사장도 좋아했다. 마실장이 어서 들어가자고 하지 않으면 먼저 퇴근하는 법이 없었다. 옷차림도 머리 모양도 달인 평균에 부합했다.

마실장이 저녁 식사 자리에서 슬쩍 연봉을 내밀었고, 다음 날 이사실에 들어갔다 나온 박경리가 서류 몇 개를 유림에게 들이밀었다. 서명을 하고 회사 건너편 주거래 은행에 가서 입출금 통장을 만들어 박경리에게 제출했다.

그렇게 유림은 달인이 되었다.

전시기획 달인에서는 직원들을 모두 '달인'이라고 불렀다. 단톡방 이름도 '달인들'이었다. 유림이 단톡에 초대되자, 해진이 가장 먼저 환영 인사를 건넸다.

달인 안에서는 박주임으로 불렸지만 명함에는 대리라는 직함이 달렸다. 관공서 들어갈 때 막연하게도 있어 보이기 위해서 달인의 모든 직원은 대리 이상 직함을 달고 있었다. 유림은 자연스러운 분위기 속에 달인 안으로 빨려 들어가도록 자신을 그저 두었다.

유림이 달인에 정식 사원으로 들어갔다고 하자 해진은 들고 있던 맥주캔을 소리 나게 내려놓았다. 유림은 좋아하는 일로 돈을 버는 기쁨에 취해 해진의 기분 같은 건 살피지 못했다.

"이제 내가 진짜 먹여 살린다니까? 아버지 돈 아니고 내 돈으로. 넌 공부만 하세요. 돈은 내가 벌게. 푸하핫."

해진은 유림이 웃는 소리가 자기 처지를 비웃는 것만 같았다. 아무런 대책 없이 그저 학교만 다닌 적이 없었던 해진은 지금의 생활이 낯설고 불안했던 참이었다.

"갑자기? 달인이 됐다고?"

해진이 화를 내는 통에 유림은 나 명함도 있노라며 장난스럽게 내밀려고 주머니 속 명함을 만지작거리다 명함 귀퉁이에 손이 베고 말았다. 유림은 낙천적이지는 않았지만 말랑하고 긍정적이지도 않으면서 느긋했다.

"아니 그냥."

해진이 이런 반응일 줄 몰랐던 유림은 하고 싶은 일이 생긴 설렘이 사라질 까봐 두려워졌다. 그리고 점점 기분이 상하기 시작했다.

"그냥이 어디 있어. 너는 맨날 그냥이야. 나는 거기 정직원 들어가려고 매번 박경리에게 물어보고 노리고 그랬는데 티오가 없어서 못 들어갔는데, 넌 그냥 들어갔다고? 그렇게 쉽게?"

유림은 해진이 느끼는 박탈감을 이해하지 못했다. 해진은 공시생이었다. 공시를 준비하면서 왜 자리를 빼앗긴 것처럼 화를 내는지 이해할 수 없었다. 해진은 유림과 지내며 공무원이 되어 고향으로 돌아가겠다는 현실적 선택을 버리고 서울에 더 머물겠다는 꿈을 비웃는 듯 나이브하고 느긋한 유림의 태도에, 그런 태도에 화를 내는 자신에게 더 화가 났다. 이룰 수 없는 꿈을 붙잡고 갈팡질팡한 자신이 새삼 한심해졌다. 해진은 맨몸으로 유림 집을 나왔다. 유림은 해진이 한두 시간이면 돌아올 거라 생각하고 치킨을 시켜놓고 기다렸다. 해진은 하루가 지나도 돌아오지 않았고 뜬눈으로 새우다 출근하는 길에 전화해보니 없는 번호라는 안내 메시지가 나왔다.

곧 해진 졸업식이었다.

정상진

웅덩이 물처럼 투과되지 못하는 감정이 고여 해진 가슴에 뿌연 자국이 생겨났다. 부쩍 체한 것 같은 나날이었다.

밤 9시가 넘은 시간 회색빛 달인 건물 2층에는 아직도 불이 켜져 있었다. 뭘 어쩌자고 여기까지 온 건 아니었다. 목요일이면 마실장이 야근하는 날이었다. 마실장에게 묻기는 해야 할 것 같았다. 2층 계단을 올라가는데 후드티를 뒤집어쓴 유림과 마주쳤다. 계단참에서 유림과 마주 서자 해진은 아무 말 없이 2층으로 올라갔다. 유림은 밀리듯 뒷걸음으로 2층 사무실 입구까지 올라가더니 갑자기 사무실 안으로 달려 들어갔다.

유림을 보니 왈칵 미안했다. 유림에게 화가 난 건 아니었다.

여기까지 왜 왔을까? 제대로 된 항의라면 어떻게 해야 하는지 알고 있다. 해진은 뒤돌아 나왔다. 유림이 여기에 다니는데 어떻게 마주칠 생각도 못 했을까? 이제 와 따져서 뭐 하나 싶어 해진이 돌아서려는데 유림이 허겁지겁 뛰어나왔다.

"들어올래? 나가서 얘기할까?"

"아니."

해진이 저도 모르게 뒷걸음질을 쳤다. 미안함과 부끄러움, 불안과 자기 환멸이 해결되지 않은 채로 유림과 마주할 수는 없었다. 유림은 나아가는데 왜 나는 제자리 걸음인지 이곳에서 해진은 깨달았다.

"그럼, 나가자."

유림이 해진 소매깃을 잡았다. 해진은 건물 밖을 나왔다. 아, 지린내는 여전했다. 유림이 아무 말 없이 여길 다니는 걸 보면 좋아하는 게 틀림없었다. 이렇게 다른 사람들이 공통적으로 좋아하는 단 한 가지가 '달인'이라니… 해진은 천천히 곱씹으며 지하철역으로 걸어갔다.

유림은 따라오지 않았다.

졸업식에 아버지와 엄마가 곱게 차려입고 나타났다. 졸업식이 끝나고 학교 앞 식당에서 식사를 마친 아버지가 안주머니에서 돈뭉치를 꺼내 해진에게 내밀었다. 오만 원짜리로 꾸린

빳빳한 오백만 원이었다. 아버지가 이렇게 많은 돈을 현금으로 언제 가져 보았을까?

"이렇게 큰돈이 어디서… 아버지 병원비나 쓰시지……. 나 이제 졸업해서 돈 벌 거예요."

아버지는 말없이 저벅저벅 걸으며 엄마를 재촉했다.

"가자고."

"돈 어디서 났냐구요. 말 안 하면 나 안 받아요."

해진이 돈뭉치를 밀어내며 버티자 엄마가 하는 수 없이 설명을 했다.

"아버지 배 팔았어. 그거 마련하느라 고생한 거 생각하면 거저나 다름없지 뭐. 사고 난 배라고 어찌나 후려치던지……. 그거 너 장가갈 때 쓰려고 갖고 있었는데, 이번에 사겠다는 사람이 나왔길래 팔아버렸어. 빚잔치하고 나니까 남는 게 별로 없어도 너한테 이만치라도 준다."

엄마가 해진의 등을 쓸었는데 손바닥이 뜨거웠다.

"애한테 쓸데없는 소리 말어. 뭐 해준 거 있다고."

이 정도면 지금까지 모은 돈과 합해 7월 시험까지, 잘하면 버틸 수 있었다.

"엄마 아버지는 나 뭐 할 건지 왜 안 물어봐요?"

"네가 알아서 하겠지. 뭐 할 건지 알아서 내가 어째… 뭘 알아야지……."

"나 내년부터는 집에서 엄마밥 먹으면서 직장 다닐 거야. 고향에서 공무원 될 거야. 시험 공부하고 있어요."

아버지가 걸음을 멈췄다.

"우리야, 너랑 같이 산다면 바랄 거 없지."

엄마는 주문처럼 해진을 토닥였다.

"잘 생각했어."

가슴에 품고 있던 현금 오백만 원을 통장에 집어넣으며 해진은 유림 집에 두고 온 물건을 가지러 가야 할까 고민했다. 입금 영수증을 받으니 계좌 잔액이 알고 있던 금액과 달라 입금내역을 뽑았다. 정상진 이름으로 하루에 만 원씩 매일 입금이 되어 있었다. 아버지는 몸도 그 지경이면서 무슨 일을 해서 돈을 번 걸까? 내 계좌번호는 어떻게 알았을까. 정상진, 정상진, 정상진…… 켜켜이 쌓인 아버지의 이름을 해진은 한참 바라보았다.

계획을 세워야 했다. 이제 유림도 해진의 세계에 없다. 아무런 변수가 없다.

없어도 되는 물건과 당장 필요한 물건, 없으면 당장 돈을 써야 하는 물건을 구분해 적어보았다. 역시, 한 번은 다녀와야 했다. 유림이 없는 시간에 옷만 갈아입고 나왔었다. 남겨 놓은 게 많았다. 돈이 들 수 있는 건 되도록 줄여야 했고 사소한 물건이라도 없으면 아쉬웠다. 책도 그렇고 충전기, 이불, 속옷, 수

건, 숟가락, 젓가락, 밥솥, 커피포트······. 이게 다 돈이었다.

유림에게 미리 연락해볼까 망설이다 무작정 오피스텔로 향했다. 출근하고 없을 시간이었다. 그걸 알면서도 벨을 누르기 전에 혹시나 유림이 집에 있을까, 몰래 들어가는 게 싫었다. 벨을 한 번 누르고, 두 번 누를 때 점차 진정되더니 확인차 노크까지 했는데도 적막만이 돌아왔다.

비로소 한숨이 터져 나왔다. 물건은 해진이 쓰던 그 자리에 잘 보존된 채로 있었다. 그대로, 고스란히 그 고요한 박제에 해진은 조금 슬퍼졌다. 유림은 아무렇지도 않게 해진을 기다리고 있었다. 곧 돌아올 사람이 잠시 나간 것처럼 짐을 그대로 두었다. 무엇이 문제인지 전혀, 전혀 모르는구나. 해진은 그 순수하고 아무렇지 않은 마음을 좋아했다.

먼저 책을 챙겨 담았다. 속옷과 양말을 담고 유림과 번갈아 입던 후드티도 챙겼다. 유림이 준 노트북이 책상 위에 그대로 '정해진' 네임스티커가 붙은 채로 있었다. 언제든 가져가라는 듯이. 그 옆에는 유림이 쓰는 노트북도 있었다. 그 앞에서 다시 망설였다. 노트북에 있는 파일을 챙기려고 USB를 꺼내 파일을 옮겨 담다 생각을 바꿨다. '정해진' 스티커를 보며 서 있다 노트북을 가방에 챙겨 넣었다. 다시 한참을 망설이다 메모를 썼다. 몇 번을 쓰고 지우고 해서 겨우 남긴 글에 가장 실망한 건, 해진 자신이었다.

물건 챙겨갈게.

미안했어. 고마웠고. 안녕.

해진

동화

민족시인 정명혜 문학관, 동화에서 만든다.

동화시가 정명혜 문학관 건립을 위한 첫 삽을 떴다. 동화시 문화국 관계자는 "정명혜 탄생 100주년에 즈음하여 민족시인 정명혜의 생애와 사상, 문학 정신을 기리는 '(가칭) 정명혜 문학관'을 동화시에서 만들기로 했다"며 문학관 건립에 "문학계를 비롯하여 사회, 문화 각계 각층의 관심"을 호소했다. 동화시는 지자체 예산만으로는 문학관을 세우기 어렵다며, "어두웠던 시대에 등불이 된 시인의 숭고한 정신을 후세에 남기기 위한 문학관은 국민 모두의 것"이라고 국고 보조의 필요성을 역설했다. 동화시는 정명혜 문학관 일대에 정명혜 문학공원을 조성하여 다양한 문화체험을 진행할 계획을 밝혔다. 동화대 박수락 교수를 이사장으로 하는 정명혜추모사업회도 설립되었다.

민족시인 정명혜 연고지를 두고 정명혜가 학교를 다니며 하숙했던 서울, 고향 공산시, 결혼해서 아이를 낳고 살았던 동화시가 다투었다. 서울은 적절한 부지를 찾지 못했고, 공산시는 유족이 문학관 건립에 미온적이었다. 동화시에는 유족과 살았던 집, 무덤까지 있었다. 유족들과 동화대 교수들이 합심하여 문학관을 짓기로 한 기사도 연관 기사에 계속 업데이트되었다.

정명혜는 누구인가?

정명혜는 1918년 공산에서 태어나 해방을 앞둔 1944년, 일본에서 스물일곱 살에 절명한 여성 시인이다. 조선 후기 통섭형 천재 다산 정약용 선생의 후손으로, 일제강점기 경성과 동경을 중심으로 작품을 발표했다. 정명혜는 살아생전에는 『산수유』라는 한 권의 시집만을 발간했지만, 신문과 잡지에 소설과 시를 꾸준히 발표하며 당시 문단의 주목을 받았다. 이화여전을 수석으로 졸업하고 이화여고보 영어 선생으로 일하면서 활발한 작품활동을 하던 정명혜는 박지원 가문의 후손인 박무영이란 남자와 스물넷에 결혼했고, 이듬해 박수린을 낳았다. 남편 박무영과 일본에서 학업을 이어오면서 유학생 중심에 서서 일제 폭압을 알리는 문집을 만들며 독립운동에 앞장 섰다. 폐렴으로 먼저 세상을 떠난 박무영 사후 일주일 후 같은 병으로 사망해, 동화에 나란히 묻혔다. 1987년 금관문화훈장 을 추서받아, 유족인 박수린이 대리 수상했다.

정명혜가 새초롬한 표정으로 양장을 하고 모자를 쓴 독사진 과 이화여전 졸업 사진은 교과서에 실려 있다. 대한민국 사람 이라면 누구나 아는 사실이었다. 젊은 여성이 독립운동을 하다 해방도 보지 못하고 요절했다는 사실은 국민들의 감수성을 자 극했다. 정명혜는 친일하지 않고 독립운동을 하다 요절한 여성 시인으로 정약용의 후손, 애국심, 문학성 등 모든 면에서 애잔 함과 자긍심을 불러일으키는 '독립운동계의 아이돌'이었다.

아직까지 문학관을 짓지 않았다는 사실이 더 이상할 정도였다.

"정명혜 문학관, 이번에 우리가 하기로 했다. 동화 좀 다녀 와."

"정명혜? 그 정명혜요? 정명혜 문학관이 아직도 없었단 말 이에요?"

"몰랐지? 신기하지? 그게 서로 눈치를 보다가 미뤄진 거 같 아. 정명혜 문학관이 밀리고 밀리다 우리에게까지 순서가 온 거야. 하늘이 준 기회야. 알겠냐?"

유림이 갑자기 이 무슨 뜬금없는 소리인가 벙벙한 얼굴이 되자 마실장은 이건 몰랐지, 뻐기는 얼굴이 되었다. 유림은 정명혜 문학관에 관한 기사를 찾아 읽었다. 달인의 모형 기술이야 국내 최고지만 정명혜 문학관을 맡을 정도 역량이 되는지는 의심스러웠다. 정명혜 관련 자료는 인터넷이나 서점에서 대강 찾아서 되는 게 아니라 학계에서 인정받는 학자가 관여해야 하는데, 이런 일을 달인이 어떻게 할지 계획도 없이 덤벼들어서 될 일이 아니었다. 자료도 그렇고 행정 절차도 복잡하고 어려울 게 뻔했다. 더구나 고등학생 때 겪었던 별로 유쾌하지 않은 정명혜 관련 사건 때문에 유림은 꺼림칙했다. 그때 머리를 빡빡 밀며 이를 갈았던 치기 어린 감정도 떠올랐다. 뭐가 그렇게 분했을까? 지나고 보면 더리더는 비겁했고 유림은 유치했다. 기획실에서 이 일을 할 사람은 유림밖에 없었다.

"그렇지. 이 대한민국에 정명혜 모르는 사람은 없지. 그래서 이 프로젝트가 중요한 거야."

마실장은 자리에서 벌떡 일어나 입맛을 다시며 유림 자리를 어슬렁거렸다.

"달인이 전국민이 다 아는 그 정명혜 문학관을 만든 명실상부한 최고 전시기획사가 되는 거야."

유림이 조금 전 본 기사를 정리해 마실장과 이이사에게 보였다. 이이사는 심드렁했다.

"아… 이거 벌써 짓고 있는데 뭐. 건물은 거의 다 올라갔을 걸. 문학관 지으면서 축제도 하고 백일장도 하고 그러려면 행사비도 필요하고, 그러니까… 네가 걱정할 일 아니야. 유림이 너는 기획안만 잘 쓰면 돼."

마실장도 마찬가지였다. 동화시청 홈페이지에는 정명혜 문학관 전시 시공 업체 입찰 공고가 떠 있었다.

"공모는 신경 쓰지 말고, 시청 다니라고 할까 봐 걱정이냐? 그런 건 마실장이랑 내가 해. 일 다 만들어놨으니까 그냥 실제 설계 고려하면서 구성안 짜란 말이야. 딸이 살아 있다던데… 누가 뭐라 해도 유족이 가장 끗발 있지. 전시물이고 패널이고 다 만들어놓고 리허설 때 유족이 이건 다 틀린 거라고 엎어서 다 뜯어내고 다시 건 적도 있어. 그 손해가 얼마겠어. 디자이너도 다른 일정으로 빼기 힘들고 업체도 다 다시 섭외해야 하고… 생각만 해도 끔찍해. 참… 너 이번 기회에 차 사."

현장은 말로 설명하는 게 아니라 몸으로 부딪치면서 배우는 곳이라 하지만, 구청 복도에 걸리는 홍보 패널이나 재개관 관련 기획만 해온 유림에게 통째로 문학관을 맡으라니 이건 말이 안 되는 일이었다. 경험도 없고 배운 것도 없었다.

해발 천 미터가 넘는 산 여섯 봉우리가 둘러싼 분지 안에 동화는 자리했다. 서울에서 동화에 들어가려면 길고 긴 터널을 여러 개 거쳐야 했다. 유림은 터널이 끝나고 빛을 보길 기다리다 잠들기를 반복했다. 첫차를 타고 내려오기에 자느라 터널 수를 제대로 센 적은 없다. 대한민국에서 가장 긴 터널, 다섯 번째로 긴 터널이 동화로 가는 길목에 있었다. 터널이 길고 짙은 직선으로 어두웠기에 운전자들이 졸지 않도록 네온사인이 번쩍이고 구급차 소리가 요란하게 들렸다. 터널을 몇 개 지나다 보면 곧 동화였다. 동화에 들어서면 난데없는 생선 비린내가 진동했다. 동화 특유의 냄새였다. 내륙지방인 동화에서 생선 냄새가 진동하는 이유는 고등어 때문이다. 동화시외버스터미널 앞에는 고등어조림이나 구이집이 즐비했다.

동화시 문화예술국에서 진행하는 회의에 참석하기 전에 유림은 야근까지 해가며 급하게 정명혜 문학관 구성안을 만들었다. 인터넷 검색창에서 정명혜를 치면 정명혜의 사진부터 작품 연보, 일대기 등이 비교적 자세히 쓰여 있었다.『정명혜, 그 사람』,『정명혜 문학론』,『정명혜 평전』,『정본 정명혜 전집』,『정명혜 시선집』,『소설 정명혜』,『정명혜의 맛과 멋』,『정명혜를 통해 본 경성 모던걸』,『시대를 앞서간 여인 정명혜』등등 내로라하는 출판사에서 소설가와 시인, 교수와 평론가, 요리 전문가와 패션 전문가, 여성학자, 민족문제연구소 등에서 정명혜에 대해 여러 책들을 쏟아냈다. 논문도 찾아보았다. 수백의 논문 중 생애, 독립운동, 여성성, 문학론을 키워드로 재검색하니 백여 편으로 압축할 수 있었다.

"풉. 내가 이걸 정리하려고 대학원에 다녔던 거군."

유림은 그동안 갈고 닦은 발췌의 기술을 발휘해 정리를 시작했다. 준비된 전시기획자가 바로 나인가, 유림은 정명혜의 망령을 떨쳐내듯 정명혜 관련 책을 하나도 빼놓지 않고 사왔다. 『정명혜 평전』이나 『정본 정명혜 전집』에 딸린 자료들은 거의 비슷했지만 평전에 있는 사진이 전집에 없고, 전집에 있는 자료가 평전에는 없었다. 평가도 해석도 비슷했다. 대체로 부끄러움, 애잔함, 분노, 절망감, 한계 같은 걸 식민지 지식인이며 여성의 처지에서 풀어냈다는 평가였다. 유림은 디자이너가 전시 패널을 만들 때 쓸 수 있도록 모든 사진 자료를 스캔했다.

문학관 내부 공사를 하려면 일단 스토리를 어떻게 짜서 동선을 어떻게 그리는지가 중요했다. 이미 건물골조는 마무리 단계였고 달인은 동화시청이 요구하는 대로 내부 공사를 시작해야 했다. 유림은 자료를 정리해 1관을 「정명혜의 일대기」, 2관을 「정명혜의 문학 세계」, 3관을 「정명혜의 독립운동」으로 나누었는데, 3관에는 독립운동 당시 유학생들이 모여 회의하던 정명혜의 하숙방을 꾸미는 한편 2층은 카페테리아와 함께 체험관으로 구성하는 계획이었다.

마실장은 분주하게 움직였다. 여러 변수에 대한 경험치가 많은 만큼 첫 회의에 공을 많이 들였다. 유림이 피티를 준비하는 사이, 마실장은 현수막을 꺼냈다.

전시기획 달인이라는 글이 또렷했다. 현수막에는 정명혜와 동화시 대표 관광지인 동화호수 쌍다리를 배경으로 깔고, 볼드체로 전시기획 달인을 부각했다. 뻔뻔함은 마실장의 무기였다. 회의 시작 시간 10분 전부터 담당자들이 하나둘 들어왔다.

"아이구, 준비 많이 하셨네… 아직 사업 선정되지도 않았는데……."

문화예술과 과장이 현수막을 보더니 멈춰 섰다. 언론에 대대적으로 홍보된 행사 일정은 불과 6개월도 남지 않았고, 완성된 설계도면과 계획이 없으면 기공식에 맞출 수가 없는 일정이었다. 아직까지 사업자 선정을 하지 않은 건 새성테크 정도 큰 회사를 사업자로 선정하려던 국장의 욕심 때문이었다. 아무리 정명혜라도 빠듯한 예산에 원하는 건 많아 남는 돈 없는 이번 사업에 새성은 관심이 없었다. 그 정보를 알고 마실장이 뛰어들었으니 이번 입찰은 처음부터 달인의 것이었다.

"부담 느끼지 마십시오. 이게 다 달인의 정성이고 준비죠. 자, 기획서들 보시고……."

공무원들은 자리에 미리 준비해둔 계획서를 제대로 보지도 않고 식은 국수처럼 훌훌 넘겼다.

문화예술과 과장, 여성가족과 과장, 관광과 과장이 각각 '동화시'를 강조할 것인지, '민족'을 강조할지, 요즘 분위기에 맞게 '여성 작가'를 내세울지에 대해 난상토론을 벌였다. 이 와중에 문화예술과 과장이 가장 중요한 사실을 상기시켰다.

"이 사업 주관 부서가 어디죠?"

마실장은 심각한 표정으로 수첩에 열심히 메모하다가도 슬쩍 일어나 사진을 찍었다. 참석자들은 마실장을 의식하고 자세를 고쳐 앉았다. 회의가 얼추 마무리되는 분위기에 마실장이 눈짓으로 유림에게 신호를 보냈다. 유림은 일어나 준비해간 기획서 피티를 시작하려고 프로젝터를 켰다. 여성가족과 과장이 오늘 회식 어디라고 했지, 물으며 종이컵을 씹다가 벌떡 일어났다.

"어? 국장님 오신다. 못 오신다더니……."

국장이 회의실로 들어왔다. 순식간에 자리가 정돈됐다. 엉거주춤하게 서 있던 유림에게 시선이 모였다.

"안녕하십니까? 전시기획 달인 기획부 대리 박유림입니다. 지금부터 정명혜 문학관 구성 계획안을 발표하겠습니다."

하늘이 도왔다. 국장은 유림이 내민 피티 자료를 넘겨보고
는 만족스러운 얼굴을 했다.

"괜찮네요. 내가 지난번… 어디였지……. 일본 출장 때 본
박물관도 별거 없더라고요. 거긴 너무 또 아기자기하고 작고
말이야. 역사가 짧으니 그렇겠지만 애들 장난감 같은 걸 전시
해 놨더라구요. 달인은 모형 전문회사라고 했죠? 역시 요즘 시
대는 시각적인 게 중요해, 시각적인 게. 잘해봅시다."

국장은 그동안 달인의 실적을 시각적으로 보여준 데 좋은
인상을 받았다. 더군다나 시에서 준비하고 있는 「정명혜 탄생
100주년 문학제」에서 진행하는 백일장 작품집을 만들어 문학
관 관람객들에게 무료로 나눠주는 제안에 솔깃했다. 국장은
문학관을 최고의 전시업체와 만들어내고 싶었다. 국내 굴지의
기업이 시공한다면 십오만 동화시민들이 얼마나 기뻐할지, 시
장은 얼마나 치하를 할지, 도지사는 또 얼마나 격려를 할지 상
상의 나래를 폈다. 몇 번 보도자료를 내고 입질을 기다렸으나
새성테크에서 관심을 보이지 않자 새성 본사에 간부로 있다는
대학 후배 친구 형에게 미리 연락을 해보고 기분이 상했다. 새
성그룹 설립자의 친일문제로 언론이 떠들썩하던 상황에서 새
성테크에서는 독립운동 운운하는 일은 하고 싶지 않아 했고,
여성과 문학 시인을 강조한다면 입찰에 응해볼 수도 있다는
답을 해왔다. 회의에 들어가기 전에 통화를 마친 국장은 오만

한 새성테크에 기분이 상해서 이미 달인으로 마음이 기운 상태였다. 2층 체험실에서 정명혜의 대표시를 한지에 찍어 갈 수 있게 고무판을 마련할지, 아님 터치스크린으로 정명혜에 대한 문제를 맞히는 코너를 만들지 논의하다가 결국 한지를 찍어 가는 1안으로 가기로 했다.

"고무판 말고 그 뭐야, 터치스크린으로 하면 단가 차이가 얼마나 나나?"

함께 간 마실장은 얼른 머리를 굴렸다. 터치스크린은 단가가 문제가 아니었다. 달인에서 직접 만들 수 없는 디지털 기기는 기성제품을 사다가 겉포장만 전시 형태로 꾸며야 해서 달인에 떨어지는 돈이 얼마 되지 않았다. 되도록 모형 개수를 늘리며 단가를 맞춰야 했다.

"디지털 시대일수록 아날로그적 방법이 오히려 신선하고 그야말로 저 뭐야, 그래요, 모던하죠. 문학관을 찾는 이들 대부분이 어린이, 청소년을 동반한 가족 단위 관광객들이고 보면 이렇게 한지를 한 장씩 찍어서 가져가는 게 관람객 만족도도 높아질 거로 생각합니다. 손으로 하는 체험이 원래 만족도가 높거든요. 동화시는 또 한지의 도시지 않습니까? 고무판도 일반적인 판이 아니에요. 특수재질이라 마모도 거의 안 되구요. 터치스크린도 병행해서 설치하면 정말 좋죠. 너무 좋죠. 그런데 터치스크린이 고장률이 아직은 높아서 관람객 만족도가 떨어질 여지가 또 많습니다."

분위기가 반전됐다. 마실장이 덧붙이듯 단가는 오십 배가량 차이가 난다고 하자 좌중은 숙연해졌다. 정명혜 문학관이 여성을 중심으로 하든, 독립운동을 테마로 하든, 동화시를 강조하든 간에 무엇보다 중요한 건 예산이었다. 예산이 없으면 삽한 자루도 살 수 없다. 모두가 비용과 고장 처리 문제를 미연에 방지하고자 했다. 가성비는 무엇보다 중요한 문학관 예산 사용 기준이었다. 고무판과 나무판으로 정명혜 시가 잘 프린트될 수 있게 달인 모형팀에서 신경 쓰기로 했다.

"괜찮네. 3관 전시랑 모형 조금 더 신경 써서 계획서 다시 올리고, 응?"

국장은 달인이 웬만큼은 하겠군, 하는 정도 기대였다.

"아, 그리고… 여성 작가니 문학 기행이니 그런 거는 빼고 독립운동을 강조하도록 합시다. 마실장, 우리 예산 단가에 맞출 수 있죠? 이거."

마실장은 그런 걱정은 뭐 하러 하냐는 듯 편한 얼굴이었다.

"그 예산으로 이 정도 퀄리티 있는 작품 만드는 거 대한민국에서 달인밖에는 못 합니다. 기한도 얼마 안 남아서 완벽하게 준비된 업체가 필요하구요. 아시지 않습니까?"

"그럼 됐지, 뭐. 예산 잘 맞추시고, 입찰 잘하시고. 우리는 공정하게 하니까 마음은 놓지 마시고. 됐죠? 이거 문화예술과에서 맡는 게 맞죠? 그렇게 하세요."

지시를 끝내고 국장은 나가버렸다. 남과 다른 창의성은 모험이고 모험은 사고를 불러일으킬 수도 있으므로 관계자들은 다른 곳과 비슷하면서도 차별성 있는 문학관을 원했다. 유림은 그들이 원하는 게 무엇인지 회의를 하고 나니 더 알 수가 없었다. 문화예술과 과장이 마실장을 붙잡고 이런저런 지시를 내렸다. 공무원들은 국장이 나간 후 우르르 방을 빠져나갔다. 마실장이 쏜살같이 나가 국장과 저녁 약속을 잡고 돌아왔다.

"뭘 그렇게 멍하게 있어?"

"일정도 빠듯하고 뭘 어떻게 해야 할지 모르겠어서요."

"그냥 하던 대로 하면 돼. 저 사람들보다 우리가 전문가야. 걱정 말고 진행해."

유림이 애초에 기획한 대로 1, 2, 3관으로 전시실을 나누었다. 이제 이 기획서로 설계를 마무리하고 사업자 선정을 마치면 바로 공사를 시작하는 것이다. 도면도 나와 있었다. 현장소장이며 작업 인부들은 이미 세팅을 마쳤다. 현장 상황에 맞추어 납품 설계도면은 수없이 수정될 터였다. 개선장군과 같이 회의록에 서명을 받아들고 온 마실장은 회의실에 들어오자마자 연사장에게 보고를 했다.

"사장님, 고! 고!"

정명혜추모사업회에서는 정명혜의 딸 박수린을 1관 자문위원으로, 『정명혜 평전』을 쓴 전 서울대 교수이자 문학평론가 노정태 교수를 2관 문학론 자문위원으로, 3관 자문위원으로는 동화대 박수락 교수를 지정했다. 마실장은 유림에게 유족에게서 일대기에 대한 자문 외에도 문학관에 전시할 만한 유품을 구해오라는 지시를 내렸다.

"네?"

"하다못해 정명혜가 읽던 책이라든가 안경이라든가, 만년필 같은 유품 있잖아. 비슷한 거라도 있는지 찾아봐. 박무영 집안에서 찾아오면 제일 좋고 공산 친정 쪽에 알아보든가 하라고."

"그런 건 동화시청에서 하는 거 아닌가요?"

"이런 세세한 일을 우리가 하는 거라고. 자부심이라는 건 이럴 때 느끼는 거지."

마실장은 결연한 얼굴로 자리를 일어났다. 유림이 마실장에게 진심이 느껴지기는 처음이었다.

노정태

유림은 동화에 내려가면 동화시청과 동화대 자문위원에게 눈도장을 찍고 그들이 원하는 대로 수정을 해 원고를 안겼다. 다른 일보다 자문은 자문단에게 직접 찾아가 도장을 받아와야 해서 까다로웠다. 글이나 디자인보다 사람 다루는 기술이 필요했다. 형식적인 자문회의에서 얼굴을 보긴 했지만 실질적인 자문은 확인서로 마무리되기에 유림은 자문단에게 갈 자문료와 자문확인서를 파일에 넣어 언제나 옆구리에 끼고 살았다.

정명혜 문학관 일을 본격적으로 진행하면서 유림은 마실장이 왜 차를 사라고 했는지 깨달았다. 서울과 동화를 오가는 출장은 물론이고, 동화 내에서도 시간을 맞추려면 매번 택시를 타야 했다. 문학관 현장은 시내에서 뚝 떨어져 있어 어렵게 택시가 잡혀도 기사들이 빈 차로 나와야 한다고 투덜댔다. 유림은 택시비를 현금으로 계산하고 거스름돈을 받지 않았다.

계획서대로 설계도면이 나왔고, 달인은 입찰에 참여해 정식 사업자가 되었다. 현장팀은 곧바로 투입됐다. 유림은 문학관에 걸릴 전시 패널 원고를 써서 동화시 담당자에게 점검을 받고 자문위원에게 넘길 원고를 확정했다.

자문단 중 동화시청 관계자들이 가장 어려워하는 사람은 제2관 정명혜의 문학편 자문을 맡은 서울대 명예교수 노정태였다. 『정명혜 평전』저자인 노정태는 정명혜는 물론이고 일제강점기 작가들에 대해 학계에서 강력한 발언권을 가진 사람이었다. 그는 친일 문학인들에 대해 유난히 혹독해서 대학 재직 시절 그들이 쓴 문장을 교과서에서 빼고 출판하지 못하도록 청원을 하고 글을 쓰고 운동도 하면서 유명해졌다. 누구든 정명혜에 대해 한 줄이라도 쓰고 싶으면 노정태에게 허락을 구해야 한다는 불문율이 학계에 퍼져 있었다. 그 말은 노정태 교수 서명을 받으면 그것은 누구도 뭐라고 지적할 수 없는 인증서라는 뜻이었다. 누가 용의 발톱을 깎을지는 정해져 있었다.

담당 주무관은 '노교수 그 꼬장꼬장한 노인네'를 상용구로 붙여 말했다.

"노교수 그 꼬장꼬장한 노인네한테만 자문받아 오면 문학

파트는 끝나는 거야. 아무도 노교수가 하는 말에 토를 못 달아요. 지금 한다 하는 교수들 다 노교수 제자 아니야.”

동화대학 출신이라고 개무시를 하고 말이야, 는 혼잣말은 읊조림에 비해 또렷하게 들리는 한탄이었다. 자존심에 꽤나 상처를 입었다.

“노교수 그 꼬장꼬장한 노인네한테 처음 갔을 때 나 오줌 쌀 뻔했잖아. 나이 마흔에 말이야.”

“노교수 그 꼬장꼬장한 노인네가 얼마나 지독한 줄 알어? 조심해야 돼. 약속 시간보다 5분 늦었다고 문을 빼꼼 열어보더니 탁, 연구실 문을 잠가 버리고 전화도 안 받는 거야. 동화에서 서울이 장난이냐고. 그런 사정 따위 안 봐줘. 그 양반이 그런 양반이라고.”

뭐 이런 식이었다.

노교수를 만나거나 만나려고 시도했던 사람들의 진저리 나는 설레발은 효과를 발휘했다. 정명혜 문학관 사업을 하기 전에는 노교수가 누구인지도 몰랐던 마실장조차 노교수를 피하고 싶어 했다. 자문을 마쳐야 전시 패널을 문학관에 걸 수 있기에 유림은 급했다. 마실장은 유림이 내민 설명 패널 원고를 쳐다보지도 않았다. 유림이 내민 원고를 뭔가 불경한 물건이나 되는 양 다시 밀어내고는 손을 물티슈로 닦았다.

“동화시청도 아직 안 봤어? 내가 봐서 뭘 아나? 노교수나 연락해서 만나봐."

유림은 첫차를 타고 내려가 동화시 담당 주무관에게 원고를 내밀었지만 볼펜 끝으로 쓰윽 밀어놓고 읽지도 않았다.

"자문받아 오시면 컨펌해 드릴게요."

유림 혼자만의 레이스였다. 노교수에게 바칠 원고를 진상품처럼 만들어 자기 자신을 제물로 바쳐야 했다.

발주처는 예산을 주고 업체를 선정한 이상 직접 일할 필요가 없었다. 돈 주고 고용된 달인 같은 업체에서 모든 일을 하고 발주처는 업체가 하는 업무를 점검하고 예산 집행을 하면 됐다. 마실장은 물론이고, 동화시 공무원이나 동화대학 교수들도 노교수를 만나봤는지, 자문을 받았는지 궁금해했다.

노정태 교수는 퇴임 후 인사동 뒷골목 낡은 건물 2층에 '한국문학인연구협회'를 운영하고 있었다.

'차려만 놓고 운영은 안 하고 있군.'

아무도 없는 사무실이었다. 약속을 잡으려고 유림이 수십 번 사무실로 전화했으나 받는 사람은 없었다. 이럴 거면 전화는 왜 놓은 건가? 애당초 사무실은 왜 차려놓고 있는 건가? 휴대폰도 울림만 길었다. 유림이 무작정 사무실로 찾아갔을 때 문 안쪽에서는 텅 빈 울림만 되돌아왔다. 안에 사람이 있다면 느껴질 공간의 파동 소리가 없었다. 울림도 훈기도 느껴지지 않았다. 문을 탕탕 두드려대자 맞은편 '대한민족문학회' 사무실에서 안경을 코끝에 건 노부인이 삐죽 얼굴을 내밀었다.

"누구? 노교수 찾아왔나?"

유림은 당연하다는 듯 반말을 하는 노부인에게 예의 바른 학생같이 허리를 숙였다. 어린 사람에게 반말할 권리는 언제 획득한 건지 묻고 싶은 마음을 누른 만큼 깊게.

"네. 노교수님이 전화를 안 받으시네요. 사무실에도 안 계시고."

"제잔가?"

"네?"

"제자냐고?"

"아니요. 자문 때문에 왔는데요."

탁.

노부인은 문이 부서져라 닫고 어디론가 전화해서 건물이 떠나가라 소리를 질러댔다.

"내가 거기 있을 줄 알았어. 어떤 여자애가 찾아왔어요. 학생 같은데… 아니 제자는 아니래요. 어… 그래, 그래요."

문이 다시 열렸다.

"금방 오신대. 들어와요. 들어오라고! 멀뚱하게 서 있지 말고……."

"아닙니다. 여기서 기다리겠습니다."

유림은 고집스레 한국문학인연구협회 앞에 서 있었다. 대한민족문학회에는 들어갈 이유가 없었다. 10분쯤 한국문학인연구협회와 대한민족문학회 사이를 서성이다 보니 키가 훤칠하고 호리호리한 노인이 낙타처럼 휘적휘적 걸어왔다. 노교수는 약속도 없이 온 유림을 타박하며 출입문 비밀번호를 눌렀다. 사무실 문이 열리자 꺼내지 않은 습자지처럼 얇고 화선지같이 옅은 먼지에 동요가 일어났다. 어두침침했던 실내는 커튼을 젖히자 먼지들이 햇빛에 반사되며 무해한 모양을 만들다 사라졌다. 유림은 앉을 곳을 찾지 못해 머뭇거렸다.

"연구실에 있던 자료들인데, 여기로 옮겨두고 내가 시간이 안 나서 정리를 못 했네. 앉아요. 왜, 지저분해서 못 앉겠어?"

유림은 엉거주춤 책상 귀퉁이에 엉덩이를 걸쳤다. 노교수는 책 한 권을 들어 손으로 먼지를 털어냈다.

"일어나지."

유림이 앉자마자 노교수는 자리에서 일어났다. 성격이 급하다더니 과연 그랬다. 그는 방금 나온 어두침침한 곳으로 유림을 이끌었다. 뒤에서 보니 휘적휘적하는 걸음이 어색했다. 찻집 '래(來)'는 메뉴판을 보니 찻집인지 술집인지 더욱 불분명했다. 그곳에는 노교수의 소지품이 그대로 놓여 있었다. 노트북이며, 돋보기안경이며 학교 마크가 찍힌 수첩과 몽블랑 만년필, 낡은 가죽가방은 유물과 같은 고고함으로 나무 탁자 위에 놓여 있었다. 물건과 물건을 사용하는 사람이 만들어내는 분위기는 설사 비어 있다 하더라도 아무도 범접할 수 없는 아우라로 그 자리를 지켜낼 것만 같았다. 그 자리에 노교수가 앉자 비로소 그림이 완성되었다. 노교수는 찻집 '래'의 오브제였다. 유림은 노교수가 얼마나 오래 저 자리에 앉아 있었는가를 가늠해보았다. 그는 방금 전까지 자신이 마시던 잔을 만지작거리며 말했다.

"참, 어느 학교 나왔다고 했지?"

"네? 정선우 선생님 계신……."

"그래, 선우. 정교수도 내 제자야. 어디 한번 내놔봐."

유림은 가방에서 조심스레 원고를 꺼내 내밀었다. 노교수는 원고를 받아 옆눈으로 슬쩍 보고는 옆으로 밀어놓았다.

"두고 가게. 내가 보고 연락을 하지."

"지금 봐주시면 안 될까요?"

유림은 움직이지 않았다. 시일이 급했고 어느 정도 선에서 고쳐야 할지 갈피를 잡아야 사업을 진행할 수 있었다. 얼마나 어떻게 고쳐야 할지 그저 기다리라는 말에 기댈 수 없었다. 시간을 못 맞추면 문학관은 끝장이었다. 대금을 받으려면 특별한 일이 없는 한 개관일은 맞춰야 했다. 자문확인서 도장을 받지 못하는 것은 특별한 일이 아니라 무능력한 일이다. 모두가 느긋한데 혼자만 초조한 게 유림은 억울했지만 어쩔 수 없었

다. 그래도 오늘은 노교수의 실물을 영접했으니 한 발짝은 나
간 건가, 어째야 하나 머리를 굴렸다. 노교수는 차를 마시며 안
경을 코끝에 걸쳤다. 마주 앉아 있는 유림이나 원고는 없는 듯
행동했다. 노교수는 불행한 사람 특유의 불평과 한스러움이 가
득 차 있었다. 비평을 빙자한 비웃음이 대외적으로 알려진 노
교수 전매특허였다. 자문위원단 회의 때도 식사도 함께 안 하
고 회의가 끝나자마자 택시를 잡아타고 휙, 가버렸다. 유림은
노교수를 어떻게 대해야 할지 모를 때 해진을 떠올렸다. 넌 어
떤 음식 좋아하는데? 묻던 해진이 떠올랐다. 유림은 노교수에
게 쓸쓸하고 한가로운 노인의 모습을 엿보았다.

"오늘 아침 식사는 뭐 하셨어요?"

노교수가 든 찻잔이 흔들렸다.

"우리 안사람이 작년에 암으로 죽었거든. 퇴직할 즈음 병을
알고 한 3년 앓다 갔지. 그 나이에 죽기는 아까운 시절이 아닌
가. 그때 그래도 장례는 잘 치러주었네. 제자들이 고생들 했지.
내가 그 은공은 잊지 않고 있어."

"네……."

"나도 젊을 때 그랬어. 내가 깐깐하니까 그래도 여기 이 자
리까지 온거야. 안 그랬으면 어림도 없었지. 그 사람들 지금 얼
마나 바쁘겠나. 자네도 바쁘고."

"네……."

신부님의 강론을 듣듯 경건하게 경청하던 유림에게 노교수가 물었다.

"자네… 졸고 있나?"

잠시 딴생각을 했을 뿐 조는 건 아니었는데 역시 만만한 사람은 아니었다.

"아닙니다. 잘 듣고 있었습니다."

노교수가 피식 웃었다.

"잘 안 듣는 놈들이 꼭 그렇게 말하더라. 내가 선생 노릇이 몇 년인데 그걸 모르겠나?"

"죄송합니다."

유림이 꾸벅하자 노교수가 다시 웃었다.

"내일 시간 있나?"

'내일'을 시작으로 유림과 노교수는 매일 만났다. 원고 점검은 매일 '내일'로 미뤄졌다. 「한국문학인연구협회」 근처 인사동 음식점과 다방을 전전하며 노교수와 술과 밥과 차를 섞어 마셨다. 마감을 지켜야 한다는 앙다문 결심도 노골노골해졌다. 노교수는 지적이고 유쾌한 사람이었다. 아는 것도 많지만 궁금한 것도 많은 사람이었다. 유튜브로 새로 알게 된 연예인에 대해 묻고, 그들이 쓰는 신조어도 물었지만, 어떤 평가도 하지 않았다. 어쩌면 유림이 아는 누구도 노교수를 실제로 만난 적이 없는지도 몰랐다. 그들은 누군가에게 들은 노교수에 대한 이야기를 자기 이야기인 양 떠들어대는 사람들이었다. 이야기의 이야기의 이야기는 힘을 발휘해 사건의 대상에 대한 험한 아우라를 만들어냈다. 노교수는 그저 한때의 바람결 같이 늙은 학자였다. 경계를 넘어서는 게 어려울 뿐이었다. 유림은 한동안 정명혜니 동화시니 자문이니 그런 것은 접어두고 이 외롭고 늙은 교수의 술친구로 넋을 놓고 지냈다. 대학원에서 책을 파고 논문을 쓸 때보다 노교수와 지내며 더 많은 공부를 했다. 유림은 점심을 먹으면 두세 시쯤 사무실에서 나와 노교수가 기다리고 있는 인사동으로 향하는 하루하루를 보냈다.

"나쁜 놈들. 그렇게 문턱이 닳게 오고 가더니만⋯ 나 퇴임하고는 바쁘단 핑계로 한 번을 안 오더군. 자네도 마찬가지겠지. 내가 자문확인서에 도장만 찍어줘 봐. 자네도 인사동 바닥에 발길도 안 하겠지. 내가 알지. 그럴 거야."

무슨 말씀이냐고 나는 그런 작자들과 다르다고 유림은 말하지 못했다. 교수 자리나 학점같이 뭐 얻어먹을 콩고물도 없는데 요즘같이 바쁜 세상에 학교에 사무실도 없는 늙은 교수를 굳이 왜 찾아다니겠는가. 생각해보면, 유림도 지도교수를 진심으로 존경한다거나 학문적 성과를 높이 친다거나 해서 따랐던 건 아니었다. 그 마음 없는 예의에 대한 죄책감을 이번에 노교수와 함께 털어내고 있다. 여기서 덜어내면 저기서 채워졌다.

노교수는 아침은 커피로, 점심은 보이차로, 저녁은 쌍화차로 때웠다. 서서히 아사하려고 결심한 사람 같았다. 가끔 마시는 막걸리와 파전이 거의 유일한 식사였다. 하루를 연장하듯 살아가는 노교수에게 자문확인서 이야기를 꺼낼 엄두가 나지 않았다. 노교수에 대한 동료애 같은 게 생겨나 유림도 이미 본분을 망각한 지 오래였다. 전시 패널 원고는 다 써놨고 원고에 디자인 의뢰도 해둔 상태였다. 그대로 글만 얹어 출력실에서 출력해 전시관에 걸기만 하면 되는 상태였다. 다만 그걸 걸어도 된다는 자문확인서가 없었다.

"야! 이 정신 없는 새끼야! 이제 디자인도 다 나와서 글만 앉히면 되는데 아직 자문확인서도 못 받고 뭐 하는 거야? 너 일 그따위로 할 거야? 누구 망하는 꼴 보고 싶어!"

자문확인서 없는 유림의 원고는 쓰레기였다. 마실장이 디자인 시안을 집어 던졌다. 성질나는 대로 책상에 있는 연필꽂이도 일부러 쳐서 넘어뜨리며 소리를 질러대는 통에 모형실에서도 무슨 일인가 내다보았다.

"자문확인 없는 원고가 무슨 소용이야. 여기가 너 글솜씨 자랑하는 데야? 여기가 학교인 줄 알아? 나가! 얼른 가서 노교수한테 빌든 뭘 하든 확인서에 도장 받아 오라고!"

동화에서 내부 공사가 마무리되고 있어 자문확인서를 손에 쥐지 못한 달인들은 애가 탔다. 밤샘 작업을 한 디자이너가 불피운 너구리굴에서 빠져나온 것 같은 얼굴로 유림을 바라보며 디자인 시안을 건네줬다. 회의실 안 간이침대에서 삐걱거리는 스프링 소리와 끄응, 신음 같은 한숨이 책상 위에 놓인 블루투스에서 울리는 듯했다. 유림은 오탈자나 글과 그림의 위치, 디자인 적합성 등을 따져 빨간펜으로 크게 표시를 해 사장실에 들어가 상황을 보고했다.

"마실장이 저러는 거 유림이 네가 이해해라. 지금 우리만 똥줄 타게 생겼어. 일단 다른 것부터 해결해. 문학관인데 설명 패널이 없으면 어떻게 하냐."

사장실에서 나온 유림은 동화로 출장을 가기로 했다. 다른 분야 자문부터 해결해 일을 진행하라는 연사장의 결정이었다.

박경리는 법인카드를 쥐고 속사포처럼 재무회계 원칙을 읊었다.

"유림 씨는 뭐 깔끔하니까 걱정할 거 없긴 한데… 일단 간이영수증 안 되구요, 이상한 데… 술집 안 되구요. 접대로 적당히! 알죠? 정상적인 식당 가요. 아! 노래방도 안 돼요. 소장님 모텔비 밀린 거 이걸로 다 결제하시면 되고 외상값 한 달 치까지 되구요. 그냥 전자영수증 나오는 데 가요. 식당서 반주 몇 잔 하는 거 가지고 뭐라고 안 하니까. 됐죠? 이해했어요?"

그날 밤 유림은 해진이 남겨놓은 물건들을 한쪽에 정리하면서 동화로 내려가는 짐을 쌌다.

노교수는 언제나 손이 닿을 듯 닿지 않을 듯 떨어져 걸었고 유림이 일주일씩 소식이 없어도 안부 같은 건 묻지 않았다. 유림은 동화 출장을 다녀와 조금은 더 무거운 마음으로 노교수를 찾았다.

"동화에 다녀오느라 요새 안 보였군."

"이거… 이번에는 꼭 봐 주세요. 저 짤리게 생겼어요. 제 밥 줄 걸렸습니다, 선생님."

노교수는 교수라는 말보다 선생이라는 말을 더 좋아했다. 교수는 이미 은퇴했지만, 선생은 직위가 아니라 명예라는 게 그의 지론이었다. 유림이 원고를 내밀자 노교수 얼굴이 굳었다. 노교수는 서늘한 눈이 되어 유림을 노려보더니 보이차를 밀쳐내고 자리를 떠났다. 노교수의 분노는 노교수 자체에서 나온 것이지만 그 분노를 받아내야 하는 사람은 유림이었다.

다음 날 노교수가 처음으로 먼저 연락을 해왔다. 전화나 문자를 해도 전화를 잘 받지 않아 만날 때마다 인사동 바닥을 헤집고 다니게 했던 노교수였기에 유림은 큰일이 일어났나 싶어 한달음에 달려갔다. 유림은 노교수가 늘 가는 찻집 래에 앉아 술과 파전을 시켜놓고 잔을 나눴다. 둘이 나눈 술과 침이 화학작용을 일으켜 인체가 감당할 임계치까지 치달았을 때 술집 주인이 다가와 교수님, 저 갑니다, 하고는 문을 닫고 나가버렸다. 노교수는 그 바람에 퍼뜩 정신을 차렸는지 비틀대며 화장실을 다녀와 중얼댔다.

"정명혜도 나도 모두 허명이야."

노교수는 유림이 쓴 글에 시뻘겋게 수정을 한 원고를 내밀었다. 원고를 돌려받는 유림 손이 벌벌 떨렸다. 드디어, 라는 말은 이럴 때 쓰는 말이다.

"사람들이 자세히 알 필요도 없지만 말야. 정명혜는 문학 자체만 보면 안 돼. 시대 정신을 봐야 하고, 지금 사람들이 원하는 걸 파악해야 해. 정명혜는 말이야. 독립 정신이니 뭐니 그런 게 중요한 게 아니야. 그 여자가 지금까지 살아 있다면 이렇게까지 무슨 위인처럼 떠받들여지지는 않았을 거야. 운 때가 잘 맞았지. 글 좀 쓴다는 이들 중 마지막까지 변절하지 않은 문인이 그리 많지는 않아. 다 필요 없고 지금 내가 고쳐 쓴 대로 하면 돼. 더 고치지 마. 이 정도면 잘 썼어. 무난해. 그럼 아무 문제 없을 거야. 그냥 두라고. 그냥 두는 것도 있어야지. 뒤집는다고 해서 뭐가 달라지나. 내가 싸인해주면… 되는 거야. 그럼 다 넘어간다고. 내가 아직 그 정도는 돼."

노교수는 그렇게 말하고는 훌쩍 일어나 나가버렸다. 화장실이라도 간 거라 생각해 취한 와중에도 자세를 유지하고 있던 유림이 어느새 탁자에 엎어져 잠들 때까지 노교수는 돌아오지 않았다. 새벽녘에 잠을 깬 유림이 가게 주인이 출근할 때까지 홀로 찻집을 지켰고 노교수는 끝내 돌아오지 않았다.

박수락

동화대 민속학과 박수락 교수는 정명혜의 남편 박무영 집안 사람이었다. 박무영 집안 대표이기도 하다며 자문회의단 간담회 때 기세등등한 모습을 보면 그가 어떤 사람인지 쉽게 파악할 수 있었다.

동화에서 나고 자라 그 지역에서 교수가 된 박교수는 시청 문화예술과 공무원들이나 박무영 집안과도 가까운 지역 실력자였다. 공무원들과는 학연과 지연으로 얽히고, 박무영 집안과는 혈연 관계였다.

"박무영 오촌이라던가 육촌이라던가 그렇다던대? 나는 우리 사촌이 뭐 하는 줄도 모르는데, 유서 깊은 집안이라 역시

달러. 몇 대손이 어디서 뭐 하는지 다 꿰고 있어."

마실장은 박수락에 대해 파악한 정보를 유림에게 알려주었
다. 마실장은 이런 정보를 모아 오는 데 도가 튼 사람이었다.
박수락은 정명혜와 박무영을 엮어 문인들의 독립운동사를 정
리하여 박사학위를 받았고 동화대에 자리를 잡은 이후, 동화
시와 도청을 비롯해 교육청 주최 각종 위원회에서 수당을 쓸
어 담기로 소문난 인물이었다.

유림이 연구실로 전화를 걸었더니 박교수는 왜 이제야 연락
을 해오냐며 반겼다.

"설마 빈손으로 오는 건 아니겠지? 어렵게 시간을 내면 인
사 정도는 해야지. 요즘 업자들은 다들 예의가 없어, 예의
가……."

유림은 내내 "네… 네……." 하면서 통화를 마치고 귀를 씻
어내듯 에어팟을 꽂고 조성진의 「슈베르트, 방랑자 환상곡」을
들었다. 그러고는 한숨을 길게 내쉬고 사장실로 들어가 통화
내용을 공유했다. 사장실에 있던 이이사가 반색했다.

"아냐, 그럴 것 없어. 이런 경우가 오히려 깔끔해. 돈만 적당
히 쥐어주면 된다는 거 아냐. 그게 제일 나아. 감정싸움 하는
게 더 힘들지. 자문확인서나 잘 프린트해서 따라나서라고."

이번 동화시 출장 일정은 열흘로 잡혔다.

"마실장은 구청 청사 입찰 때문에 바쁘니까, 이번엔 내가 유

림이 데리고 갈게. 김소장도 달래줘야 하고, 동화시에도 기름 칠을 좀 해야지. 나중에 준공 검사 때 골치 안 썩게 하려면.”

이이사와 유림은 약속 시간 30분 전에 도착해 동화대 근처 한정식집에서 박수락 교수를 만났다.

“여기 음식 잘 모르실 거 같아서 내가 알아서 시켰어요. 괜찮죠? 우리 동네니까 내가 대접해야지.”

박교수가 저렇게 말은 하지만 실제 계산은 유림이 한다는 건 박교수도 알고 유림도 알았다.

“노교수가 문학 쪽 맡았다고 들었거든. 뭐, 싸인은 받으셨나? 그 양반 보통이 아닌데 말이야. 우리 학교 류교수도 정명혜 작품으로 박사 받은 권위자야. 지역 인사이기도 하고. 논문도 꽤 여러 편 냈다고. 동화에서 왜 서울 눈치를 보느냐 이거야. 정명혜는 동화에서 키워낸 인물이잖아. 솔직한 말로 말이야. 내가 후배지만 큰맘 먹고 이국장한테 한소리 했어. 이국장이 내 중고등학교 선배야. 불알친구 오촌형이고. 아, 친한 동창생이라고. 이건 성희롱 아니에요. 그냥 쓰는 말인데 요즘 무서워서 말이야. 당신들 고생 좀 해야 되겠다고. 고생 좀 해야 다음번에는 지역 일에 서울 사람 끌어다 안 쓰지. 대체 언제적 노교수냐 이 말이야. 현직에나 있으면 또 몰라.”

이이사는 시계를 몇 번 보다가 현장에 가야 하는데, 중얼거리고는 봉투를 꺼냈다.

"이건 자문료는 아니고 연구비에 보태시라고 가져왔습니다. 자문료는 공식적으로 입금해드리겠습니다. 계좌번호 여기에 부탁드립니다. 자문료는 기록에 남아야 하니까요."

박교수는 봉투를 집어 들고는 미소를 감추지 않았다.

"이건 그냥 연구비고?"

"그렇죠."

"달인이라고 했나? 일 제대로 하시네. 그래, 어디 써온 것 좀 봅시다."

기분이 좋아진 박교수는 원고를 받아들고 읽어 내려갔다.

"야, 글 잘 쓰네. 깔끔해. 누구? 자네가 쓴 건가?"

"여기 박대리가 국문학 석사입니다."

박교수는 원고를 내려놓고 흘낏 유림을 살펴보며 알 수 없는 미소를 흘렸다.

"이럴 게 아니라 우리 연구실로 가자구요. 우리 학교 안 가보셨죠? 부지가 엄청나요. 우리 집안이 대학 부지 조성할 때 땅을 좀 기부했지. 아시죠? 내가 정명혜 부군 되시는 박무영 집안 사람 아닙니까? 우리 집안도 대단한 집안인데 말이야, 정명혜에 가렸어. 어쩌다 이렇게 됐는지……. 우리 집안 처지에서는 한탄스러운 일이야."

박교수는 컴퓨터 책상에 앉아 열쇠로 서랍을 열고는 도장을 꺼내 자문확인서에 도장을 찍었다. 자문확인서를 받아든 이이사는 전화를 받는다며 곧바로 자리를 떴다. 박교수는 생각났다는 듯이 서랍 맨 아래칸에서 파일첩 하나를 내밀었다.

"이거 귀한 거야."

박교수가 내민 파일첩에는 1940년대 당시 일본과 조선에서 난 신문과 잡지가 스크랩되어 있었다. 1944년 당시 일본 잡지에 난 조선인 유학생 부부 스캔들 기사도 있었다. 일본 기사 스크랩 아래에 정자체로 정성스럽게 번역이 되어 있었다. 대학원생을 시켜 만들어놓은 자료라 했다.

"이런 자료… 사실 나 아니면 구하기 힘들어."

박교수가 글라인더에 커피를 갈면서 말했다.

"이거 한번 봐. 일본어 좀 하나? 내가 원래 근대 조선 잡지를 분석해서 재미있는 책을 내려고 했는데 말이야. 제목은 경성애사, 좋지? 그 비슷한 게 나와버려서 캔슬됐지. 자료를 엄청 모았다고. 이건 조선 잡지랑 일본에서 나온 신문이랑 잡지 기사 스크랩한 건데 거기 정명혜가 언급되어 있어서 말이야. 뭐 일본 유부남이랑 바람이 나서 병든 박무영을 버리고 야반도주를 했다나, 뭐 그런 말도 안 되는 내용이야. 그 당시 유학생들 사이에서는 대단한 스캔들이었다더군. 그런 건 빼고… 빼야지 뭐. 그래, 잘됐어. 우리 집안에서도 책 내지 말라고 엄청 반대를 했어. 괜한 일 들추지 말자고. 어쨌든 이 집안 사람이니까 말이야. 내가 유족 대표도 할 수 있는 위치야. 알지? 근데 뭐, 지금 이 마당에 이거 알려져봤자 뭐 어쩌겠어. 민족시인 정명혜를 더럽혔다고 얼마나 난리겠나. 자료만 모아둔 거지. 게다가 내가 요새 여기저기 자문 때문에 워낙 바빠서 정리할 틈도 없고."

어느새 연구실로 돌아온 이이사가 공손하게 자료를 받아 휙 유림에게 넘겼다. 박교수가 갑자기 주위를 요란하게 살피더니 목소리를 낮춰 말했다.

"이건 또, 우리 집안일이라서 학계에서는 나만 아는 일인데… 아니… 그냥 참고만 하라고…… 알고만 있으란 거야. 정명혜 말이야. 그 부군 되시는 박무영이랑 불화가 심했어. 박무영 그 어른이 더 잘될 수도 있는 분이 여자 잘못 만나 빛을 발휘 못 한 거지. 경성제대 최우등 입학을 하신 분이거든. 결혼하고는 몇 년 만에 기가 빨렸는지 몹쓸 병에 걸려 돌아가신 거야……. 아까운 분이지. 정명혜가 자기 시 쓰고 그런다고 돌아다니면서 결혼 생활에 충실하지 않았거든. 그냥 하는 얘기야, 그냥 하는 얘기. 우리 집안 얘기니까 난 어디 가서 이런 말 안 한다고. 정명혜가 워낙 유명해지고 국가적인 슈퍼 스타가 돼서 쉬쉬하는 거지. 박무영의 유일한 자손 박수린이 내 오촌누이야. 나도 우리 집안 어른한테 들은 얘기야. 그냥 흘려들어. 응? 그냥 그렇다고. 지금 와서 어쩌겠어. 그냥 다 좋은 게 좋은 거고. 우리 집안에서는 그렇게 달가워하지는 않는 분위기다…

이 말이야. 우리 집안이 정말 국가에 헌신하는 게 얼마인데 전혀 고려가 안 되고 있는 거지. 그래서 독립운동 부분 쓸 때 부군 되시는 박무영 어른에 대해서도 좀 자세히 쓰라고. 나는 그거면 돼. 두 줄 쓸 거, 네 줄 쓰라구요. 내 말 무슨 말인지 알아듣죠?"

박교수가 떠드는 소리를 어떻게 대꾸해야 할지 몰라 유림은 입을 다물지도 떼지도 못했다.

"아… 네… 그럼 어떻게 할까요?"

"어떻게 하긴, 그냥 그렇다는 거지. 우리 집안 사람들이 얼마나 애국자인지 몰라. 그거 달인에서만이라도 알아달라고."

"네…….."

이이사가 들어와 현장에 가봐야겠다며 유림에게 눈치를 줬다. 유림이 자리를 정리하고 나오자 이이사가 답답한 듯 말했다.

"현장도 가봐야 하는데 넌 뭘 또 그런 얘기를 심각하게 듣고 있냐?"

문학관 현장으로 가는 차 안에서 이이사는 유림이 아직 멀었다는 듯 혀를 끌끌 찼다.

"그냥 갖고만 있다가 돌려줘. 돌려줄 때 또 돈 아닌가. 아휴, 저 얍삽한 놈."

유림은 박교수에게 세상에 하나밖에 없다는 자료를 반납하지 않았음은 물론, 유림이 회사를 그만둘 때까지 박교수에게 자료를 반납하라는 연락은 받지 못했다. 책꽂이에 꽂아두느니 버리기로 한 것 같았다.

"거봐, 내가 뭐랬어? 대놓고 속물은 오히려 낫다니깐."

이이사 말은 제발 틀렸으면 좋겠다고 바랄수록 틀린 적이 거의 없어 슬펐다.

유림과 이이사는 동화대를 나와 한창 내부 공사 중인 문학관 현장으로 향했다. 마침 김소장은 아내가 출산한다는 소식을 듣고 급하게 서울로 올라가 공사 현장에 없었다. 건물 공사를 마무리하면서 남은 자재들이 문학관 외부에 널브러져 어지러웠다. 이이사는 폐자재들을 발로 툭툭 찼다. 건물을 지은 건설사에서는 달인에게 어서 내부 공사를 마무리하라고 압박하는 중이었다. 내외부 준공 허가가 떨어져야 잔금을 받을 수 있어서였다.

"이거나 치우고 가지. 우리가 쓰레기 처리반이야, 뭐야."

개관 행사까지 치러야 공식 업무가 끝나는 달인으로서는 이런 뒷정리가 익숙하면서도 불쾌한 일이었다.

문을 열고 내부에 들어가니 천장에서 못이 잔뜩 박힌 목재가 잘못 개봉한 과자봉지처럼 쏟아져도 이상하지 않을 만큼 엉성했다. 전시관 로비 한쪽 벽면에는 하늘까지 올라갈 듯 기다란 사다리에 매달려 한 인부가 정명혜의 대표시 「산수유」를 타일로 디자인한 공사를 하는 중이었다. 시멘트와 공사용 본드를 발라 사다리 위로 전달해주는 인부는 한 손으로는 사다리를 지탱하고 한 손으로는 타일을 잡고 곡예를 하듯 작업을 계속했다. 월급이 밀리자 인부들이 하나둘 빠져나가 손이 모자란다고 했다. 모자이크로 분해된 산수유는 누가 보더라도 산수유고, 어떻게 보면 또 산수유가 아닐 수도 있는 추상적인 모양이었다. 저게 완성된다고 정명혜의 산수유가 될까, 의구심이 생긴 유림과 마음이 통했는지 이이사도 산수유 벽화에 불만이었다. 이이사는 고개를 꺾어 찬찬히 흐릿한 모자이크를 올려다봤다.

"이게 장당 얼마짜리 타일인데 저렇게 치덕거려. 거… 좀… 타일 좀 아껴 써요. 로스가 너무 커. 저 타일 밟고 다니는 거 좀 봐. 치워놓고 일하라고! 사고 나면 누가 책임지라고."

이이사가 소리를 질러댔다. 이이사가 소리를 질러대는 데도 사다리 끝에 매달린 인부도, 사다리 끝을 잡고 있는 인부도 하던 일을 계속할 뿐이었다. 이이사를 알아보는 사람은 없었다. 현관에 붙은 관계자 외 출입금지 표지판은 한쪽 면만 겨우 붙어 곧 떨어질 준비를 하고 있었으니, 인부들은 저 낯선 두 사람이 관계자든 아니든 고개도 돌려보지 않아도 이상할 바는 없었다.

전시관은 유림이 기획한 대로 「1관 정명혜의 생애와 사랑」,

「2관 정명혜의 문학 세계」, 「3관 정명혜의 독립운동」으로 나누어 인테리어를 끝내놓았다. 텅 빈 생애관을 지나 2관에 접어드니 설명 패널을 걸어둘 벽면 아래로 유리로 막힌 텅 빈 전시대가 을씨년스러운 분위기를 자아냈다. 관처럼 박제된 전시대 안에는 현존하는 모든 정명혜 관련 출판물들이 연대를 무시한 채 들어가 있었다.

"마무리 공사할 때 유림이 네가 와서 순서대로 정리하고, 동화에서는 지금 발간 안 되는 책까지 정명혜에 관한 건 다 구해서 전시하라던데 어떻게 됐어?"

"당시 자료는 구할 수 없어서 표지만 찾아서 모형팀에 넘겼습니다."

유림은 어느새 습니다, 체로 답하는 스스로에게 놀라는 중이었다.

"그거면 됐지 뭐. 관람객들이 유리 깨서 읽을 거야, 어쩔 거야. 유림이 네가 중간중간 가서 체크해. 진실장 쿨한 사람이야. 특히 책 그런 거 자기가 모르는 분야는 아는 사람 의견 귀담는 사람이라고."

"저도 뭐 아는 게 없는데요."

유림의 말을 듣고 이이사가 휙 돌아보며 윽박질렀다.

"야, 그런 소리 마. 겸손은 필요 없어. 여기서, 아니 대한민국에서 정명혜 제일 잘 아는 사람이 너 박유림이야. 그런 자신감과 뻔뻔함으로 무장하라고. 개관 얼마 안 남았는데 얘가 자신 없는 소리를 하고 있어."

3관 독립관은 1, 2관과는 달리 어둡고 음산한 분위기로 굴속 같은 분위기가 났다. 건설사의 설계 오류로 천정에 파이프 라인과 기둥이 관람 동선을 막아섰다. 동화시 관계자, 시공사, 달인들이 참여한 회의를 거쳐 기둥을 가리기 위한 조형물을 만들고 이 비용은 시공사에서 치르기로 결정됐다.

"대신, 납기일 연기는 없는 겁니다."

비용은 시공사가 대고 납기일은 달인이 맞춰야 했기에 그렇지 않아도 납기일 압박을 받던 김소장은 연신 욕을 해대며 굴을 만들어냈다. 차라리 기둥을 그대로 두는 게 나았을지 모를 흉물스러운 굴속은 달인이 건축이나 인테리어 분야에는 얼마나 기술이 부족한지 드러내주는 상징과 같았다. 이건 정말 무리야. 유림은 중얼거렸다.

"넌 뭐라고 씨부리는 거냐?"

이이사는 굴을 꼼꼼히 살펴보며 만져보고 눌러보고 사진을 찍었다. 덜 마른 검은 페인트에서 나는 냄새가 콧속을 파고들었다.

"여기 조명을 달면 어떨까요? 아무래도 애들이 무서워할 거 같은데……"

"야, 좋은 생각이다. 조명 값으로라도 좀 후려쳐야지. 센서

등으로 해야겠다."

이이사는 만족스러운 얼굴로 셔츠 주머니에서 작은 수첩을 꺼내 3전시관 굴속 조명 추가, 라고 적고 현장소장이 장기 숙박 중인 모텔로 차를 몰았다. 이이사는 모텔에 유림을 내려놓고 서울로 올라갔다.

"이런 데 남녀가 같이 있으면 소문 더럽게 날 수 있으니 다른 데로 옮기고 싶으면 옮겨. 하루 5만 원 이상은 안 된다."

그깟 소문 따위 상관없었다. 김소장은 서울에 있었고, 동화에는 유림만 남았다.

안효열

　유림은 동화에서 회사 차를 끌고 다녔다. 김소장 앞으로 배정된 픽업 트럭이었다. 유림은 아침마다 김소장을 공사장에 내려주고는 시청과 도서관, 동화대를 오갔다. 시청에서 문학관까지 차로 25분이지만 버스를 타면 한 시간이 넘게 걸렸다. 문학관은 외진 곳이라 택시도 잡기 어려웠다.

　정명혜와 박무영 사이에서 태어난 유일한 혈육 박수린은 자문위원 중 가장 접근이 쉬운 사람이었다.

　"아마 수월할 거예요. 자문비만 적당히 주면 될 거예요. 연도나 그런 것도 다 잘 점검받구요. 딸이 그렇다는데 누가 뭐라고 하겠어요."

담당주무관이 박수린 연락처를 주며 자신했다.

박수린은 50대 초에 뇌경색이 왔고 그 이후 내내 집과 요양원을 오가며 살고 있다. 문학관까지 만들어지는 유명 독립운동가의 유일한 자손치고는 말로가 초라했다. 유림은 박수린이 몇 년째 머물고 있다는 동화시 근교 한 요양원으로 차를 몰았다. 정명혜 사망 당시 세 살이었던 박수린은 정명혜의 딸이기에 아무도 이의를 제기할 수 없었다. 확실하다는 건 얼마나 부질없는지 유림은 요양원에 가보고 깨달았다.

예상은 했지만 박수린의 몰골은 상상을 초월했다. 짧게 자른 머리는 방금 자고 일어난 듯 눌려 있고, 몸은 비대했다. 젊은 시절에 배우 못지 않은 미인이었다던데 사진을 들고 가도 찾아낼 수가 없었다. 나이에 비해 더 늙었고 병이 깊었다. 박수린은 어머니 정명혜는 고사하고 자기 자신도 잃어버린 듯했다. 박수린은 인사하는 유림을 보고 너 잘 만났다고 머리채를 잡다가 이년들이 밥도 안 주냐고 했다가, 갑자기 단정하게 머리를 손으로 쓸더니 내가 정신이 왔다 갔다 해서 미안하다며 사과했다. 행간에 아무런 연결점이 없는 이야기를 한 시간 넘게 듣고 있자니 혼이 반은 나가는 것 같았다. 유림은 곧바로 시청으로 달려가 박수린의 상태를 보고했다. 담당 주무관은 덤덤했다.

"아… 치매까지 왔어요? 그 양반 연세에 벌써… 심하네. 사람일 정말 언제 어떻게 될지 모른다니까. 그분 외아들이 있는데, 동화에 살아요. 그분에게 받으면 될 거 같은데…… 일단 과장님께 말씀드려 보구요. 잠시만 기다려보세요."

잠시라는 이름으로 불리는 한 시간이 흐르고 주무관이 과장과 함께 나타났다. 과장은 박수린의 아들 안효열을 찾아가라며 주무관에게 메모를 받아 유림에게 건넸다. 유림은 시청 앞식당에서 고등어구이 정식을 시켜놓고 시청에서 받아온 전화번호를 꾹꾹 눌렀다.

"네, 안효열입니다."

종일 입을 한 번도 열어보지 않은 사람이 쩌억 하고 여는 첫소리처럼 버겁게 열린 목소리였다. 유림이 자기소개를 하자안효열은 자문회의 때 봤다며 알은체를 했다.

"실례지만 그… 자문 때문에요. 오늘 찾아가도 될까요? 아, 오늘 아니어도 됩니다."

"주소 찍어 보내죠. 아무 때나 오시죠. 저는 여기 있으니까요."

유림은 안효열이 불러준 주소가 5분 남은 지점에서 차를 멈추고 편의점에 들러 와인을 샀다. 주차를 하고 전화를 하자 안효열은 「동화주류백화점」 문을 열고 나왔다. 처음부터 상호를 알려주었으면 와인을 살 일은 없었을 것이다. 유림은 들고 있던 와인을 어쩌지 못하고 쭈뼛댔다. 안효열의 눈길이 잠시 와인 쪽으로 향하더니 문을 열고 들어갔다. 안효열은 요즘은 하루에 양주 한두 병 팔기도 어려워 가게를 내놓은 상태라 했다. 그는 유림이 어정쩡하게 내미는 와인을 받아 이리저리 살폈다.

동화에 머무는 일주일 동안 유림은 「동화주류백화점」 주고객이 되었다. 반쯤 동화시민이 된 것 같았다. 동화시 눅눅한 모텔에서 자고, 시립도서관에서 전시 패널 원고를 쓰고, 밥은 동화대 구내식당이나 현장 함바집에서 먹고, 저녁에는 「동화주류백화점」으로 갔다. 안효열은 말은 하지 않으면서 유림을 기다렸다.

동화에서 서울로 올라올 때는 안효열의 추천으로 「동화주류백화점」에서 술을 샀다. 유림은 안효열에게 받아야 할 도장이 있었고 자주 드나들며 곁에서 이야기하는 방법 외엔 별다른 기술이 없었다. 자문 내용은 언제쯤 다 보고 서명을 해줄지, 어디를 고쳐야 할지 안효열도 미적거리기는 마찬가지였다. 쉽게 생각했던 유림의 잘못이었다.

어떤 날은 잠시 일 보러 나간 안효열 대신 유림이 가게를 봐주기도 했다. 안효열이 있을 땐 한 번도 열리지 않던 문이 유림 혼자 있을 땐 자주 딸랑거렸다. 유림은 안효열이 은행 다녀온 사이 J&B 두 병과 와인 세 명을 팔았다.

"박선생에게 무슨 기운이 있나 봐요. 좋은 기운 말이야. 다음에는 원고 좀 가져와요. 지난번에 두고 간 건 어디다 뒀는지 못 찾겠어."

"바로 가져다드릴게요. 감사합니다."

유림은 다음 날 「2관 정명혜의 문학 세계」 전시 패널 디자인을 점검하러 서울로 올라가야 했다. 노교수의 확인을 거쳐 드디어 설명 패널을 현장에 걸 준비가 끝났다. 기쁨에 겨워 진 실장과 술을 마시고 있는데 안효열에게 전화가 왔다. 유림은 휴대폰에 찍힌 안효열 이름을 다시 확인했다.

"박유림 씨, 이제 동화는 안 오시나?"

"가야죠. 언제 갈까요?"

"지난번에 내일이라고 안 했나?"

뭔가 일이 풀리는 것 같았다. 유림은 곧바로 동화행 버스를 탔다.

안효열은 어두운 포장마차에서 휴대폰 플래시를 켜고 원고를 읽고 있었다. 웃다가 미간을 찌푸리기도 했다.

"최대한 객관적으로 쓴 겁니다. 여러 자료를 봤구요."

"자료? 어떤 자료?"

안효열 말투가 뾰족했다.

"유족들 얘기도 안 들어보고 이렇게 써도 되나?"

"평전 세 권을 참고해서 원고 썼구요, 지난달 자문회의 때 1차 검토를 마친 겁니다. 그때 참석하시지 않으셨나요?"

"했지. 그때는 시청 사람들도 있고, 박수락 그 사기꾼 새끼도 있고 해서 내가 가만히 있었던 거야. 다들 좋게좋게 넘어가자고 짠 모양인데 난 그렇게는 못 해."

"제가 쓴 원고 어느 부분, 어디를 고치면 됩니까? 수정 요구하실 권한 있으시구요. 다만 시간이 없습니다."

안효열은 원고를 보며 소주를 삼켰다.

"그렇게 급한데 이제껏 박유림 씨는 뭐 한 건가?"

안효열은 유림을 다그치더니 원고를 구기듯 넘기며 "이거, 이거, 여기, 여기! 특히 여기!" 하며 연표 부분을 된장 묻은 나무 젓가락으로 콕콕 찔렀다.

"이거 이러면 안 되는데… 이렇게 하면 완전히 되돌릴 수 없는 거 아니야. 뭐 이렇게 알고들 있으니 상관은 없지만 그래도 이러면 안 되네. 어머니 태어나던 때 집안 분위기나 뭐 그런 건 마음대로 해. 책 그런 데 나온 거 있잖아. 그런데 말이야. 이게 진실은 아니야. 그건 사람들이 제대로 알아야 해."

어디를 제대로 고쳐야 하는지 안효열은 말하지 않았다.

유림이 알아야 하는 건 준공 기일과 디자인 최종, 최최종, 진짜최종, 진짜레알최종 시안을 넘겨야 할 시점뿐이었다. 처음 원고 가져왔을 때는 뭐 하고 지금에서야 이러는 건지, 오늘 내일 중으로 원고를 넘겨야 전시 패널을 개관일에 맞춰 걸 수 있었다. 유림은 안효열에게 되물어야 하나 말아야 하나 고민하느라 머리가 지끈거렸다.

"박수락이가 이걸 다 보고도 도장을 찍어줬다 이 말이지!"

"네. 박교수님은 지난달에 자문 마치셨구요, 지금 보신 원고는 동화시 관계자들이 이미 다 확인한 내용입니다. 문제 있는 내용 말씀해주시면 최대한 반영하겠습니다. 박교수님이 자문 위원장이시니 두 분이 논의하셔도 됩니다."

"내가 그 자식한테 왜 연락을 해!"

안효열은 이미 원고를 한쪽으로 밀어놓았다. 우동 국물이 종이 위로 뚝뚝 떨어졌다. 어디가 맞고 어디가 틀린 건지 말해달라고 해도 술잔만 기울였다. 거나하게 취한 안효열은 문학관까지 만들어지면 이대로 굳어진다며 비틀거렸다.

"어머니에게 뭐가 좀 있어. 내가 생각해볼게. 어떻게 할지."

다음 날, 토요일이라 시청 일이 없어 마음 놓고 자는데 안효열에게 전화가 왔다. 유림은 부스럭대며 시계를 봤다. 8시였다.

"내가 찍어주는 주소로 와요. 보여줄 게 있어."

주소를 보니 정명혜 문학관 현장 근처였다. 유림은 대충 씻고 택시를 잡았다. 아직 숙취 때문에 운전을 하기는 무리였다. 택시가 멈춘 곳은 정명혜 문학관 앞이었다. 문학관 개관을 앞두고 동화시에서 2차선 도로를 내면서 깔끔하게 길이 뚫렸다. 택시 기사도 이 동네 좋아졌다며 흥분을 했다. 안효열의 집은 정명혜 문학관과 도보 3분 거리도 되지 않은 마을 안쪽에 자리하고 있었다. 대문 위용과는 달리 제대로 수리하지 않은 기와집은 흉물스럽기까지 했다. 안효열이 집 밖에 나와 있었다.

"여기가 내 집, 내 어머니 집, 그 대단한 정명혜 시댁이요."

안효열은 신기한 듯 두리번거리는 유림 앞을 저벅저벅 걸어 집으로 들어갔다.

"여기까지는 안 와봤죠? 화려하게 몇십억을 들여 문학관을 짓고 그 앞에 길까지 놓더군. 근데 여기까지는 아니야. 박수린 여사가 그 대단하신 정명혜에게 받은 재산 중 유일하게 팔아치우지 못한 집이지. 팔려고 해봤자 팔리지도 않았고. 정명혜와 박무영이 살던 집이에요. 어머니는 이 집에서 태어나고 이 집에서 돌아가실 거야. 내가 어머니에게 해드릴 수 있는 유일한… 그래… 효도라고 해두죠."

안효열은 비어 있는 박수린 여사의 방으로 기다시피 가 주섬주섬 상자 하나를 꺼내 유림에게 내밀고 안으로 들어가버렸다.

그것은… 정명혜의 유품이었다. 어디에서도 본 적 없던 정명혜의 편지였다. 편지가 쓰인 날은 대부분 1950년대에서 60년대였다. 정명혜 사후인데 어떻게 이 편지가 존재할 수 있단 말인가? 정명혜가 딸 박수린에게 수십 년 동안 보낸 편지와 일기였다. 박수린이 세 살이 되기도 전에 동경에서 죽었다던 정명혜가 어떻게 편지를 보냈다는 말인가. 유림은 한순간 죽음을 앞둔 어미가 딸에게 남겨놓은 편지를 누군가 대신 정기적으로 보내주는 로맨틱한 이야기를 떠올렸다. 이건 문학관에 전시될 뿐만 아니라 정명혜를 연구하는 학자들이 탐낼 만한 자료였다. 만약 이 사람이 정명혜가 맞는다면 말이다. 하지만 이 정명혜는 내가 알던 그 정명혜가 아니었다. 정명혜는 1944년 죽지 않았다. 죽지 않고 살아남아 일본인, 그것도 일본으로 창씨 개명한 조선인의 아내로 살면서 딸에게 정기적으로 돈을 보내면서 쓴 편지였다. 편지에는 정명혜가 딸에게 느끼는 절절한 죄책감과 회한이 담겨 있었다.

정명혜는…… 살아 있었다.

유림은 조용히 그 집을 나왔다. 편지는 상자 채 가방에 넣었다.

박지원 가문의 후손인 박무영이 정약용 가문의 정명혜와 혼인하여 나라를 되찾기 위해 노력하다 일본에서 나란히 병사했다는 '사실'은 진실이 아니었다. 둘이 혼인을 했다는 사실 말고 진실이 있을까 싶었다. 80년대 기타를 들고 등장한 한 가수는 자신이 정명혜의 6촌 조카라는 사실을 노래보다 먼저 팔았고 정명혜와 같은 학교를 다닌 목사와 시인, 국회의원들이 친일 행적을 씻는 도구로 정명혜와의 친분을 과시하기도 했다.

유림이 알게 된 정명혜에 관한 진실은 그동안 알려진 사실과 너무나도 달랐다. 유학생 모임에 참여한 이들 중 박무영과 정명혜는 출신과 비범함 때문에 유명했고 그 이유로 상징이 되었다. 박무영이 폐렴으로 사망하자 정명혜는 동화로 돌아가기를 거부했다. 박수린에게는 버린 게 아니라 찾으려 갔으나 박씨 가문에서 놓아주질 않았다고 해명했다. 정명혜는 곧 일본인과 동거를 시작했고, 이 사실을 안 박무영 집안은 물론 공산 친정에서도 버림받았다. 해방이 되기 전 정명혜가 딸을 데려가기 위해 일본에서 넘어왔으나 박무영의 아버지이자 박수린의 보호자 박영후 영감에 의해 이미 사망 처리된 이후였다. 서류상, 형식상 정명혜는 죽은 박무영 옆 텅 빈 무덤 속에 갇혔다. 실재하는 정명혜는 일본으로 돌아갈 수밖에 없었다.

혹시 가방에 든 편지를 누가 빼앗아갈까 봐 가방끈을 감싸 안았다. 택시를 잡아타고 모텔방으로 들어가 문을 걸어 잠갔다. 이 편지를 이제야 내놓는 안효열의 저의는 알 바 없었다. 일단 진실이 무엇인지 파악해야 했다. 알고 싶었다. 유림은 편지를 봉투에서 꺼냈다. 봉투에는 아무것도 써 있지 않았다. 편지를 모두 꺼내 연대순으로 정리했다. 58장이었다. 커튼을 걷고 최대한 그늘이 생기지 않게 한 장 한 장 사진을 찍었다. 그리고 천천히 편지를 읽기 시작했다. 유림은 편지를 읽고 또 읽으며 갑자기 밀어닥친 진실이 못 미더웠다. 자고 일어나면 꿈일지 모른다. 유림은 냉장고를 뒤져 맥주와 소주를 꺼내 마셨다. 아무리 마셔도 취하지 않았다.

다음 날 오후, 유림이 가게를 찾았을 때 안효열은 숙취로 괴로운 듯 연신 트림을 해댔다. 가게에 손님이 없을 수밖에 없었다.

"내가 어머니한테 술 하나는 제대로 배웠지. 자네는 챙길 건 다 제대로 챙겼더군. 잘했어. 그럴 줄 알았지. 이제 그 잘난 문학관에 전시할 건가?"

안효열은 자조하듯 말했다.

"이거… 박수락 교수도 알아요? 누구누구 알아요?"

안효열은 천연덕스럽게 대꾸했다.

"아… 그 편지? 박수락은 물론 알지. 그 집안에서 꾸민 일인데……. 아마 박무영네서 키우던 개도 알았을걸? 그 노교수인가? 그 늙은 여우 같은 교수한테 지난번 자문회의 때 내가 말해줬지. 그랬더니 그자가 뭐라고 했는 줄 알아?"

노교수가 알고 있다니, 알면서 유림에게는 아무런 말도 해주지 않았다.

"그냥 갖고 있으라고 하더군. 연금이라도 계속 받고 싶으면 말이야."

유림은 안효열의 말을 더 듣고 싶지 않았다. 갑자기 해진이 떠올랐다. 해진이 알면… 어떻게 할까? 해진은 어떤 마음일까?

"안 파셨잖아요. 못 파셨겠지요. 팔면 그나마 정명혜로 인해 받는 독립유공자 후손 지위도 없어질 수 있으니까요. 정명혜 팔아서 지금까지 얼마나 벌어 먹고 사셨어요?"

유림이 비아냥댔지만 안효열은 그쯤은 익숙했다.

"그래봤자 박선생도 이제야 어쩌지 못해. 내 잘… 알지. 내가 혼자 버텨봤자 무슨 소용이 있나. 그 맨날 갖고 다니는 종이 좀 가져와 봐요."

유림이 자문확인서를 내밀자 안효열이 도장을 찍고 서명을 했다. 도장은 박수린, 서명은 대리인 아들 안효열이었다. 어둠이 숨이 막히듯 내려앉았다.

유림은 노교수가 진짜 알고 있는지 확인하고 싶었다. 털어놓고 의논하고 싶었다. 이런 일을 혼자 감당할 수는 없었다. 달리 만날 사람도 없었다.

"이게 진짜였군. 어디 한번 내놓게."

유림이 노교수에게 내민 것은 편지 복사본이었다.

"정명혜 글씨가 맞군. 후후. 정명혜는 역시 살아 있었어."

노교수가 이런 반응일 줄은 몰랐다. 적어도 부끄러워하거나 숨어 나타나지 않을 줄 알았다. 유림이 정명혜의 편지를 갖고 있다고 전하자, 노교수는 전시기획 달인 근처 카페로 직접 찾아왔다. 노교수는 카페 안쪽에 자리를 잡고 유림을 맞았다. '인사동 지박령'도 정명혜 편지 원본이면 해제가 되는 모양이었다. 유림은 노교수에게 화를 내거나 따지기를 포기했다. 그저 이 일을 책임감 있게 함께 처리할 힘 있는 사람이 필요했다.

"교수님, 도와주세요."

편지에서 눈을 떼지 못하는 노교수는 대답을 하지 않았다.

"교수님, 이걸 밝힐 수 있도록 도와주세요. 교수님은 하실 수 있잖아요."

노교수는 듣지 못한 게 아니라 유림의 말을 무시하는 중이었다.

"밝혀서 뭐 하려고?"

"뭐 하는 건 아니죠. 진실이니까 밝혀야죠."

"아무짝에도 쓸모없는 소리야. 그게 바로 무책임이야."

유림은 노교수가 들고 있는 편지 복사본을 빼앗았다. 원래 힘이 없는지 가질 생각이 없었는지 스르륵, 편지 복사본이 탁자 위로 떨어졌다.

"난 이거 필요 없어. 못 본 거야. 다만⋯⋯."

"뭐요?"

"이거 밝히면 너는 완전히 학계에서 사라질 거야. 아무도 박유림 편에 서지 않아. 이 편지 같은 건 조작이라고 하면 그뿐이야. 무엇보다 안효열이나 박수린 그 여자가 원하질 않을걸. 내가 그 여자를 좀 알지. 나한테도 몇 번 찾아왔어. 이런 편지가 있는데 그걸 출판하면 얼마나 받겠냐고 그러더군. 완전히 술에 쩔어 살더군. 그래 내가 몇 푼 쥐어주고 그나마 대접받으려면 조용히 하라고 다독였지."

이제 유림은 웃음밖에 나오지 않았다. 그러니까 노교수는 이 모든 일을 알고 있었고, 심지어 은폐를 주도한 장본인이었다. 현실적인 타협이라는 거 없이 꼬장꼬장하게 글을 읽고 날카롭게 비평을 한다더니, 문학상 심사위원을 하며 신진 작가들의 저작권을 지켜주는 데 앞장서는 참지식인이라더니 다 헛소리였다.

"다 좋아요. 이게 왜 밝혀지면 안 되는 거죠? 정명혜 인생이 가엾지도 않아요?"

"가여우니 이러는 거야. 정명혜는 박무영을 사랑했어. 나한테 정명혜가 박무영 친구에게 쓴 편지가 몇 통 있어. 동경 유학 당시 함께했던 친구에게 고등문관 시험이 떨어진 박무영이 경성에서 교편을 잡을 수 있게 알아봐달라고 몰래 부탁을 한 거야. 박무영을 존경하고 사랑한 건 사실이니 그 남자의 부인 지위를 지켜주는 게 정명혜도 원하는 바야. 『산수유』를 누가 출간했나. 박무영이야. 박무영이 죽기 몇 달 전에 또 다른 친구에게 부탁해서 출간한 거야. 둘 사이에 일본인 남자가 나타나면 정명혜의 명예가 땅에 떨어지지. 그걸 밝히려고 했으면 정명혜 스스로 할 기회는 얼마든지 있었어. 유고 시집들도 나오지 않았을 거고. 생각을 좀 더 깊이 하게."

유림은 노교수에게 설득되었다. 틀린 말이 없었다. 박수락이 말한 정명혜에 대한 험담은 사실이 아니었다. 박무영은 정명혜를 지켜주고 지지해준 문학적 동지가 맞았다.

"당시 정명혜는 유명한 신여성이었어. 결혼 전부터 경성을 떠들썩하게 만들었던 장본인이라고. 그때 잡지에 정명혜로 추정되는 모던걸의 스캔들이 얼마나 많은 줄 아나? 그런 상황에서 박무영이 자기 아내 책을 자기 손으로 묶어주는 건 의미가 남다르지."

노교수는 다시 편지 복사본을 읽으며 메모를 시작했다. 감정이 절제된 관찰과 기록이자, 양심이 마비된 호기심이기도 했다.

"사망신고서가 있는데 어쩌나. 박무영 집안에서도 정명혜 집안에서도 정명혜는 죽었다고 하고 말이야. 그렇다고 일본 남자와 재혼한 사실을 떠벌려? 해방 후 독립운동가들은 많고 나라의 긍지는 땅에 떨어졌어. 그때 정명혜가 혜성처럼 등장한 거야. 윤희진이 그동안 미발표된 정명혜의 글을 한 번에 들고 나타났어. 정명혜 친구 말이야. 난 그게 제일 의심스러웠어. 하지만 캐보지는 않았지."

"윤희진은 모든 걸 알고 있겠네요. 지금도 살아 있나요? 모든 건 윤희진에서 시작한 거 같은데요. 편지도 윤희진을 통해서 한 거고, 교수님 평전도 그 이후였으니까요. 교수님은 알고 계시면서도 정명혜를 죽은 사람으로 기록하셨군요."

유림은 답을 듣고 싶지 않은 질문을 반복했다.

"음… 그래서? 이미 지난 일이야. 박제된 역사를 되돌리는 건 어려워. 이 편지가 어엿한 증거라고 생각하나? 이거 아마 박무영 집안에서 인정하지 않을걸. 정명혜 필체라고 밝혀줄 학자는 대한민국에 아무도 없을 거라구. 박무영과 정명혜는 일본에서 나란히 사망했어. 사실이 뭐가 그렇게 중요한가. 지금 자네가 그걸 밝히면 믿는 사람도 없이 루머로 끝나겠지만, 전국민을 적으로 돌리는 거야. 알겠어?"

노교수는 내 눈을 똑바로 바라보며 말했다.

"사람들이 알 필요도 없고…… 우리가 무슨 범죄를 저지르는 것도 아니고 말야. 잊어버리게. 그따위 편지는 원래 없었어. 없다고 생각하게. 박수린이 아무리 떠들어봤자 알코올중독 사실만 부각될 뿐이야. 그냥 두라고. 안효열이라고? 그 아들놈도 철없구만. 그냥 두는 것도 있어야지. 뒤집는다고 해서 뭐가 달라지나."

'우리'라는 말이 못내 걸렸다. 노교수는 정명혜에 대한 진실을 알고 있으면서도 엉망진창으로 정명혜 작품을 엮고 그 허명으로 지금까지 살아온 거였다. 유림은 저들과 우리로 묶이고 싶지 않았다. 그렇다면 유림이 할 수 있는 선택은 무얼까?

대한문

여름이 한창이었다. 사무실 안은 에어컨 바람이 거세게 돌아 한기가 들었다. 블라인드를 내려둔 사무실 창문 틈으로 내리쬐는 햇살이 복숭앗빛을 머금었다.

벌써 여름인가. 유림은 여름옷을 꺼내다가 해진이 자주 입던 흰 티셔츠를 발견했다. 다 챙겨 간 줄 알았는데 아직도 이렇게 남아 있었다. 깨끗한 정리나 완전한 이별 같은 것이 세상에 존재할까? 그저 휴대폰 번호가 사라졌을 뿐인데 해진을 찾을 수 없었다. 졸업한 이후 학교에서 해진을 봤다는 사람은 없었다.

"박유림이 모르면 우리도 모르는 거죠."

싱글생글하는 표정하며 전혀 진지하지 않은 태도하며, 호기심 어린 얼굴까지 모르는 번호를 둘러싸고 유림의 반응을 살피고 있었다.

유림이 시간을 확인하려고 휴대폰을 찾을 때 문자가 와 있었다. 해진이었다.

덕수궁, 토요일 11시에 만납시다. 해진.

통보였다. 잠깐 불쾌감이 스쳤지만 해진을 만날 수 있다는 게 유림에게는 무엇보다 중요했다. 토요일, 대한문 앞에서 10시 50분부터 기다렸다. 해진은 11시가 지나도록 나타나지 않았다. 유림과 만나지 않은 시간 동안 해진도 변했다. 해진은 시간 약속이 칼 같은 사람이었다. 시간을 분 단위로 쪼개 쓰는 사람이었다. 거리, 속도, 시간을 계산해서 13시 58분에 출발하면 14시 14분 도착하는 방식으로 보폭까지 계산하며 시간을 썼다. 5, 10 단위 시간 개념을 넘어선 정확한 자기 관리가 몸에 배어 있었다. 해진은 언젠가 혼잣말처럼 이야기했다.

"시간의 틈을 벌리고 늦고 어긋나고 실수를 하고, 넘어지고, 어긋난 건 서울 와서 박유림을 만나고부터 시작된 거야."

해진은 약속 시간이든 수업 시간이든 5분 전에 나타났다. 해진이 늦는 날은 아주 특별한 날이라는 뜻이었다. 아무런 양해도 구하지 않고 늦는 사람이 아니었다. 해진이 나타나지 않은 십오 분 동안 유림은 자꾸만 뒤를 돌아보며 대한문 정중앙 쪽이 맞는지, 혹시 안으로 해진이 들어간 건 아닌지 살폈다. 십 분을 더 기다렸다 문자를 보냈다.

손가락은 허투루 돌고 심장은 비포장도로를 달리는 버스처럼 덜컹거렸다.

어디야? 오늘 약속, 잊지 않았지?

불안했다. 카톡창에서 1이 사라지지 않았다. 전화도 받지 않았다. 이럴 거면 뭐 하러 만나자고 한 걸까… 바뀐 번호가 또 바뀐 건가…….

등산복 차림의 사람들이 대한문 앞으로 모여들었다. 등산도 하지 않으면서 왜 다들 집회에 나올 때는 등산복을 입는 걸까. 총천연색으로 밀어닥치는 사람들을 지켜보며 유림은 생각했다. 잠을 설친 유림은 아침 일찍부터 30분간 샤워를 하고 머리를 말렸다. 화장을 했다가 지웠다가… 머리를 말았다가 폈다가… 원피스를 입었다가 청바지를 꺼냈다가, 결국 셔츠에 면바지를 입고 집을 나섰다. 그렇지 않아도 더운데… 이 사람들은 무얼 외치러 여기 모여 있는가…….유림은 마음속에 들끓는 아우성이 밖으로 소리치는 사람들 사이에서 사라지는 것 같아 조바심이 났다. 유림은 그들이 외치는 구호를 멍하니 들었다. 유림은 뒷걸음질 치며 이들 가운데 들어가지 않으려 했다.

해진에게 여전히 답은 없었다.

사람들이 지켜내자, 지켜내자고 외치며 밀려들었다. 무얼 지키자는 건지는 들리지 않았다. 유림은 떠밀리듯 대한문 안으로 들어섰다. 국립현대미술관 덕수궁관에서 열리는 「근대의 기원」 전시가 떠올랐다. 그 전시 아직 하려나……. 시위대 때문인지 미술관 안은 한가로워 보였다.

그곳에 정명혜를 그린 최우식의 작품 「나의, 명혜」가 있었고, 해진도 있었다. 최우식은 정명혜를 그렸고, 유림은 최우식의 그림을 보았고, 해진은 유림을 보고 섰다. 여기 정명혜가 있다면, 그걸 알았다면 해진은 정명혜 앞에 있을 거란 걸 알았어야 했다. 유림은 해진의 졸업 논문을 떠올렸다. 석사 논문보다 뛰어나고 열정 넘치는 그 정성스러운 쓰레기. 아무도 읽지 않는 학사 논문에 그 귀한 시간과 정성을 기울이는 해진이 안쓰러웠다. 해진은 무엇을 해도 마음을 담았고, 특히 정명혜에 진심이었다.

"언제 왔어?"

"아까. 정시에."

그랬겠지. 정시에 제대로 왔겠지. 해진은 변하지 않았다. 마르고 닳도록 매고 다닌 초록색 백팩, 늘 입던 회색 후드티, 껶어 신은 운동화, NY 야구모자, 바지 주머니에 손을 푹 집어넣은 자세까지 그대로였다.

"어떻게 지냈어?"

"쉿! 그림이나 다 보고."

해진은 1층을 다 훑고 계단 난간을 찬찬히 만지며 2층으로 올라섰다. 해진이 멈추면 유림도 멈추고 해진이 움직이면 유림도 걸었다. 둘은 나란히 덕수궁 대한문으로 나왔다. 시위대는 여전했다. 더 늘어난 것 같았다. 해진은 그들이 하는 소리를 들었다. 금융 노동자들의 파업이었다. 화물연대도 함께하겠습니다, 소리도 들려왔다. 그들을 바라보며 한참을 서 있던 유림 귀에는 들어오지 않던 이야기가 해진과 있으니 들려왔다. 덕수궁 돌담길을 따라 걷다 낙지제육밥을 먹었다. 유림이 하려는 말을 해진이 막아서는 바람에 둘은 묵묵히 밥만 먹었다.

"미안해."

해진은 유림이 계속 그 말을 품고 다녔다는 사실을 알았다. 흥분한 유림의 안경에 김이 서렸다.

"그 말이 너한테 먼저 나오면 난 어떻게 해야 할지 모르겠어."

유림은 여러 면에서 해진을 앞서갔다. 먼저 깨닫고 더 빨리 성장했다.

"만나주지도 않았고. 연락도 안 되어서 제대로 사과 못 했어."

유림은 해진의 손을 잡았다. 해진은 손을 뺐다.

"나 그때 삐딱했던 거 같아. 열폭한 거 인정. 이룰 수 없는 꿈을 꾼 거지. 내가 달인을 다니면서 서울에 살 수 있을지도 모른다고 생각했거든. 안정적이지도 않고 보수도 적었지만, 그래도 내가 좋아하는 일이고, 좋아하는… 그냥… 그렇게 살 수 있을 거라 믿은 거야. 그 꿈이 깨졌던 거지. 네 잘못은 아니다. 치사하게 굴어서 미안해. 너한테 고마운 게 많은데……."

"뺏으려고 한 건 아니었어. 미안해, 빼앗아서."

"그만. 미안하단 말 그만 하자. 난 너한테 제대로 된 이별 통보도 안 했어. 못했어. 정말 미안해. 내가 내 치졸함을 이기지 못했어."

유림은 이별 통보라는 말에 가슴이 탁 박혔다. 우리가 헤어진 거구나. 이렇게. 그게 헤어진 거…였구나. 무엇 잘못됐는지 잘 모르는 상태에서 해진이 사라졌고 돌이킬 수 없었다. 그 시간을 견딘 감정은 어리둥절이었다. 감정이 상처를 내지 못하도록 달인들과 술을 마시고, 자문위원을 만나며 살았다. 돌보지 못한 감정은 해진과 풀어야 할 과제였다.

"나 지금 정명혜 문학관 해."

유림은 자기가 여기서 빠진다고 해도 정명혜 문학관은 예정대로 잘 진행될 거라는 걸 누구보다 잘 알았다. 이제 자문도

다 끝났고, 전시 패널을 걸기만 하면 모든 게 끝이었다.

"정명혜 문학관 말이야. 내가 얼마나 하고 싶었던 일인지 알지?"

유림에게 죄책감을 주면 안 되기에 해진은 목소리 톤을 가볍게 했다. 경박하게 보여도 괜찮았다.

"알아. 그게 미안해. 우리 같이 했으면 얼마나 좋았을까, 싶기도 했고."

"나 그냥 악착같이 공부했어. 시험 봤고… 시험 잘 봐서 합격했고, 발령 금방 날 것 같아. 이제 집으로 돌아가려고. 그래서 연락한 거고. 마지막으로 보고 가려구. 고시원 방도 뺐고…… 내일 내려가기로 했어."

"마지막?"

이게 마지막이라는 걸 유림은 받아들이고 싶지 않았다.

"우리 집. 고향집. 엄마 아버지 계신 내 집."

유림은 이제 당신 따위 필요 없는 행복을 찾아냈다는 듯한 해진의 편안한 표정에서 이상한 질투가 생겨났다.

"꼭 내일 가야 해?"

"다음 달부터 연수야. 짐도 다 정리했구. 그래서 연락한 거야. 너한테 신세 많이 졌으니까 인사는 하려고. 노트북 내가 가져간 거…… 메모 봤지? 돌려주어야 하나 싶기도 하고."

유림이 다른 말을 하기도 전에 해진은 말을 계속했다.

"고마웠다는 말도, 하고 싶고."

이제 그만 헤어지자는 말이면 끝이었다. 유림은 땅만 쳐다
보았다. 해진은 떠난다는 말을 하려고 부른 거였다.

"우리 집에서 며칠 쉬었다 가는 건 어때?"

해진은 유림과 지금 여기서 헤어지는 게 맞는 방법이라고
생각했다. 깔끔한 이별이었다. 나중에 유림이 고향에 오면 어
색하게 바다를 함께 볼 수 있을지도 모른다. 지금 돌아서야 하
는데 유림은 해진을 놓아주지 않았다.

"정명혜 말이야. 그 사람은 우리가 알던 그 사람이 아니야.
할 말이 정말 많다고. 남는 이유가 나 때문이면 더 좋고. 며칠
이라면 괜찮잖아."

다른 누구도 모르는 정명혜를 유림만이 알고 있었고, 해진
만이 그 정명혜를 들여다볼 자격이 있다고 믿었다. 아는 사람
들은 알았지만 그들은 정명혜를 감추려고만 했다. 더군다나
정명혜와 최우식의 관계는 아직 미스터리였다. 유림은 가방
속에 손을 넣어 정명혜 편지의 바스락거리는 감촉을 느꼈다.
부서질 듯 아슬아슬한 얇고 건조한 이 느낌을 해진에게도 전
하고 싶었다. 이렇게 별거 아닌 물건처럼 들고 다니는 게 비현
실적이지만, 이것이 또 현실이었다.

"문학관은 어떻게든 열 수 있겠지. 근데 정명혜는 잘 모르겠
어."

유림이 노교수, 안효열과 만난 이야기를 시작하자 해진은 흥분했다. 노교수는 정명혜가 사망했다고 알려진 1944년 이후 발표된 유고 작품이 실제로는 새로 쓰인 것처럼 문체가 바뀐 사실을 인정했고, 유림은 정명혜가 1960년대에 쓴 편지를 꺼내 해진에게 보여주었다.

"이럴 거면 나도 데려가지… 시험 보고 발표까지 시간이 있었는데……."

"연락처도 모르는데 데려가긴 어떻게?"

"그럼 최우식은 어떻게 된 거야? 그림 보고 놀랐어. 최우식이 왜 정명혜를 그렸을까?"

유림도 최우식과 정명혜의 교집합은 도저히 설명할 수 없었다. 대체 이 둘은 어떤 관계였을까? 정명혜 편지에는 최우식에 대한 어떤 언급도 없었다. 어쩌면 박교수가 준 신문과 잡지 스크랩에 그 실마리가 있을지 모를 일이었다. 하지만 유림은 그 실마리를 알아낼 이유도 명분도 찾지 못했다. 달인의 우선순위이자 목표는 명료했다. 개관일에 맞춰 정명혜 문학관을 개관하는 것이었다.

"명분처럼 쓸모없는 건 없어. 그냥 알아내면 되는 거야."

유림의 집에 조금 더 머물기로 했다. 해진의 목표는 하나였다. 서울에 더 머무는 동안 최우식에 대해 알아보는 것, 그리고 진짜 정명혜를 느껴보는 것이었다.

경성애사

　해진이 고시원에서 가져온 짐은 트렁크 하나 분량도 되지 않았다. 수험서는 버렸고, 이불은 빨래방에서 곧바로 다른 공시생에게 넘겼다. 책까지 정리해 고향집에 택배로 부치고 보니 만 5년 서울 생활은 가볍게 정리되었다. 해진은 남은 며칠이라도 정명혜에 마음껏 빠져 홀가분하게 즐기기로 했다. 이건 진짜 공부였다.

　박수락 교수의 파일첩 제목은 '경성애사'였다. 파일첩에 있는 일본 잡지와 신문 기사가 흥미로웠다. 박교수가 제자를 시켜 번역해 붙여 둔 메모만으로도 충분히 내용을 파악할 수 있었다.

스크랩에는 식료품 대란, 황족들의 전쟁 참전, 황국신민의 역할, 태평양 전쟁의 승전보 따위 기사가 담겨 있었다. 동경에서 불량선인으로 감시받던 조선인이 도주하려다 붙잡혔다는 기사도 있었다. 학도병 소집령 발효 이후 이런 식의 도피는 내선일체 정신을 받아들이지 못하는 불량한 짓이라는 점을 강조한 기사에도 메모와 그 뒤에 번역본이 덧붙었다. 이걸 번역한 이름 모르는 여자는 교수한테 번역료를 받았을까? 궁금했다.

형광펜으로 굵게 표시된 기사들이 정명혜와 관련된 글이었다. 조선 유학생 부부 스캔들 기사는 정성스러운 번역에 비해 그 내용이 추잡하기 짝이 없었다. 폐병으로 죽어가는 남편을 두고 일본인 유부남과 바람이 나서 도망간 조선 여자는 조선의 민족성과 닮았다는 기사가 눈에 띄었다. 해진이 주목한 기사는 그 옆에 작게 스크랩된 일본 여인의 작품 관련 글이었다. 죽은 남편을 기리며 쓴 이 작품은 돌아가지 못하는 조국을 그리워하는 마음으로 유명한 시 「그 집」이었다. 시인의 전남편은 스물여덟 살에 생을 마친 동경제국대학 출신 엘리트이며, 시인은 애도 기간이 지난 후에 일본 귀족 고노에 히로시와 결혼할 예정이라는 내용도 있었다. 고노에 히로시라니, 처음 듣는 이름이었다. 일본인과 결혼했다니… 이 사람이 정명혜와 관련이 있을 리 없다. 하지만 이 시는 분명 정명혜의 시 「그 집」이었다. 학계에서 어떻게 이걸 놓쳤을까? 박수락 교수는 이걸 알면서 어떻게 그냥 있는 걸까? 거대한 음모거나 치졸한 눈가림이거나 둘 다일 수도 있다.

"이게 진실이라면, 이걸 알고도 모른 척했다면…… 정명혜가 그 정명혜라면 그야말로 파국이네. 이런 대국민 사기극이 어디 있어."

해진은 이 사람이 자신이 알고 있는 그 정명혜인지 파악할 단서를 찾아보기로 했다. 학교에는 유림의 학생증으로 출입이 가능했다. 유림은 아직도 그 학교 학생이었기에 가능했다. 해진은 도서관 3층 서가에서 친일인명사전을 찾았다.

> **최우식(1917~1987)** 일본 이름 고노에 히로시. 평안도 관찰사 출신 갑부의 아들로 경성제국대학 문과를 졸업했다. 경성일보 기자로 일하다 1942년 일본인 귀족과 결혼 후 데릴사위로 들어가 일본 호적을 얻었다. 일본인 사업가로 변신, 일본과 조선에서 제지, 비료 사업을 벌였다. 패망 직전 일본 전쟁을 위해 막대한 헌금을 냈다. 해방 무렵 행방이 묘연해졌다가, 1980년 한 협동농장에서 가족과 찍은 말년의 사진이 화제가 되었다.

해진은 인명사전을 꼼꼼히 읽으며 그 흔적을 찾았다. 그렇다면 일본인으로 변신한 그 최우식과 평안도 출신 화가이자 시인인 최우식은 동일인인가? 인명사전에 거기까지 밝혀져

있지는 않았다. 해진은 연필 끝이 머리를 눌러 까맣게 구멍이
나는 줄도 모르고 골몰했다. 해진은 고노에 히로시와 정명혜
를 그린 최우식이 동일 인물이라고 확신했다. 평안도 출신이
라는 점과 이름, 연대가 같았다. 이 간단한 연관성조차 파악하
지 않은 그들은 모두 공범자들이 아닌가… 해진은 어이가 없
었다.

"정명혜는 누구인 것 같아?"

유림은 안효열 집에서 가져온 편지 묶음을 내밀었다.

"이거 심지어 원본이야. 아무도 귀하게 생각하지 않는 원
본."

효열은 사람들에게 알려질 수도 없는 편지를 맡기며 부탁했다.

"어쨌든 정명혜 문학관이니 거기에 조금은 진실도 있어야
하지 않아? 그리고 여기에 더 둘 필요도, 의미도 없으니 가져
갔으면 좋겠어. 어디에 두어도 상관 없구."

유림과 해진은 편지를 모두 파일로 만들고 원본은 따로 상
자에 담아 보관했다. 복사본을 출력해 그걸로 내용과 순서를
파악했다.

박수린이 서울에서 국민학교를 다니던 시절부터 대학을 졸
업할 때까지 편지는 계속되었다. 주로 소식을 들었는데 어떠
하냐, 돈은 필요치 않으냐, 홀로 지내기는 괜찮으냐 하는 안부
였다. 이 편지로 적어도 박수린의 역사는 확실히 알 수 있었다.

편지는 모두 같은 흰색 봉투에 담겨 있었다. 정명혜가 위험을 감수하고 박수린에게 직접 편지를 보냈을 리 없다. 누군가 정명혜에게 편지를 받은 후, 봉투를 새것으로 바꿔 박수린에게 전달한 것이었다. 유림은 그 누군가를 윤희진이라고 짐작했다.

"윤희진이라면, 최우식 첫 부인 윤희진? 그게 가능해? 여기가 할리우드야?"

이제껏 알고 있던 정명혜는 대체 누구란 말인가?

"마실장은 뭐래? 말은 해봤어?"

유림은 고개를 저었다.

"마실장은 쳐다도 안 봐. 연사장도 마찬가지고. 지금 와서 어쩌냐는 거지. 이거 밝혀지면 큰일이라고 어서 불태워버리라고 하더라. 빼앗으려고 하는 거 모형실에 초기 편지는 그대로 모형으로 만들어 친필 편지로 전시하자고 설득해서 겨우 살려온 거야."

"이걸 모형으로 만든다구? 뭐 하러? 그냥 전시해. 그래도 돼."

유림은 고개를 끄덕였다.

"그… 노교수님은? 노정태 교수는 뭐라고 해? 말해봤어?"

"그분도 알고 있었어. 편지를 보고 오히려 실물을 봐서 좋아하는 눈치더라."

"그런데?"

"그런데… 나보고 가만히 있으라는 거야. 오히려 협박 비슷한 걸 하더라구. 함부로 밝힌다고 뭐가 될 줄 아냐고. 문학관은 개관하게 되어 있고 그냥 자기가 써준 자문확인서면 된다고……. 그러고는 또 연락을 끊었어. 인사동 어디에서도 찾을 수가 없어. 용의주도하게도 사무실도 빼버렸어. 잠수 제대로 타고 있어."

해진은 정명혜에 대해 더 알고 싶었다. 최우식은 윤희진과 정명혜 두 여인에게 무슨 짓을 한 건지 밝혀내고 싶었다. 시간도 없는데 이 사실을 밝힐 사람은 이제 유림과 해진뿐이었다. 곧 연수가 시작되고 해진은 서울을 떠나야 했다. 하지만 지금, 여기서 해진이 할 수 있는 일은 없었다. 그렇다고 가만히 있을 수도 없었다. 해진은 유림 노트북에 있는 정명혜에 관한 자료를 모두 USB에 옮겨 담았다. 해진은 빛이 나지 않아도, 가치가 없어도 할 수 있는 걸 하기로 결정했다.

정명혜 문학관

자문이 끝나자 연사장은 컬러로 출력한 전시 패널 시안을 들고 동화시를 찾았다.

"이 기계 잉크값이 얼만데… 며칠 만에 또…….'

박경리는 이렇게 출장비에 소모품을 써대다가는 회사 망하겠다며 걱정을 쏟아냈다. 이번 어음은 어떻게 막으려고 이러느냐고 한탄을 하다 사장실에 또각또각 발소리를 내며 들어갔다. 박경리 목소리가 사장실 밖까지 들렸다.

"당신 정말 이럴 거야? 회사 말아먹을 작정이야?"

박경리가 연사장 부인이라는 것은 그동안 이이사만 알던 사실이었다. 유림이 들어오고 화장실 보수 공사를 하면서 커다란 환풍기도 설치하고 여자 화장실도 제대로 만들었다. 그조차도 박경리가 나선 결과였다.

"이럴 거였으면 유림이 들어오기 전에 화장실부터 고쳤지. 그런 돈은 아깝지 않아. 맨날 술값이야. 술값. 접대비. 모텔비!"

유림은 어쩐지 놀라지 않았다. 알고 있지는 않았지만 박경리만큼 회사 재정을 걱정하고 꼼꼼하게 챙기는 사람은 없었다. 역시나 그랬구나. 진실장도 이 사실은 진정 몰랐다며 몸서리를 치고 다녔다.

"박경리가 사모님이었다니……."

해진이 고향으로 내려가고 유림이 상념을 떨치듯 서울 달인 사무실에서 동화시까지 길이 파일 정도로 쫓아다닌 결과 드디어, 전시 설명 패널 OK 사인이 떨어졌다. 국장에게 직접 서명을 받아온 날 사장과 이이사는 소주잔을 앞에 두고 깊은 시름에 잠겼다.

"우리 이 짓 언제까지 해야 되냐……."

남는 건 어음뿐이었다. 전시기획 달인의 이름은 정명혜 문학관 소책자 귀퉁이에 작게 프린트되었다.

전국적으로 홍보된 행사 일자에 맞추어 문학관 개관은 빙판 위에서 춤을 추듯 매끄럽게 진행됐다. 3관 정명혜와 박무영의 일본 하숙방이 모형으로 연출되었다. 신문 기사를 읽고 있는 박무영과 책상에 앉아 편지를 쓰는 정명혜가 실물의 70% 크기로 제작되었다. 처음 모형 설계를 보고 박교수는 관람객들이 보는 방향에서 박무영이 더 또렷하게 나와야 한다고 난리를 쳤다. 그 바람에 처음에 책상에 앉아 벽을 바라보는 방향으로 등지고 있던 박무영이 정명혜와 마주 보는 형태로 연출 방향이 바뀌었다. 박무영이 입고 있는 동경제대 교복은 안효열이 보관하던 것으로 유족이 특별히 내놓았다. 실물의 70% 모형에 입혀 놓으니 너무 커서 수선을 거쳐야 했다.

"집에서 공부하고 있는데 무슨 교복이냐, 교복이. 그게 더 말이 안 되지."

진실장은 투덜대면서도 최대한 자연스러운 모습으로 모형이 자세를 잡도록 전체적으로 꼼꼼히 손을 봤다. 진실장은 그런 사람이었다. 유림은 박수락 교수에게서 가져온 신문 기사와 정명혜가 박수린에게 쓴 편지를 책상 위에 올려놓자고 했다.

"이거 너무 가짜 티 나는 거 아니야? 내용 봐라. 정명혜가 죽은 게 딸 세 살 땐가 그렇다며? 어디서 이런 걸 구했어? 아무리 바빠도 고증은 제대로 했어야지. 이거 모형팀에서 다시 만들자. 사람들이 못 본다고 이러면 안 돼."

유림이 유리창 너머 관람객은 그 글을 읽을 수 없다며, 이왕 가져온 것이니 그냥 두자고 설득하자, 진실장이 마지 못해 편지를 모형 사이에 끼워 넣었다. 진짜 편지가 모형보다 가짜같이 느껴지는 아이러니가 정명혜 문학관의 상징이었다. 유림은 진실장에게 진실을 밝히지 않은 걸 후회하지 않았다. 진실장이 감당하기 어려운 일이었다. 밝혀서도 안 되고 밝혀질 필요도 없는 진실이 원형 그대로 유리창 안에 그대로 머물렀다. 해진은 유림이 준 자료를 모두 스캔받아 파일로 만들었다. 유림은 그걸 어디에 쓸 건지 묻지 않았다.

정명혜 문학관 개관 행사에 동화 KBS, 동화 MBC, 동화투데이 등 각종 매체에서 취재를 왔다. 동화시장은 물론 동화시 경찰서장, 시의원과 도의원, 국회의원과 도지사, 문체부 차관까지 참석한 대대적인 행사였다. KBS에서 취재한 내용은 전국 방송으로 보도되어 문화국장의 어깨는 하늘 높은 줄 모르고 올라갔다. 개관 이후 한 달간 회사에서는 학예사가 없는 문학관 개관 홍보와 안내자로 유림을 배치했다. 유림은 모텔에서 생활하며 단체로 찾아오는 관람객과 주말마다 전국 각지에서 찾아오는 가족 단위 관람객들을 겪어냈다. 비공식적으로 유림에게 맡겨진 업무는 한 달간 아무 사고가 나지 않도록 보수 공사를 진행하는 일이었다. 시트지가 벗겨나지 않게 밤마다 본드를 바르고 단가를 맞추느라 시방서보다 싼 재질로 만들어진 타일이 떨어져 나가거나 깨졌을 때 곧바로 보수했다. 거의 동화시 전체 유치원과 어린이집, 초등학교에서 하루에도 분 단위로 몇 번씩 찾아오는 관람객들이 채 본드가 마르지 않은 패널을 망가뜨리지 않도록 보호하는 데 온 신경을 썼다.

유림은 안효열이 문학관을 방문했을 때 3관 독립관 안 모형들 사이에 책상 서랍 안에 넣어둔 진짜 편지들을 보여주었다. 개관 한 달이 지나자 잔금이 완납됐고, 임무를 완수한 유림은 서울로 돌아올 수 있었다.

달인 경영진은 이런 식의 로비와 행사 진행에 따른 비용 상승이 회사 경영에 전혀 도움이 되지 않는다는 사실을 깨달았다. 그동안 진행비 마련을 위해 코피를 쏟으며 모형팀을 돌렸건만 출장비에 진행비를 공사대금을 갈음하자 이익으로 떨어지는 건 별로 없었다.

"차라리 옛날이 좋았어. 뽀대라도 났지. 자존심이라도 있었지. 이건 뭐냐. 이러다 애들 월급도 못 주겠어."

정명혜 문학관을 기점으로 달인은 급격히 기울었다. 어음을 막지 못해 직원들 월급이 밀렸고 그 견고하다는 모형팀 팀워도 무너졌다. 공기만 마시고는 살 수 없다며 모형팀 기술자들도 하나둘 일을 그만뒀다. 모형팀은 다시 하청에 하청에 하청 일을 받아왔다. 마실장은 진작 달인을 그만두고 씨봉테크로 들어갔다. 유림이 마침내 사직서를 내자 연사장은 밀린 월급은 어떻게든 해주겠다고 약속했다.

"미안하다, 좋은 꼴 못 보여줘서."

연사장은 자기 할 바를 다했고 그건 이이사나 진실장, 심지어 마실장도 마찬가지였다. 달인은 본인이 할 수 있는 한 최선을 바쳐 정명혜 문학관을 세우고 자신들은 무너져 내렸다. 박유림은 학교로 정해진은 고향으로 돌아갔다. 모든 것이 제자리로 돌아간 듯했다.

에필로그

나는 아버지 품으로 돌아왔다. 정확히는 아버지가 아니라 학교로 돌아왔지만 아버지는 그렇게 받아들이는 게 분명했다. 아버지에게 이례적으로 문자가 왔다. 어지간히 좋은가 보다.

수고했다, 내 귀한 딸아.

성경 속 탕아에게는 두 팔 벌려 환영해주는 아버지가 있었고, 나에게는 그럼에도 불구하고 돈을 보내준 아버지가 있다. 아버지는 내가 버는 돈이 하찮다는 걸 알려주려는 듯 일정액을 넣어주었다.

박사 과정에 들어가면서 근대문학으로 전공을 정했다. 근현대 문학사 정통성을 지키는 정교수는 다행히 나와 학부 때부터 관계가 괜찮았다. 지난 몇 년간 내가 삐딱선을 탔지만 그건 정교수와 나 사이 신뢰 관계와 상관없는 일이었다. 돌아왔으면 된거다. 나는 정교수를 그다지 나쁘게 생각하지 않았고 정교수는 성실한 학생이 필요했다. 수십 년 계속되어온 인문학의 위기 속에서 남아 있는 교수 자리는 없었다. 미래에 대한 계획없이 그저 학문만 팔 나 같은 인간도 드물었다.

해진은 집에서 버스로 20분 걸리는 고등학교 행정실에서 근무를 시작했다. 학교 급식비를 집행하고 교사와 비정규직 직원들 월급을 지급했다. 첫 월급을 받아 아버지와 엄마를 모시고 한정식집에 갔는데 엄마가 음식값을 보고 그냥 나가려 해서 진땀을 흘렸다고 했다.

해진이 방송대 대학원 국문학과에 진학하자 나는 갖고 있던 정명혜에 관한 자료를 모두 보내주었다. 정명혜에 관한 건 나보다 해진이 잘 풀어갈 것이다. 나와 해진이 무엇으로 남을지는 아직 모른다. 지금 어떤 관계인지도 모른다.

정교수는 두 팔을 벌려 나를 반겼다. 잘했다고, 잘 선택했다고, 나 같은 사람이 학계에는 꼭 필요했다고.

"노정태 교수님이 안부 궁금해하시던데요?"

노교수 얘기를 하자 정교수 얼굴이 굳었다.

"노교수님? 자네가 노교수님을 어떻게 알아?"

"정명혜 문학관 할 때 자주 뵈었습니다. 교수님 말씀 자주
하셨어요."

정교수는 "아……." 소리를 내다가 말았다.

"사모님 돌아가시고 한 번도 못 뵈었네……. 찾아가 뵈어야
하는데 말이야."

정교수는 자리로 돌아가 앉아 마우스를 클릭했다. 그동안
궁금하지 않았던 질문을 정교수에게 했다.

"조교로 일하면 월급은 얼마나 받을 수 있어요? 한 이백은
받을 수 있나요?"

이번에는 정교수가 크게 반응했다. 당황해하는 기색이 역력
했다.

"왜? 아버지가 어디 안 좋으신가? 지난번 병원에서 보니까
여전하시던데?"

"여전하시죠."

정교수가 자리에서 다시 일어섰다.

"유림아……."

정교수가 당황한 기색을 숨기며 내 이름을 불렀다. 처음이
었다. 이런 식의 정색은 어떤 기시감을 불러일으켰다. 설익은
충고가 이제 나올 차례였다. 나는 마음의 준비를 했다. 듣기 힘

든 진지한 충고라는 폭력이 너를 위한다는 명목으로 쏟아질
참이었다. 이런 충고는 들어도 들어도 적응도 안 되고 사는 데
도움도 안 되었다.

"너나… 나 같은 엘리트는 밥벌이에 연연하면 안 돼. 아버지
도 그런 걸 원하실 거야. 명예로운 자리. 돈이나 권력 같은…
그런 세속적인 것에서 자유로울 수 있어야 진정한 학문을 할
수 있는 거야. 명예는 그런 사람들에게 따르는 거고. 사실 진짜
학문을 하려고 한다면 자리에도 욕심을 내면 안 되지. 여기는
연구를 할 수 있는 조그만 공간이고, 학생들에게 전심을 다 할
수 있는 거잖아. 벌써 돈부터 밝히면 안 돼. 큰일난다."

엘리트 같은 소리… 명예 같은 소리 하고 있네. 태어나서 이
런 개소리는 처음 들었다. 달인에 다니며 만났던 여러 자문위
원들의 속물근성과 인맥 자랑보다 훨씬 저급한 개소리였다.
돈에 민감하면서 돈 얘기를 직접하면 안 된다는 게 그들이 말
하는 엘리트 정신이라니 입이 썼다. 달인에서 배운 게 있다면
쓸데없는 말을 그저 한 귀로 흘리는 기술이었다.

"교수님, 얼마나 되는지 알아야 저도 계획을 잡을 수 있어서
그래요."

정교수가 뭐라 웅얼거리는데 적막을 깨듯 문자 소리가 띵,
하고 울렸다.

목동 고모였다. 정교수와 상대하느라 바쁜 내가 곧바로 답

을 하지 않자 고모는 전화를 해댔다. 정교수는 나가서 전화 받으라고 손사래를 했다. 어서 나가버려, 하는 손짓이었다.

"어… 고모… 무슨 일이야?"

"유림아, 지금이 시즌이잖아."

수시 시즌이라 고모는 쌍둥이 사촌들을 대학에 밀어 넣고 있었다. 목동 고모는 아이들이 실기만 준비할 수 있게 매니저 노릇을 하고 있었다. 공부만 하기에도 힘든 때 학비에 생활비까지 준비하느라 어린 나이에 등골이 빠진 해진이 있고, 또 이렇게 매니저 부모를 둔 아이들도 있었다.

세상은 정말로, 공평한 걸까?

해진을 알기 전에는 떠올려본 적 없는 질문이었다. 연구실로 돌아와 보니 정교수는 어디론가 나가고 없었다. 나는 노트북을 열어 메일을 읽었다.

자기소개서는 지원자 본인이 작성하여야 하고, 사실에 입각하여 정직하게 지원자 자신의 능력이나 특성, 경험 등을 기술하여야 합니다.

자소서 작성 주의사항 맨 위에 굵게 쓰인 경고 문구가 무색했다.

목동 고모가 보내온 엉성한 자소서조차 쌍둥이가 한 점 한

획도 더하거나 빼지 않았을 게 분명하다. 띄어쓰기 포함 1,000자 이내에 재학 기간 중 학업에 기울인 노력과 학습 경험을 녹여내는 기술, 1,500자 이내에 고등학교 재학 기간 감명 깊게 읽은 책 세 권에 대해 써내는 능력을 발휘할 때다. 나는 손깍지를 펴서 길게 기지개를 켰다. 엄마 손을 잡고 이끄는 대로 바이올린과 플롯을 전공한 아이들이 쓰기에 어려운 과제인가⋯ 혹은 이 정도 질문으로 자기를 소개하는 데 대한 열정이 없는 그저 요식행위에 불과한가⋯ 망설이던 차에 목동 고모가 큰 먹잇감을 던졌다.

"용돈 좀 줄게. 내가 그냥 해달라고 할까 봐?"

역시 목동 고모였다.

이 아이들이 읽지도 않았을, 그 나이대 똑똑하고 사려 깊고 책을 사랑하는 아이가 읽었음 직한 책을 세 권씩, 무려 여섯 권이나 엄선하여 '썰'을 풀고 그에 대한 고민을 다시 1,500자 내에 음악에 대한 열정으로 만들어 녹여냈다. 면접을 대비해 그 책을 요약하여 예상 문답지까지 첨부해 보냈다. 아무도 원하지 않는 진실에 양심을 들이밀 필요가 있을까. 진짜가 아닌 삶을 제조해내는 건 이제 내가 할 수 있는 삶의 기술이 되었다. 자소서 몇 장에 문답지 몇 장 써주고 받는 돈이 과하다면 과한 돈이었지만 고모가 내놓기에 그다지 무리한 금액은 아니었다.

쌍둥이를 봐주고 쌍둥이가 목동 고모와 고모부가 원하는 대학에 입학하자 일이 들어오기 시작했다. 목동 고모는 대단한 호객꾼이었다. 학부모들 사이에 나는 '자소서의 달인'으로 통했다. 대학을 졸업한 아이들은 대학원 입학서류에 학업계획서를, 입사 서류에 쓰일 자소서와 직무계획서를 원했다. 나는 달인에 다닐 때보다 많은 돈을 벌면서 학교를 다닐 수 있었다.

고모의 재력과 성품과 쌍둥이의 합격 사실과 내가 다니는 대학 간판이 자소서 영업에 큰 힘을 실어주었다. 고모는 인심이 후한 여자였다. 오직 쌍둥이가 고모부가 정해놓은 대학, 학과에 들어가지 못할까 봐 전전긍긍했던 것만 제외하면 세상에 고민이 없던 사람이었다. 아이들이 원하는 대학에 합격을 하자 목동 고모는 자기가 알았던 정보를 주변에 풀어놓기 시작했다. 목동 고모 지인들은 내가 무슨 입시 컨설턴트쯤 되는 줄 알고 인생 상담까지 해댔다. 그 바람에 자소서는 더 풍성해질 수 있었다. 허명이란 진실이고자 하는 것에 바탕을 두기 때문이다. 그 진실이고자 하는 한 아이의 바람을 담은 열아홉 살 생을 내가 빚어냈다. 입학처에서 바라는 것은 진실이 아니라 완벽한 알리바이였다. 처음엔 고모 소개였지만, 목동 고모 지인의 지인 소개까지 이어졌다. 회원제 카페 '자소서의 달인'을 개설해 링크를 보내자, 해진에게 곧바로 문자가 왔다.

박유림은 역시 가짜를 만들어내는 데 탁월함. 부캐가 대세인 이 시대에 각자에게 딱 맞는 페르소나로 사업 번창하길 바라면서 응원의 커피 쿠폰을 쏩니다.

자소서를 쓰며 나는 아버지의 돈에서 벗어날 수 있었다. 아버지가 보내준 돈은 모두 찾아 아버지 통장으로 보내고 계좌를 닫아버렸다. 새로 계좌를 개설하며 나는 새로 태어났다. 오피스텔 짐을 빼 고시원으로 옮겼다.

전시기획 달인은 새롭게 피규어 달인으로 거듭났다. 달인 기술자들의 손끝을 거친 수제 피규어는 마니아들 사이에서 인기가 높았고 인기를 바탕으로 마이너에서 메이저로 올라설 수 있었다. 전시일에 미련을 못 버린 연사장이 종종 나를 불렀다. 나는 여전히 달인과 섞이는 게 좋았다. 무엇 하나 진지한 적 없던 내가 만난 유일하게 진짜인 사람들이었다.

그걸로 됐다. 과거의 얼굴을 하고 오늘을 살아가더라도 됐다고, 나는 생각했다. 나는 이제 생각을 멈추지 않을 것이다. 그걸로 됐다. 앞으로 어떻게 되든 말이다.

작가의 말

『정명혜 문학관』은 다산 선생과 연암 선생의 후손이 교류하였다면 어땠을까, 하는 장난 같은 마음에서 비롯되었다. 상상에 역사적 가정을 더하고 남녀상열지사를 버무렸다. 혼자서 키득대며 상상의 나래를 자판으로 실현했다.

재미는, 거기까지였다.

수년간 수없이 많은 공모전에서 떨어지고 좌절하고, 고치고 헤매는 시간을 보냈다. 여러 도움으로 활자 속 인물들에게 숨결을 불어넣어 여기까지 왔다.

자비로운 마음으로 글을 봐주신 서유미 선생님과 강태식 선생님께 감사드린다. 예리하고도 따뜻한 조언이 무엇인지 배웠다.

작가란 무엇인지 고민하게 해주신 이성미 선생님께도 감사드린다.

글쓰기 모임 씀, 사람들은 이 작품이 이만치 오는데 헤아릴 수 없이 많은 도움을 주었다. 고치고 또 고치니 나아질 수밖에 없겠냐며 미세하게 고쳐대는, 늪에 빠진 나를 건져준 고마운 분들이다.

양도사와 양로사도 내가 '작가 사람'이 되도록 지지해준 사람들이다. 하늘에 계신 마태오님과 언제나 나를 위해 기도해주시는 에스더님께도 사랑과 감사를 전한다.

프린터 모터가 박살나도록 A4로만 뽑아대던 글이 책이 되도록 만들어준 아무책방 박혜영 대표님께 깊은 감사의 말씀을 전한다. 어설프고 부족한 나를 작가로 만들어주셨다.

책나물 김화영 편집자님과 남민우 디자이너님을 만나니 내가 역시 복이 많은 사람이구나 싶다.

오래전 표지 그림 〈정명혜의 초상〉을 그려주시고 책이 나올 때까지 믿어주신 권혁연 그림작가님과 어색한 나를 다독여 사진을 찍어준 백선엽 사진작가님에게도 고마움을 전한다.

세상이 아무리 망가져도 이런 사람들이 버티니 무너지지 않는구나 싶은 분들이다.

마지막으로 시작부터 이 시간까지 함께해주신 하느님께 감사드린다. 주님께서 끝까지 함께해주실 것을 믿는다.

2023년 9월

원주에서 박선경

정명혜 문학관

1판 1쇄 2023년 09월 27일

글 · 박선경

디자인 · 남민우
편집 · 김화영

아무책방

펴낸이 · 박혜영
펴낸곳 · 아무책방
주소 · 서울시 은평구 서오릉로 253 102동 702호 (03424)
등록번호 · 제 2021-000073호
전화 · 010-5298-0631
이메일 · amubooks@naver.com
인스타그램 · @amubooks
홈페이지 · amubooks.modoo.at

ISBN 979-11-978906-4-2

● 이 책은 강원특별자치도, 강원문화재단 후원으로 발간되었습니다.